帝国本土迎撃戦②
空母「飛龍」反撃す!!

橋本　純

コスミック文庫

本書は二〇〇〇年一二月・二〇〇一年五月・九月に学習研究社より刊行された『鉄槌（2）（3）（4）』を再編集し、改訂・改題したものです。

なお本書はフィクションであり、登場する人物、団体等は、現実の個人、団体、国家等とは一切関係のないことをここに明記します。

目　次

第一章　飛龍、出撃！

1

　東京で山本と寺内の顔を渋くさせた緊急情報。これを送ってきたのは、はるかに海を隔てたところにいる小規模な艦隊であった。

　この艦隊の暗号コードは、ＨＧ18Ｂ。最初の二つのアルファベットが艦隊の目的地、または出発地とその性質を表している。次の数字が艦隊番号であるが、これは任務によって通し番号の時もあるし、アトランダムの時もある。最後が往路か帰路かで、Ａが往路、Ｂは帰路を意味している。

　では、この艦隊のコードを分解してみよう。まずＨＧ、これは日本とドイツの往復に使われる記号で、輸送任務を意味している。外交任務の場合ＫＧが使われる。この輸送任務の場合、艦隊は通し番号を与えられているから次の18は第一八次輸送隊ということになる。そしてBであるから日本への帰路ということになる。

では、この第一八次輸送隊とは何ものかといえば、あのドイツ海軍へ売却した二隻の航空母艦を護衛した駆逐艦四隻と、空母の運航要員に加えドイツで買いつけた新しい機材を積んだ二隻の輸送船、そして燃料を満載したタンカー一隻という編成の小規模艦隊であった。

彼らは日米開戦のどさくさにフランスのシェルブール港を出港した。ブレストでの空母引き渡し後、ここでドイツから買いつけた機材の積みこみを行ったのだ。

英国海軍は、この出港を探知したものの追跡するだけの余力はなかった。

米軍にいちおう通告はしたものの、米軍も大西洋のアフリカ沿岸まで追跡できるような艦隊を持ってはおらず、喜望峰を回りインド洋に入っても何とか無事に航海を続けることができた。

だがその航海も、いつまでも隠密に続けられはしなかった。

ちょうど山本たちが報告を受け取った四時間ほど前のことだった。

すでにマレー半島付近まで接近していた艦隊は、突如として出現した潜水艦と交戦状態に入ったのである。

艦隊は一度タイの沿岸で食糧補給のために駆逐艦が一隻だけ入港した。

タイは現在中立国として日本にも米英にも加担していないが、王朝政府は日本とかなり親密な関係を維持していた。しかし隣国のビルマから英国の圧力も強くなっており、タイとしては親日をあまり前面に立てられないという事情もある。だから艦隊はあえて全艦入港を避け、駆逐艦一隻だけの寄港で様子をみる判断を下した。

食糧補給は無事にすんだのだが、ヴィシー政権下の仏領インドシナへの侵攻をもくろんでいる英国はタイ周辺にも監視の網を張っていた。このスパイに補給に寄港した駆逐艦『朝霜《あさしも》』が発見されたのである。

米軍は、この海域に存在する日本の軍艦が二ヶ月前にフランスを出港したHG18Bしか存在しない事実をつかんでいたので、ただちに西太平洋艦隊を率いるニミッツにこれを捕捉するよう指示が飛び、同時に英国にも協力依頼が行われた。

ここで米海軍の現在の体制について少し解説する必要があろう。

開戦当時、海軍長官キング提督のもとにあった太平洋艦隊司令部はキンメル大将に率いられていた。だが、その太平洋艦隊の保有艦艇数が膨大になったので、複数の艦隊に分割しこれを統括する司令長官としてニミッツ大将が選任された。

日本の連合艦隊を壊滅《かいめつ》させたのは、このニミッツに率いられた艦隊であった。

その後、奄美大島の占領成功を機会に米軍は太平洋、それも主に日本周辺を中心に軍組織の改革を行った。

陸軍のそれはマッカーサーの権限強化的なものにすぎなかったが、海軍では従来の太平洋艦隊を分割し、西太平洋艦隊と東太平洋艦隊に分かれることになった。

東太平洋艦隊の指揮はキンメルがそのまま担当することになったが、この艦隊は戦闘艦艇をほとんど持たない教育と補給を司《つかさど》る艦隊に改編された。つまりハワイから東の太平洋は、完全にアメリカ軍の庭になったということである。

キンメルの指揮する艦隊で唯一のバトルグループは第三艦隊だが、ここには新造の軍艦が送りこまれ、教育期間を経て西太平洋艦隊に送りこまれるシステムとなった。そして、あいた穴には前線で疲弊《ひへい》した艦が後退してきて入り、一定のリフレッシュ期間をここで過ごし、再度前線となる西へ戻るという仕組みだ。

そのハワイから西の海域、これが事実上の戦闘海域になるわけだが、ここに新設されたのが西太平洋艦隊であり司令官はニミッツ。彼のもとには、第五艦隊と第七艦隊という現在アメリカ海軍でもっとも強力な二つの戦闘グループが所属することになった。

現在、この主力艦艇はほぼ全艦艇が日本近海にある。キンメル麾下《きか》の輸送船部隊は担当区域は東太平洋だが、サイパンや奄美まで米本土からの物資を運びこんでいる。その護衛役は新米ぞろいの第三艦隊の役目で、この航海そのものが訓練となっている。

こういった状況だから、米軍上層部から間もなく日本の輸送船団がインド洋から太平洋に入ろうとしているという報告に、即座に対応できる軍艦は南西太平洋には存在していなかった。――敵がいないのだから仕方ない。

ただし唯一の例外があった。それが、マラッカ海峡付近で日本の輸送船団をもともと待ち伏せていた潜水艦隊である。

というわけで、唯一にして本来の任務を全うすべくHG18Bを待ち伏せるため、六隻の潜水艦がジャワ海からフロレス海周辺に網を張ったのだった。

英太平洋艦隊には、現在二隻の巡洋艦と四隻の駆逐艦しかいない。これは半分ずつがシンガポールと香港にいるため、米軍側から見れば戦力として期待できない。それでも日本側の視点で見ると直接交戦になるのは必至であるから日本艦隊がマラッカ海峡を突破することはないという読みである。

そして、これがもののみごとに的中した。

まさに米軍が日本上陸を開始した六月一〇日の早朝、米軍の潜水艦の一隻、ガトー級の『ファイターフィッシュ』号がHG18Bを発見したのだ。位置は、ロンボク海峡の北北東四〇キロ付近。相互の距離は一〇キロほどあり、残念ながら米軍の潜水艦の保有する魚雷では完全な射程外であった。

そこで、カンゲアン諸島の北側に待機しているはずの別の潜水艦に向け、『ファイターフィッシュ』は暗号電を打った。

これを受け、もう一隻の潜水艦『ライオンファング』号が敵の予想針路めざし全速で向かった。

だが、ここで米軍は大きなミスを犯した。

『ライオンファング』は日本艦隊を捕捉するために全速で洋上航行した。

だが、この洋上航行したことにより、逆に日本艦隊に発見されてしまったのである。

護衛艦隊の駆逐艦のうち、旗艦を務める『島風《しまかぜ》』は日本の駆逐艦の中にあって異色の艦であった。というのも、最高速度四〇ノットをめざした独自の設計で同型艦を持っていない艦なのだ。当然、半実験艦的な素養を持っているから海軍でもその装備に関してはこまめに変更を行ってきた。

日本海軍は新技術の導入にあたって、予算を抑えるためにいきなり実用艦を作ってしまう。軽巡でも同じことを行っており、『夕張《ゆうばり》』、『大淀《おおよど》』といった艦がこれにあたる。

『島風』の場合、機関と最高速度の実験が終了すると、今度は輸入したばかりのドイツ製洋上レーダーの実験艦になった。

そして、この実験が終了後すぐに遣独護衛艦隊の旗艦になった。つまりマストにはレーダーが装備されたままだったのである。

ドイツに向けての航海でも、このレーダーが役に立った。インド洋で英巡洋艦『エクゼター』の追跡に気づき、巧みに針路を変え翻弄《ほんろう》する一助になったのだ。

そして、今回もこのレーダーが船団を救うことになった。

日本時間の午後三時半、『島風』はこの船影をはっきりと捉《とら》えたのだ。

「大きさに比べ、舷側が低いな。こいつは潜水艦の可能性が大きい」

『島風』の電探観測係の浅井少尉は、スコープに映った影を見つめそう断言した。

報告はすぐに艦長の土井宏中佐と、艦隊指揮官代理（指揮官の大西はシベリア鉄道経由ですでに帰国している）の青木友蔵大佐のもとに届けられた。

「潜水艦か、ついに出たな。ここまで無傷で来られたのが奇跡だったのだ。土井君、一気に片づけてしまったほうがよいかね」

青木が聞くと、土井は大きくうなずいた。

「敵はまっすぐこちらに向かっています。おそらく、どこかで別の艦に発見され通報されたのでしょう。となれば、この先戦闘は避けて通れないということです。そして潜水艦に発見された以上、この先は水上艦艇との戦闘も念頭に置かねばならないでしょう」

青木が難しい顔をした。当然だろう。彼の手もとには駆逐艦四隻という実に心もとない戦力しかないのだ。

だが、ここは手持ちの戦力だけで何とか乗りきるしかない。

青木は考える。潜水艦だけなら何とか仕留められよう。問題はその後だ。

このままではまずい。

彼の率いる船団には、日本にとっては喉から手が出るほど欲しい兵器が満載されているのだ。何としても、これを送り届けねばならない。

ここは救援を要請するしかないのではないか。青木はそう結論した。

この時、青木は連合艦隊がすでに壊滅しているという事実を知らなかった。それが彼にこの判断をさせたのだ。もし、この事実を知っていたら、彼は強硬に日本まで船団を回航する方法を選ばなかったかもしれない。

何とか敵の目を盗みながら、台湾あたりまでたどりつけば、その後空路なり潜水艦なりで搭載してきた物資の輸送は可能だからだ。

青木は、土井に命じた。

「万一ということもある。敵潜水艦への対処はこの『島風』一隻で行い、同時に敵に発見された旨の報告と救援の電文を本国に向け打たせるのだ」

土井はうなずいた。

「了解しました」

直後に『島風』は最大船速で敵潜水艦へと向かいはじめた。速力三八・五ノット、この艦にとって事実上の最高速力だ。

そして問題の電報は日本へ向けて発信され、すぐに山本や寺内がいる戦争指導委員会の指揮室へと届けられた。

日本で、彼らの処遇をめぐって、大きな論争が起こることになろうなどと、青木にも土井にも想像はできなかった。

彼らは、この局面さえ切りぬければ、きっと味方の艦隊が助けにきてくれると、信じて疑わなかったのだった。

2

　上陸を果たした戦車部隊を指揮するタナーは、自分の目が信じられなかった。

　彼ののぞくペリスコープの中で、四台の味方戦車が炎上していた。

「奴ら、いったいどこから撃ってきたんだ！」

　火点が特定できないいらだちに、彼は叫ぶ。

　海岸から前進を開始した米陸軍の戦車部隊は、最初は順調に進撃し日本陸軍の精鋭近衛師団の守る要塞陣地を一つまた一つとつぶしていった。

　砲撃と火炎放射、そして最後は海兵隊員を従えての突撃というパターンで、彼は六個のトーチカを破壊してみせたのだ。

　彼の脳裏に勲章の影がちらつき始めた頃だった。

　いきなり連絡が途絶する味方戦車が続出した。気づいてみると八両もの戦車が、わずか一〇分の間に撃破されていたのである。

「対戦車砲らしい！　位置を探せ！　火点をつぶすんだ！」

　すぐに指示が飛ぶ。だが敵の位置はつかめない。明らかに狙撃点と思われた地点に数両が砲撃を集中しても、敵を仕留めた手ごたえがなく、実際に海兵が前進すると、そこには崩れた壕だけが残されていた。

この時、タナーの戦車隊は海岸の奥にあるゆるい丘陵地帯に踏みこんでいた。敵の対戦車砲は、どうもこの付近から狙撃してきているようなのだが、すでに二〇分近く交戦しているのに、まだ正確な敵の数も、そして位置も特定できないのだった。

こんな馬鹿な話はない。対戦車砲が、自在に位置を変える。タナーの頭ではこれを理解することができなかった。

だが、彼は根本的な間違いを犯していた。

彼らは今、戦車戦のまっただ中に放りこまれていたのだ。

「かれこれ一〇両はつぶしたな。あと二、三両ぶっ飛ばしたら、全軍いっせいに突撃して攻撃に入る。そのうえでとんずらだぞ、手順を間違えるな！」

まっ暗な壕内にライトが光る。その直後を轟々たる音を立て、巨大な鉄のかたまりが通過していく。

四式突撃砲。のちに米軍に『キラートータス』と名づけられることになる日本陸軍の傑作駆逐戦車であった。

この海岸地帯には全部で一五両の四式突撃砲が前進配備されていた。指揮をしているのは、戦車第一師団の第一連隊長である西竹一《にしたけいち》大佐であった。

背の低い四式突撃砲は、その利点を最大限に生かし、縦横に掘られた頑強なコンクリート製地下壕を走り、火点から火点へと忙しく動きまわっていた。だから敵にその所在がなかなかつかめないのだ。

しかし、この戦法もいつまでも続けられるはずもない。そもそも敵を狙撃できる位置にも限りがあるのだ。

敵の戦車を食いとめるための本来の速射砲部隊は、強固な陣地のある山間部に集中配備された。この穴を埋めるために派遣された西たちは、ある程度敵を翻弄したら後方に下がり、今度は待ち伏せ戦法で敵戦車を仕留めていくという任務を課せられている。

だから、そろそろ地表に出て、後退前の目くらましを撃たねばならないのだった。

すでに時刻は夕刻、うまくすれば夜の帳《とばり》が彼らの味方になる。

西の戦車隊は、次の火点に入った状況で敵の動向を探った。

「八号車と一二号車が敵を狙撃できます」

無線手の報告に西はうなずいた。壕内にはアンテナ線が張りめぐらせてあり、無線は明瞭に聞き取れるのだ。

「敵を叩いたら、全車一気に突撃だ！」

すぐに敵をその照準に捉えた二両の駆逐戦車が、その主砲から火を噴く。独軍のPaK40のライセンス版である三式七五ミリ速射砲は、二〇〇メートルまでの距離で、増加装甲を施されていないM4シャーマン戦車の正面装甲を撃ち破れる。

側面なら、五〇〇メートルでも撃破可能だ。

今の発射で、さらに二両のM4が行動不能になった。

これを無線で確認した西は、にやっと笑って叫んだ。

「全車突撃！　適当にぶっ飛ばしたら一気に発煙弾発射だ！」

号令一下、日本軍の作りあげた地下要塞の斜坑部分から、一五両の戦車がまさに勢いよく飛びだしてきた。

四式突撃砲の母体は三式中戦車だが、回転砲塔がなくなったぶん、二トン以上の軽量化がなされ、機動力は格段に上がっているのである。

飛びだした駆逐戦車は獲物を見つけると、走行状態のまま直接照準で主砲をぶっ放す。

熟練の砲手だけができる荒業《あらわざ》だ。

いきなり現れた背の低い突撃砲戦車の群れに、米軍はパニック状態になった。事前情報では、この付近に戦車の存在は確認されていなかったからだ。

それはそうだろう。日本軍はこの戦車の存在の秘匿《ひとく》にもっとも神経を使っていたのだ。

地表に飛びだした西の戦車隊は、旋回砲塔を持たない不利をものともせず、あっという間に五両の敵戦車を葬《ほうむ》った。

だが、敵もようやく反撃に転じはじめた。

「四号車被弾！　行動不能、脱出します」

「九号車、車長戦死、跳弾で砲手も負傷」

ついに被害報告が入り始めた。

そして、西の目前で、一両の味方戦車が文字どおり爆散した。どうやら、敵の徹甲弾が弾薬庫を直撃したらしい。

「くそ、やはり至近距離では敵の徹甲弾を防げん。全車、発煙弾を投射！」

あちこちで煙幕が流れだす。一式煙幕弾は、化学反応式の発煙弾で一発が五分間煙を出しつづけ視界を奪う。四式突撃砲は、この発煙弾を発射する投射機を平均で八基装備していた。残っていた突撃砲が、いっせいにこれを発射したのだ。

たちまち戦場の視界は悪くなる。

この閉ざされた視界の中で、西の戦車隊は実にみごとな機動で後退を開始した。地形を熟知しているからこそできる芸当だ。追跡を試みた米軍戦車は、あちこちで溝に落ちたり、立ち木に針路を阻《はば》まれたりして、結局敵の退路確認すらできなかった。

「完敗だ。敵は戦車戦に長《た》けている……」

煙の彼方《かなた》に消えた敵戦車を見送り、タナーはぎりぎりと歯ぎしりをした。あっという間の戦車戦。そして、その前の待ち伏せ戦で、米軍は何と一八両ものM4戦車を失っていた。

これに対し、日本軍は二両の突撃砲の残骸を残していったにすぎない。

その後、米軍は前進してきた海兵隊が、戦車隊のひそんでいた長大な地下壕を発見、その内部構造に驚いた。

だが、海兵隊がさらに内部を調査しようとしたところで壕は一気に爆破され、一〇〇名以上の米兵が生き埋めとなった。日本軍のしかけは、最後まで周到だったというわけだ。

こうして西の率いる戦車第一連隊の初戦は、どうにか満足のいく戦果を残すことができた。

だが、その西と開戦前に意見の対立を見ていた島田豊作《しまだとよさく》大佐の率いる戦車第二連隊の四式中戦車隊は、この時大きな危機に直面していたのであった。

「急げ！　頼れるのは速度だけだ！　林の中に突っこむんだ！」

島田が無線に向かって吼《ほ》えつづけていた。

午後五時四七分、戦車第二連隊分遣隊は、敵空挺部隊の主力の大半を撃破、ここに義勇軍部隊と島田戦車隊に随伴してきた機械化歩兵中隊が突撃をかけ、敵はほぼ組織的抵抗力をなくした。

だが、その直後、米軍の艦載機が彼らを襲撃したのであった。

それまでずっと上空援護にあたっていた陸軍戦闘機隊は、殺到してきた米軍機によりほぼ壊滅、約三〇機のＦ４Ｕ『コルセア』戦闘攻撃機が島田戦車隊と義勇軍を襲ったのであった。

この敵機は、戦車の出現によって蹂躙《じゅうりん》された空挺部隊が、必死の救援要請を行い呼び寄せたものだ。

陸軍戦闘機隊も奮戦した。朝からこの方面ですでに四〇機以上の味方機が撃墜されている。それでも上空にあった一八機の戦闘機隊は、自分たちに倍する敵編隊へ果敢に飛びこんでいった。

事実上のなぶり殺しだ。日本軍機は一機の戦果もあげられぬまま、次々と撃墜されていった。しかもこれまでの戦闘と違いまわりを囲まれての戦闘で、撃墜された各機のパイロットは誰一人生還することができなかったのである。

こうして敵機を葬った米軍機は、一部が鹿児島市内の爆撃に向かい、残りが戦車と歩兵の始末に取りかかったのであった。

『コルセア』の多くは主翼にロケット弾を装備していた。これが、戦車の上面装甲を容易に撃ち破り、対戦車戦闘でなら絶対にM４戦車に負けるはずのない四式中戦車はあっけなく火に包まれていく。

ガソリンエンジンであることも災いしているのだ。これがディーゼルを積んだ四式突撃砲の場合、エンジン部に直撃を受けても火を噴かない確率が大きいのだ。

戦車にとって航空攻撃はまさに天敵となった。

島田は四式中戦車の快速を利して、遮蔽物《しゃへい》のある林の中に逃げこめという指示以外に出すことができなかった。

だが、無事に逃げこめたものは全体の半数以下にすぎなかった。一瞬ともいえる間に、一二両が敵機に撃破されていたのであった。

「虎の子の戦車を一瞬で一二両も失ってしまった……」

島田の満面は悔しさにあふれる。だが空を飛ぶ敵に対し、戦車はあまりにも無力であった。

そして、林に逃げこんだ九両の戦車にも魔の手は迫ろうとしていた。

米軍機は、今度は戦車の逃げこんだ付近に大型爆弾を投下しはじめたのだ。

「畜生、容赦なしかよ！」

島田車の砲手を務める若松が、上空をにらんで拳《こぶし》を振るう。まだ爆弾の破裂音は遠い。だが米軍は物量にものをいわせ、林を片っ端から叩いていきそうな勢いだった。

その時だった。木立の向こうから数人の男が駆けてきた。

戦車兵と随伴の歩兵たちは、すわ敵兵かと緊張したが、現れたのは国民服姿の壮年の男たちだった。

男たちは、衿《えり》に黄色い布を結んでいた。これは、国民挺身隊員であることを味方に報せる合図だ。

「挺身隊のものか？　ここは空爆で狙われている、危険だ！」

島田の麾下の戦車第一中隊長清水大尉が、大声で男たちに告げた。

すると、挺身隊員たちは手を振りまわして逆に叫んだ。

「こっちへついてきてください！　木立を通ったまま安全な場所に誘導できます！」

「何だって！」

戦車隊員たちがいっせいに色めきたった。

「このまま山裾を上がっていくと、古いトンネルがあるんです！　全長が二〇〇メートルほどありますから、戦車を全部収納できます。急いでください！」

挺身隊員の多くは地元出身者だ。彼らは、この付近の地理を本当に熟知している。

「しかし、木が多いと戦車は進めんぞ」

島田が聞くと、男たちは「だいじょうぶ」と言った。

「頭上のほとんどを樹幹で覆《おお》われた林道があります。ここ一ヶ月我々は、この道を軍用車が通れるように補修しつづけたのです。とにかく、我々についてきてください！」

ここは男たちの言葉を信じるしかなかった。島田は決断すると、部下に命じた。

「よし、あの挺身隊員たちの誘導に従おう！　行くぞ、低速前進だ」

戦車隊と随伴歩兵は男たちの指示に従い、ゆっくりと山道を上がっていった。実は、彼らは数時間前に、九州総軍司令部からの指示で戦車隊の退路を探っていたのだ。この指示を行ったのは、山下大将であった。

敵の爆撃は執拗に続く。だが、敵機は完全に戦車隊を見失っているようだった。

だが、逆にこれによって敵の攻撃の矢面に立たされたのが、坂巻元大佐の率いる義勇軍の面々だった。

「くそ、相手が飛行機ではまともに戦える武器がない」

満足な防空壕などあるはずがない。義勇軍の兵士たちは、畦《あぜ》などに隠れ敵機の攻撃を避けるしかない。

その姿を見て、米軍のパイロットはまるでゲームでもするかのように繰りかえし機銃掃射を行う。

被害は馬鹿にならない数にのぼっていた。

「陸軍から早期に退却しろという進言が来ています。すでに敵の落下傘部隊は大方やっつけたのですから、ここは下がったほうが得策でしょう」

作戦参謀の吉田という男が、坂巻に言った。

「ううむ、しかたあるまい。ここは、鹿児島市内方面に引きあげて陸軍と合流したほうがよさそうだ。全軍退却を命じてくれ」

こうして、朝からずっと敵空挺部隊を圧していた国民義勇軍は撤退を開始した。

これによって、米空挺部隊は全滅をまぬがれることができたのであった。

一方その頃、薩摩半島の戦況は米軍にとっては思わぬ展開を見せようとしていた。というのも、すんなりと上陸がなされ、空爆によって予想外の損害を出したものの、上陸そのものに関しては事実上何の問題もなく進んだこの地区であったが、進撃を開始した師団はそのすべてが内陸数キロの幅でぴたりと動きを止められてしまったのである。

何と彼らの目の前に、長大な要塞陣地が横たわっていたのである。

「事前偵察では、簡素な陣地が点在するだけとなっていたぞ！　いったいどうなっているんだ！」

報告を受けた［アンバー］地区の責任者である第一海兵軍団長のバンデクリフト中将は、次々と寄せられてくる報告に頭をかかえ込んでいた。

要塞は厳密には六ヶ所に分かれたものが、実に巧みに連結し複郭城砦《ふくかくじょうさい》のような構造になっていたのであった。

まず北から見ていくと、串木野《くしきの》の町を取り巻くようにでき上がった擁壁《ようへき》の高さ三メートルの城砦。これが、全長実に一八キロも続くのである。

これに連続してあるのが城山《しろやま》要塞だ。山そのものを天然の要塞として、そのまま庄の上の尾根まで続き、これが西郷城跡付近の裾野《すその》要塞に連続している。

ここで平地に出ると、またも高さ三メートルの壁が続く。これは、そのまま弧を描いて山裾をめぐっている。これが吹上《ふきあげ》城砦だ。

この城砦は、そのまま金峰《きんぽう》町まで続き、ここで中岳《なかだけ》要塞につながっている。これも天然の山を利用した要塞だ。

そして、この山の裾から伸びた城砦は、加世田《かせだ》の東にある烏山《からすやま》要塞につながっていたのであった。

これらの城砦にはそこらじゅうに銃眼《じゅうがん》と砲座が設けられ、トーチカの数は、その全長全体で一〇〇を超えるという報告であった。

「我々は、その存在すら知らなかった強力な要塞線に遭遇したというわけだ」

これも、日本軍による急造要塞であった。わずか二ヶ月で、これだけのものを作りだしたのは驚異といえよう。しかも、この陣地の擬装は実に周到なのであった。

平野部の城壁には、ほぼ全域で擬装網がかけられ上空からの識別を困難にしていた。この擬装網、その長大な全域を覆うために部分的には絹糸で作った網まで使われている。

コストはもはや問題ではない。その効果こそが最大の目的。日本軍はこの薩摩要塞の存在を徹底的に秘したのであった。

海岸付近で散発的にしか反撃を行わなかった秘密こそ、この要塞の存在であったのだ。この地区に展開していた全部隊は、夕刻までにすべてが要塞内に転戦していた。

志布志《しぶし》や日向《ひゅうが》方面での戦闘が、最初から平野での通常戦闘で遅延させて、山岳要塞で抵抗しようというのとは明らかに一線を画した戦法だ。

これには大きな理由があった。

薩摩方面をまっすぐ抜かれてしまうと、飛行場適地を簡単に奪取されてしまう危険があるからだ。

日向方面の場合、仮にここに敵が飛行場を設置しても、日本軍は長距離砲などでこの機能を削ぐ自信があった。

広大な山岳陣地を持つ大隈半島でも同様だ。

だが、薩摩半島方面では逆に山岳陣地そのものは、あまり抗戦に適していない地形といえた。むしろ低い丘陵を抜くことで、容易に鹿児島湾方面に進出できるのだ。

そして、鹿児島市街方面との連絡により半島が遮断されると、半島の脊梁《せきりょう》山脈の陣地が完全孤立してしまう。孤立した陣地へは物資輸送がまったく不可能になるので、日本軍は意図的にこの地区に大規模要塞を構築しなかったのだ。

その代わりに構築したのが、この長大な防御線だった。

しかし、これは一重の防衛線でしかなかった。つまり一ヶ所が破綻すればそれまで。まさに薄氷の陣地である。

だが、これでいいのだと百武《ひゃくたけ》は言った。

この陣地の使命は、三日間だけ、敵の足を止めることなのだ。

それがのちの戦いで大きな意味を持つから――。彼はそう言って、この地区に入る将兵に三日間の抗戦を命じた。

それがいったいどんな意味を持つのかまだ敵は知らない。

今、米軍は突如として出現した要塞線に驚愕し、その対処に文字どおり狂奔《きょうほん》するだけで精いっぱいであった。

3

米軍の侵攻状況は、かなり正確に山下のもとに届けられている。これを見ていて気分がいいはずもない。

だが彼は時計と、現在の状況を映す作戦指示板を交互に見ながら、納得の表情を浮かべているのだった。

「上出来と考えねばいかん。そういうことだ」

時刻は午後六時を少し回ったところ。

彼は少し休憩を取るといって、自分の執務室に下がった。

質素な部屋だ。机と椅子、小さなソファーとテーブル、そして壁には地図。電気は明るいが、部屋全体がうすら寒いのは地下壕の中ゆえだろう。テーブルの上の花も何か造花じみて見えるが、香る匂いは本物の薔薇《ばら》であった。

「粋な花を飾ったものだ。私には似合わないな」

山下は軍帽を脱いで椅子に座ると、当番兵が用意しておいてくれた戦闘食、冷めた握り飯にかかった布巾《ふきん》を取った。

三個の握り飯に沢庵四切れ、それにかりんとうが二本載っていた。山下は、まず両手を合わせてから握り飯にかじりついた。

薄い塩味、中身は梅干。ひと口飲みこんでから、彼は自分でポットの茶を大きな湯飲みに注いだ。

山下は握り飯を食いながら、今日の戦闘の状況を振りかえってみた。

そもそも最初から水際撃滅など困難だし、上がった敵を押し戻す力など、今の日本軍にはどこにもない。

すでに敵はすべての海岸で上陸を成功させ、大量の物資揚陸《ようりく》にいそしみ始めている。

これから各種の夜間攻撃が用意されているが、これも敵を駆逐するに足る内容ではない。

日本軍の行っている戦闘は、すべて自衛のための戦闘であり、敵に対する抵抗の姿勢を示すだけ以外の何ものでもない。

まあ最初からそれが狙いであり、敵を九州の内懐ともいうべき山岳地帯へ誘う。これが、戦争指導委員会が九州防衛軍に求めた筋書《シナリオ》であった。

志布志湾での強固な抵抗は、いってみれば陸軍の意地の産物なのだった。本来ならあそこでも、あれほど頑強な抵抗は必要なかったのだ。

だが、山下は近衛師団の奮戦は重要であったと考えている。

簡単に戦線を後退させたのでは、米軍にいらぬ疑念を抱かせる危険もある。

すでに、薩摩半島では敵がこちらの用意した要塞線に行き当たり驚愕し、対応に苦慮しているだろう。ここから類推され、山岳地帯に張った強大な要塞ネットワークを看破《かんぱ》されると、国家戦略そのものが破綻する危険がある。山下はそう踏んでいるのだ。

日本は、この九州で米国に徹底した消耗戦を挑む。それが国策なのだ。

だが、もしこの要塞地帯に米軍が踏み入ることを避け、まったく別の地域に戦線を構築されたら、これまで努力してきたすべてが無駄になる。

一ヶ月、忍従の一ヶ月と山下は部下に言う。とにかくその間は、多少の無理をしてでも通常戦闘を続けることを求めた。

むろん、損害を最低限にとどめることも厳命してある。

敵はその一ヶ月の戦闘で、判断力を絶対に鈍らせる。山下はそう考えていた。

戦争指導委員会の参謀たちも、この考えに賛同した。そもそも、この九州を戦場に選定した張本人でもある長勇大佐は、この山下の考えに対して手放しで賛同したうえ、こうつけ加えた。

「敵を油断させるだけの演技力のある部隊が欲しいところです。いっそ腰抜けぞろいの部隊を最前線に送りこみますか？」

さすがに山下はこれを一笑に付したが、長はこういった作戦とは別に、何か独自で案を練っている様子であった。彼は、指揮室にあっても東京と頻繁に連絡をとっている。

どうやら長は、小規模な反撃で少しずつ米軍の戦闘意欲を削ぐという方法を考えているようであった。

このへんは、すでに陸海軍とも研究をしており、これから行う夜間攻撃などは恒常的に行うことが決定している。夜の戦闘は、兵士にとってひどく神経を疲れさせるものだ。それは敵味方同じだが、はるか故郷を離れ戦う米軍兵士と、国土を守ろうと意気ごむ日本軍兵士とでは、その精神構造が根底から違っている。米兵が夜に対して恐怖を覚えるようになるのにそう長い時間はかからないだろうと、司令部の参謀たちは踏んでいた。

だが長の考えているそれは、こういったオーソドックスな戦闘とは一線を画するものであるらしかった。

まあ好きにやらせてみよう。山下はそう考えていた。そもそも長は、戦争指導委員会の一員という特殊な立場だし、彼の才能がまあ異才という表現がついてはいるが、とにかく図抜けたものであることは認めているからだ。

問題はそういった反撃そのものより、戦線の維持という、より大きな戦局だろう。

山下は二個目の握り飯を頬張りながら考える。

日本の国力でどれだけ戦争を続けることができるのだろう。

そもそも戦争指導委員会は、戦闘の長期化による米国の疲弊をめざすという指針は出したが、その長期化というのが具体的にどれくらいの期間を指すものなのか、誰も何もいってはくれなかった。

いや、誰にもわからないというのが正解だろう。

山下は沢庵を口に放りこむ。

今村と役職を交代せずあのまま委員会に参画していたら、どのような意見を求められたか……。あそこできっぱり辞職せずにいたら、一年いや二年は戦うことを明言しなければならなかったかもしれない……。

自分は軍人として国を守りたい。だから委員会へ加わらず、前線指揮官としての地位を強く求めたのである。

杉山参謀総長、いや今は日本国首相となった杉山元《すぎやまはじめ》は、山下の心の中を読み、これを快諾し今の地位に責任をもって推《お》してくれた。

おそらく杉山首相《さん》は、最低でも二年の継戦を望んでいる。アメリカの世論が動くのに必要な時間、それを計算することは難しい。最短で一年、最長で三年と山下は見ている。三年もの時間、自分の国を戦場にして戦うことなど可能なのだろうか。

飯を食う山下の顔が曇る。

まず工業生産。とりあえず一年やそこら、兵器と弾薬を作るだけの備蓄はある。だが、その先は白紙だ。

補給に関しては、満州経由という線が今はある。だが、もし北九州までが敵の手に渡った場合、これも存続は難しい。

「前途多難か」

二個目の握り飯を食い終えた山下は、茶をすすり大きくげっぷをした。

さてとと三個目の握り飯に手を伸ばした時だ。机の上の電話が鳴った。山下は二度鳴ったところで受話器を取った。

「司令官室だ」

ジーッという接続音の向こうから聞こえてきたのは、交換手の声である。

「東京の総司令部から連絡が入っております」

美しい声だ。司令部でも人気のある交換手で、参謀たちの間で噂に上がっている。山下もこの声の持ち主の名前だけは知っていた。

「相手は誰かね、佐藤さん」

交換手が「あらっ」と小声を上げてから答えた。

「田中中将さんですわ。私のこと、ごぞんじでしたの、閣下……」

交換手が遠慮がちに聞いた。

山下が「はっはっは」と笑いながら答えた。

「我が司令部一の美声の持ち主だ。知らぬはずがない。私はこの司令部のことは何でも知っているよ。食事中だったがかまわない、つないでくれ」

「はい」と小声で返事が返り、すぐにがちゃっという接続音が聞こえた。

「もしもし」

山下が声をかけると、受話器の向こうから思いがけぬ大きな声で田中新一《たなかしんいち》中将の声が聞こえてきた。

「閣下ご無沙汰しとります。戦況はどうですか」

山下は苦笑しながら返答する。

「私が知っているのと同じ情報を、そこの指揮室に行けば見られるだろう。それとも、うるさい輩《やから》が多くて顔を出しにくいか」

「図星です！　ちょっとあの部屋は入りがたい。予想どおり押されているのでしょうが、まあ閣下のことですから、めげてはおられんでしょう。せっかくの委員の座を蹴ってまで九州防衛軍の指揮権を手に入れたのは、自信があるからでしょう」

「戦争指導委員会の連中と政治向きの話をするより、アメリカ兵を困らせてやるほうが性に合っていると思っただけだ。指揮そのものなら、今村でも何の問題はなかったさ。私は東京の伏魔殿から逃げただけだ」

田中は「わはは」と笑って答えた。

「さすがは、陸軍一の腹芸の持ち主です。感服しました」

まったくもって口の悪い男だ。だが、そこに悪意がないので、いやみには聞こえない。まあ、この口が災いして、よく陸軍省で喧嘩沙汰を起こしていたのも事実だが。

「まあ何とかしている。それより、わざわざ直電で話してきたんだ。何か緊急の要件があるのだろう」

山下が聞くと、受話器の向こうでえへんという咳払いが聞こえてきた。待ってましたという感じの間合いだ。

「閣下に贈りものができましたよ。つい先ほどですがね。あるものが最終実験に成功したという報告が入りました。二、三週間のうちに前線に持ちこめそうです」

山下の眉がぴくっと動いた。

「新兵器か？」

「ええ、閣下も望んでいた例のものですよ。ドイツ製の歩兵用対戦車兵器」

「『パンツァーファウスト』か！」

山下が意気ごんで聞くと、田中は笑顔で答えた。

「そうです！　こいつがあれば、重い対戦車用噴進筒をかつがなくても、歩兵は対戦車戦闘ができるようになります。弾頭の飛翔安定に時間がかかりましたが、何とか問題は解決しました。今、量産の許可を出しましたので、すぐに大量に出まわります。工廠の担当官の話では、一ヶ月で五〇〇〇くらいは完成できそうだといってます。このぶんなら、数ヶ月以内に挺身隊への供給も可能になりそうですな」

山下は、うむとうなずいた。決して大きな威力を持った兵器ではない。だが簡単に持ち運べて、敵の戦車の装甲を撃ちぬける携行式の成型炸薬弾は、即戦力として大いに助かる。

実際には、敵の目前まで接近して使用しないと効果を発揮しないが、歩兵が戦車に遭遇しても、これに抗せる兵器を常時携帯できる意義は大きい。

「いずれ、山岳戦やゲリラ戦の段階になったら、兵器体系を大きく見直す必要が出てくるだろうな。戦車なんぞより軽くて連射が可能な機関短銃などを大量に作ったほうが有意義ということになっていくかもしれんな」

山下が言うと、電話の向こうで田中もうなずく気配がした。

「確かに、陸軍の装備は全面的に見直す必要があります。その件は、自分が責任もって委員会にかけますよ」

「うむ、頼む。兵器に関しては、やはりおぬしが一番だからな」

戦争指導委員会ができる前から、田中は兵器局の長の座にいた。なるほど、彼は装備改編に適任だ。

と、その山下の口から武器という言葉が出たことで、田中はあることを思いだした。

「そういえば、これはまだ正式には報告してはいけないことかもしれんのですが、いちおう耳に入れておきます」

田中の声の調子が変わったので、山下の目が細くなった。昔から、こういう時田中は本当に大事な話を耳打ちしていた。

「何かね？」

田中は意図的に声を小さくして告げた。誰かが傍受していたら、そんなことをしても無意味なのだが、人間の性《さが》としてやってしまうのだ。

「ドイツに空母を運んだ帰り船が、ジャワ付近までたどりついたようですよ。自力で潜水艦を排除したそうですが、この先無事に帰ってこられるのですかね。噂ではかなりの数の新兵器を積んでいるそうですから、何とか戻ってきてほしいものですが」

実際、輸送船団の船倉には日本軍が喉から手が出るほど欲しがっているものがいくつか載せられていた。

山下は、噂でしかその中身を聞いていないから真偽のほどはさだかではないが、確かに有効な兵器なら手に入れたいものだ。

「しかし、海軍は壊滅状態だろう。難しいんじゃないか」

山下が言うと、田中が意外なことを口走った。

「それでも海軍はやる気みたいなんですよ、さっき、山本大臣が廊下を駆けていきましたよ。行き先は通信室です。おそらく大西中将と連絡をとっているのでしょう」

大西は戦争指導委員会のメンバーだが、現在海軍最後の戦力とでもいうべき空母とともに朝鮮にいる。

「動く気、なのか……」

山下が大きく首を傾《かし》げた。

「さあ、今の段階では何とも言えませんね」

田中はそう言ってお茶を濁した。

だが、この時すでに死に体のはずの日本海軍は動きはじめていたのだった。

4

空母『飛龍《ひりゅう》』の作戦室で、東京からの電文を受け取った大西滝治郎《おおにしたきじろう》は腕組みをして考えこんでいた。

「無茶を言いおる。これを考えたのは、どうせ源田《げんだ》あたりだろう」

大西は海図の上に置かれた電文を見おろして言った。彼の横には『飛龍』艦長の菊池朝三《きくちともぞう》大佐が渋い顔で立っていた。

「その源田参謀、明日飛行機で乗りこんでくるそうです。九州の戦況などどうでもいい、今はこっちが最優先だと言っております」

そう話すのは、新第一航空艦隊の作戦参謀である神重徳《かみしげのり》中佐であった。

ここで、現在の日本海軍の状況を説明しておかねばなるまい。

硫黄島沖海戦で大敗した連合艦隊は、従来の編成をすべて解消した。それは当然だろう。戦艦群で生き残ったものは三隻だけ、それも傷だらけ。無傷なもので戦力といえるのは、たまたま出撃できなかった空母『飛龍』と『龍驤《りゅうじょう》』だけなのだ。

そこで連合艦隊はこの二隻を中心に、新たに第一航空艦隊を編成し、この指揮下に使用可能な六隻の重巡と旧型ではない軽巡二隻、そして駆逐艦九隻を入れ、これまで満州及び朝鮮方面からの輸送船団護衛に使用してきた。

戦艦は、すべてドック入りして修理中だ。これには、開戦初日に大損害を被《こうむ》った『比叡《ひえい》』も含まれるが、この四隻の戦艦が戦列に戻るには少なくともあと一ヶ月はかかる見こみであった。

そして戦艦が戦列復帰しても、海軍はこれを大西が長官におさまった航空艦隊の下に入れる予定なのであった。

今後、連合艦隊は護衛艦隊としてのみ存続を許される。誰もがそう思っていた。

だが、大西の考えは違った。いや、この点は山本海軍大臣も承知しており、航空艦隊はひと言でいえば、『海賊』に変身する肚《はら》づもりだった。

大西が考えたのは、残った戦力は徹底して敵との艦隊決戦を避け、敵の輸送船や補給線の破壊に全力をあげるという戦法であった。

いってみれば、空母を使ったゲリラ戦法だ。

しかし、そのための準備を行っている矢先に、いきなりその考えを反故《ほご》にするような命令が飛びこんできたのだ。

命令は、ジャワ島付近まで帰還したドイツ派遣艦隊と合流、これを護衛帰還せよというものだった。

とんでもない話だ。今、九州の近海には総数一〇〇〇隻を超える敵艦がおり、そのうち二割は戦闘艦艇というとんでもない状況なのだ。

これを突破し、たった七隻の味方を救いにいけという。

単純に考えても無茶、よくよく考えれば不可能という結論の出る命令だ。

だが、これが正式なものだから大西も苦慮するのだ。

正式な命令である以上、無視できない。従わなければ軍規違反だ。

「いったいどうやって、敵の目の前を横切れというのだ」

「やはり中国沿岸を進むしかないでしょうね。さすがの米軍も、戦闘区域のないあのへんには艦隊を派遣しておりません」

神がまじめな顔で答えた。彼は、どうやら命令を額面どおりに遂行する気のようだ。

大西はなおも腕組みしたまま顔をしかめる。

「どうやっても我々の動きは敵に露見する気がするな。中国国民党の目が、黙って見すごすとも思えない」

「ですが、彼らとは休戦が成立して以後交戦状態にないのですから、少なくともいきなり攻撃を受ける気遣いだけはありません」

まあ確かに神の言うことにも一理ある。だが、その国民党は米国の支援で八路軍と戦っている。黙って見すごしてくれるはずはない。見つかればほぼ間違いなく通報される。

「何とも厄介だな。だが命令には従うしかない。航路は貴様にまかす。後のことは、源田が到着してから決めるとしよう」

大西はそう言って、肩をすくめた。

その時、空母の艦内放送が、九州での戦況に関する新しい報告を入れてきた。

「我が航空隊の夜間攻撃隊、先ほど元山より発進しました」

大西が時計を見る。午後七時。朝鮮の時間も、日本の標準時と同じだ。だが、かなり西に位置する仁川は、九州とほぼ同じ日没時間である。

というわけで、この夏至《げし》前の時期は、今がまさに日没という時間帯だ。

「でかい戦果はいらん。敵を震撼させるような戦いをしてきてくれればいい……」

大西は、そこからは見えぬ南の空を見つめ呟いた。

この夜間攻撃に投入されたのは、航空戦力だけではなかった。

薄暮《はくぼ》の鹿児島湾の沿岸を滑るように進んでいくいくつかの影があった。

流線型の独特の船体、そして水の上に完全に浮かびあがったその姿。それは一昨日あの敵戦艦四隻撃沈の大金星をあげた『海燕《かいえん》』に間違いなかった。

『海燕』隊は、攻撃後の離脱途中に敵機に襲撃を受け、半数近い損害を出した。戦死者三〇名以上。隊長の野崎中佐にしてみれば、悔しいという言葉ではおさまりきらない思いであった。

敵に襲われた場合の退避は、あれほど訓練したはずなのに、実戦になってみれば、ほとんどの人間がその手順を忘れ、敵の餌食になってしまった。

訓練と実戦の違いを、彼はいやというほど思い知らされた。

だが残った兵たちは、散っていった仲間のぶんまでも戦いぬくと心に誓った猛者《もさ》ばかりであった。

今日から『海燕』隊は、本来の戦法での戦いを敵に挑んでいく。

それは、夜の闇に乗じて敵に接近、一撃離脱で遁走《とんそう》するという、海上ゲリラ戦法だ。

『海燕』隊のほかにも、大型の迫撃砲を積んだ陸軍のモーターボート、通称バル艇も深夜に出撃の予定であったし、すでに甑《こしき》島方面から出撃した甲標的部隊も薩摩半島方面の敵に接近しつつあるはずだった。

日本軍の夜間攻撃は、これらの戦力による散発的ながら間断ない攻撃という、警戒する米軍側にとっては非常に厄介な戦術で練られているのだった。

「今日から、俺たちの獲物は輸送船だ。いいか、攻撃したら必ず生きて帰れ。この先は、敵を何バイやっつけたかが俺たちの勲章だ。艇が沈んでも泳いで帰れ！　幸いなことにこの安物艇は、いくらでも量産ができるそうだ。艇は安物でも生き残ったベテラン『海燕』乗りは、貴重な戦力となる。この先、勝手に死ぬことは俺が許さん。いいな、ぼけなすども！」

これが今日の出撃前の野崎の訓示だ。いやはや何とも支離滅裂、前代未聞な訓示であるが、隊員たちには彼の気持ちが痛いほどよくわかった。

彼にしてみれば、自分の祖国を踏みにじっている敵を何としても許せない。だから、できるだけ長く敵を苦しめてやりたいのだ。

それには、生きて生きて生きぬく気概が必要だ。部下にそう叩きこんだのだ。

今日出撃した六隻の『海燕』は、敵に発見されないよう細心の注意を払って鹿児島湾の外に出た。

ちょうど日没で、海面には暗い影が伸びてきていた。

その暗い影の向こうに、いくつかの明かりが見える。

鹿児島湾の出口付近に頑張っている敵の警戒隊だ。野崎は、それを認めるとにやっと笑い、半開きにしたキャノピーから両手を振る。すると、それまで水中翼で進んでいた各艇は一気に速度を落とし、通常の喫水状態になる。

野崎はキャノピーを閉めると、操縦士の黒沢一等海曹に命じた。

「潜航だ」

黒沢は、左手にあるバラストの注水レバーを引いた。

艇はたちまちに沈んでいく。そして、キャノピーと排気塔を残した状態で潜航をやめる。つまり半潜航状態になったのだ。これで発見率は一気に下がる。

『海燕』は、この状態でも一〇ノットでの航行が可能だ。エンジンの給排気システムが、全部海面から突きでているからだ。

六隻の『海燕』は、この状態で巧みに敵の警戒網をかいくぐり、開聞岳《かいもん》を右手に見ながら薩摩半島を巻いていく。

陸上の監視哨からの報告で、後続部隊用と思われる補給資材を載せた小規模な輸送船団が、坊ノ岬沖に停泊中という情報を得ていたのだ。彼らの今日の目標は、この輸送船団だ。

半潜航のまま三時間ほど進むと、目標の船団がはっきりと認められた。距離はまだ五キロほどあるが燈火管制が徹底していないらしく、少なからぬ灯かりが船窓から漏れていた。

これを認めた野崎が、吐き捨てるように言った。

「け、もう勝った気でいやがる。まだまだ気が抜けないことを教えてやるぞ。黒沢、ブローアップだ！」

操縦士の黒沢は圧縮空気のバルブを開き、一気にバラストタンクから海水を排水した。艇は一気に浮かびあがる。その状態で、ギアを切りかえ、速度を上げる。三〇ノット付近で、水中翼の操作をするフットバーをゆっくり押すと、船体はぐっと海上に持ちあがり、そのままさらに加速をしていく。主機の航空用エンジンはご機嫌な音を立てている。

「目標はあの手前の貨物船だ！」

速度は四五ノットを超える。ここで六隻の『海燕』はいっせいにブレークし、各々勝手な目標に向かっていった。

炸薬量三〇〇キロを超える『海燕』の四五センチ魚雷なら、一本で充分に貨物船一隻を葬れる。『海燕』は、これを艇の内部に二本積んでいる。発射口は前部上面、発射には圧縮空気を使用する。

敵を射程距離に捉えた頃になり、ようやく敵は彼らの接近に気づいたようであった。

海面にサイレン音が鳴り響き、サーチライトがいっせいに海面を走った。

そのうちの一本が偶然に『海燕』の一隻の上を横切ったが、その動きがあまりに速すぎて追いすがることはできなかった。

「止まった目標は、ただの標的《まと》だ！　喰らえ！」

魚雷が射ちだされ、海面に消えた。

白い気泡がすーっと伸びる。だが、その頃には『海燕』は反転し全速力で遁走している。

機関砲弾の着弾を示す白い水柱がそこらじゅうに立っているが、そこには正確さのかけらもない。

そして最初の着弾の音が響いた。

この日の攻撃で九本の魚雷が命中。敵輸送船五隻が轟沈した。戦死者一六八名。

だが、その数字以上に痛かったのは、このうちの一隻に大量の医薬品と野戦救急セットが搭載されていたことだろう。

薩摩半島方面での戦闘でその後一週間、医薬品の不足が深刻になったのは、この日の『海燕』隊の戦果によるものであった。

『海燕』は五隻が帰還。一隻は帰還途中に主機故障で放棄自沈。二人の乗員は泳いで指宿《いぶすき》に上陸。戦場を横断し、三日後に原隊に復帰した。

そのほか、この夜の攻撃で米軍の受けた被害を列記すると以下のようになる。

海軍の特殊潜航艇甲標的一型及び二型の攻撃で、駆逐艦一隻撃沈。輸送船三隻大破、のち一隻沈没。

単機あるいは数機の編隊による夜間雷撃と急降下爆撃、これは海軍航空隊の単発機が行ったものだが、この攻撃で輸送船二隻とタンカー一隻、それにLST一隻が沈没。さらに輸送船三隻が被害を受けた。

同じく海軍の陸攻による爆撃。これは敵の上陸地点に向け行われたが、日本側では被害集計不能。ただし、数ヶ所の集積所で大規模な爆発火災を確認している。未確認情報では、集結していた車両群数十台が炎上したという目撃報告もあった。

陸軍の夜間攻撃は、それまでの伝統だった斬りこみではなく、擲弾筒や噴進砲筒をかかえた数名の歩兵が敵陣近くに接近し、数発だけ撃ちこんで逃走するというものであった。

これが戦闘報告の集計では、全戦線で合計一七四回繰りかえされたことになっている。これも正確な被害は不明だが、米軍兵士に与えた心理的圧迫は相当なものだったろう。どの戦線でも、日本兵がいない方向に向けて集中砲火が行われたりする光景が一晩中見られたという。

この夜間の銃撃戦、派手に曳光弾を撃ちまくる米兵の姿を捉えた従軍カメラマン、ロバート・キャパの写真は、この日の朝に志布志湾の猛攻の中で撮った脅《おび》える海兵隊員の写真とともに、戦場写真の傑作として広く世界に配信されることになった。

米軍兵士は、幽霊のように忍び寄る日本陸軍の兵士に、本当に恐れおののき、どの兵士も小銃のトリガーに指をかけたまま眠い目を無理にこじあけ、夜を過ごす羽目になった。

さらに陸軍では、快速のモーターボートで敵の輸送船団にこっそり忍び寄り、重迫撃砲を撃ちこむという荒業で、敵の給糧艦一隻を大火災に見舞うという戦果をあげた。

だが、これらの攻撃による被害も馬鹿にならない数字が上がっていた。

夜間爆撃への出撃機一一六機中、未帰還機合計二七機。

特殊潜航艇出撃八隻中、未帰還四隻。

特殊攻撃艇『海燕』出撃六艇中、未帰還一艇。

陸軍特殊艇出撃三隻全滅。

陸軍の夜間攻撃隊、延べ三〇〇〇名動員。うち戦死者一二一名。戦傷者二二八名。

これが少ない被害なのか、それともこの先を考えると憂うべき数字なのか、どの司令部でも結論を出しかねていた。

何しろ、いまだかつて日本軍は、こういった形態の戦闘を行ったことがなかったからだ。

だが、この夜を徹した攻撃により、米軍の夜間の進撃という事態は確かに止めることができたようだ。

米軍は、日本軍の夜襲を警戒して一晩中陣地に籠り、警戒を続けざるをえなかったのだ。

少なくとも日本本土に上陸した兵で、満足な睡眠を取った兵は皆無であったろう。

これこそが日本軍の企図《きと》したことであり、夜間攻撃に参加した日本兵は、夜明け前にそのほとんどが山岳地帯の頑丈な要塞陣地に戻り、朝にはぐっすりとした眠りに身を委《ゆだ》ねていた。

少なくともここは、間違いなく彼らのホームグランドであった。そして、ビジターである米兵たちは眠れぬままの夜明けを迎えたのであった。

5

六月一日の南九州における戦況が、のちの戦史に大きく取りあげられることはなかった。

それは、特筆すべきことがほとんどなかったからであろう。

だが、少なくとも戦場では前日に増して激しい戦闘が繰りひろげられていた。

薩摩半島では、力押しを決定した米海兵軍団が夜明けと同時に各所の要塞線に向けて攻撃を開始した。

ほかの戦線でも、これにやや遅れるかたちで戦闘が再開され、各所で米軍は前進を開始した。

この日も全海岸で物資と兵士の上陸は続いた。

志布志湾では、機甲師団の上陸が完了。前日の被害をものともせず、一〇〇両を超える戦車で堂々と内陸への進撃を開始した。これを迎え撃つ日本軍は、地下陣地から速射砲と戦車で狙撃を繰りかえしては後退するという、一撃離脱方式を採用。

米軍に深刻な被害を与えるも、その進撃自体を阻止することはできなかった。

第一海兵師団はその損害があまりにも激しく、この日のうちに予備部隊であった第三海兵師団との交替が決定した。このため、志布志西方地区でのこの日の前進量は事実上ゼロとなった。第三海兵師団は、翌日上陸が決定した。

一方東側を担当したフィリピナス師団は、山岳地帯の敵陣地があまりに頑強であったため、この前線維持を一個連隊に命じ、消耗しなかった一個連隊で機甲師団のバックアップにまわった。平野部から鹿屋《かのや》の飛行場をめざすのが彼らと機甲師団の役目だったが、現在の進撃速度では目的地まで三日はかかる計算であった。

日向方面では、米陸軍第二五師団が宮崎市内に入城した。この地域で、日本軍は市街戦を避けた。市内には少数の民間人が残っていたが、彼らは黙って米軍の占領を受け容れた。

日向方面の平野部は、この日の昼間までにその八割が米軍の手に落ちた。海軍陸戦隊は高岡付近に頑強な抵抗線を敷き、そこから西への米軍の突出だけは食いとめた。このため米軍は、北の方向へとその占領範囲を伸ばす格好になった。

だが、その一方でこの方面は、突然どこからともなく降ってくる日本軍の重砲、それも二〇センチクラスの巨大な砲弾によって、大いに悩まされることになった。

　これは、国見山と尾鈴《おすず》山の山麓《さんろく》に作られた陸海軍の重砲陣地からの攻撃で、その射程はどちらも二〇キロを超えており、事実上宮崎平野はすべてがその射程内におさまっているのだった。

　状況だけ見れば、米軍は着々と上陸を続け橋頭堡は確実に強化され、すでに一部には仮設の桟橋まで設けられていた。

　だがその一方で、すべての上陸地点がいつ襲ってくるかわからない日本軍の奇襲に戦々恐々とし、警戒状態を解けずにいた。

　そこで、この日も朝から米海軍機の空襲が続き、奄美の重爆撃機も再三にわたり、日本本土を襲った。

　北九州では陸海軍の戦闘機がこれの迎撃にあたり、米軍のB24爆撃機はこの二日間で四八機という損害を記録することになった。この数字はのちに空の奇兵隊と呼ばれる海軍三〇三航空隊が前線に出現するまでの間、しばらく米軍重爆撃隊のワースト損失記録として残ることになった。

　とにかく、この日の戦闘はあまりにも劇的であった上陸初日の影響で影が薄かったが、実際には前日以上の激戦が各地で行われていたのであった。

　この戦闘の影響は、村落に身をひそめている挺身隊員たちにも現れはじめていた。

枕崎《まくらざき》の近くにひそんでいた挺身隊の第三〇一一部隊の男性たちが、ざわざわと騒ぎはじめたのは昼近くのことだった。

この様子が気になり、山本典子は広場に出てみた。すると、隊長の田中大介という、体格不足で乙種合格にしかなれなかった青年が、ねじり鉢巻で立っていた。

「大介さん、どうしたんですか?」

典子が聞くと、田中は悲壮な顔で彼女に説明した。

「加世田の西に上陸した敵が、この枕崎方面を迂回して陸軍の要塞線の裏に出ようとしているんだ。この付近の挺身隊全隊に、戦闘突入の指示が出た。僕らは、これから武器を持って前線に向かう」

典子の顔が青ざめた。

「そんな! 挺身隊は前線には出ないんじゃなかったんですか」

田中はかなり緊張した顔で彼女に答えた。

「時と場合によるよ。戦場に兵隊が足りなければ、僕らが代わりに戦わなくちゃならない。このへんに義勇軍はいないんだ。ここは僕らの郷土だ。黙って敵に蹂躙させるわけにはいかない。挺身隊員も立派な戦士だ。きっと敵を食いとめてみせる」

典子は、悲しそうな目をすると、いきなり手をシャツの中に入れ何かをつかみ出した。それは、彼女が肌身離さず持っていた宇佐八幡の御守であった。

「これを持っていってください！」

まだ彼女のぬくもりの残る御守を、田中はどぎまぎしながら受け取った。

「こ、これは？」

「母が、私が戦場に行くというのでもらってくれた御守です。特別の護符が縫いこまれています。私には、命の次に大事なものです」

田中がびっくりした。

「そ、そんな大事なものを……」

「お貸しするだけです！　必ず生きて返しにきてください！」

典子の言葉の裏に隠された思いを汲み、田中は大きくうなずいた。

「お借りします！　女子挺身隊も、これから多忙になると思います。典子さんも頑張ってください！」

田中は彼女に一礼すると、すでに集まりはじめた隊員たちのほうに駆けていった。

それを見送っていると、建物の中から諏訪沙織が出てきた。

「典子さん、男の人たち行ってしまうの？」

沙織が震える声で聞いた。昨日から砲爆撃の音は途絶えることなく聞こえていたが、まだ彼女にとって戦場は遠い気がしていた。それが、先ほどまで寝食をともにしていた仲間が戦場に向かうとなると、何とも表現できない恐怖が湧いてきたのだ。

「みな戦士なのよ、しっかり見送りましょう。そして私たちも戦士なのよ」

そう言った次の瞬間、彼女は激しく咳きこんだ。そのまま身体を折り、むせる典子。口もとにあてた手の指の間から、赤いものがあふれてきた。

「典子さん、それは!」

沙織がびっくりして典子の背を抱いたが、彼女はそれを強い力で振り払った。

「黙っていて! お願い、このことは誰にも言わないで!」

口もとを鮮血に染めた典子は、涙をいっぱい目にためて沙織を振りかえった。何か触れてはいけない強い思いが彼女を支配しているようだ。

沙織は、その鬼気迫る姿に何も言うことができず、ただ立ちつくした。

典子はハンカチで血をぬぐうと、沙織にかすれた声で言った。

「あたしは、戦士として死にたいの。だから、このことは誰にも言わないで、お願い」

沙織は悲しそうにうなずくことしかできなかった。

三〇一挺身隊の男子たちは、陸軍の戦線の穴を埋めるべく前進していった。

　同じ頃、はるか彼方の仁川では、航空艦隊所属の軍艦がいっせいに錨《いかり》を上げていた。

「さてさて、鬼が出るか蛇《じゃ》が出るか。とにかく行ってみようじゃないか」

　空母『飛龍』の艦橋で、大西中将がそう言って掌《てのひら》で鼻をさすった。

　その横には、先ほど自分の操縦で横須賀から飛んできた源田実《みのる》大佐が、飛行服姿のまま立っていた。

「何が出ようと逃げの一手。ここは敵を叩きにいくのではなく、煙《けむ》に巻きにいくのだと肚をくってください」

　源田の言葉に大西は大きく肩をすくめてみせた。

「この先、日本海軍は当分ペテン師集団にならねばいかんということか。まったくおぬしも、そして山本大臣も、とんでもないことを押しつけてくれる」

　すると源田がにやりと笑った。

「ですがね大西さん、もう日本中捜してもこれができるのは、あなたしかいないのですよ」

　この言葉に大西は大きくため息をついた。

「せめてなあ、山口さんが生きていてくれたらなあ、この役を押しつけられたのに」

源田が首を振った。

「海の底に沈んだ人をあてにしちゃいけない。この先、戦争をしていくのは、我々生き残った者の務めです。そしてね、我々は絶対に死んではいけんのですよ」

大西が真面目な顔で源田を振りかえった。

「そのとおりだ。この先、我々は生き残らねばならない。それが日本という国を残していくということだからな」

源田が白い歯を見せて笑った。

「それがわかっているなら話は早い。この航海は日本を救うための賭けです。賭けは勝たなけりゃ意味がない。戦闘になんぞ勝つ必要はないのです。我々は、この賭けにだけ勝てばいいのです」

大西は派手に頭をかいてみせた。

「ああ、もう何が何やら、複雑怪奇になったものだ！　とにかく出港だ！　さっさとボルネオをめざそうじゃないか」

この地にあった空母二隻、重巡四隻、そして駆逐艦八隻が一気に錨を上げた。どうやら、これからこの編成でHG18B船団の出迎えに向かうらしい。

動きだした『飛龍』の艦橋の窓から、朝鮮半島の島々を見つめ源田が大西に聞いた。

「何か心残りがありますか？」

すると大西は、思いきり頬を歪《ゆが》めながら彼に言った。

「こうなったら何が何でも生きて帰ってやるさ！　だがな、それまで日本が降伏していなければいいがと思っているよ！」

今度は、源田が肩をすくめた。

「さてね、それは私にも保証はできない。でも、きっと山本さんは自分ひとりになっても戦いますから、あの人がいる限り海軍は続いている」

「海軍が続いていても、日本がなけりゃあ意味がないだろう」

源田が悪戯《いたずら》小僧のような目で大西を見かえした。

「おや、自分にとっては海軍が日本と同意義だったもので失礼しました」

大西はもう何も言いかえそうとせず、前方を見つめた。そして今度は、横に立ってずっと二人のやり取りを黙って聞いていた艦長の菊池に言った。

「貴様は今度の出撃をどう思う」

すると、菊池はまったく表情を変えずにこう答えた。

「自分にいわせれば、鬼ごっこに出かけるようなものですな。まあ、せいぜい鬼を翻弄してみせますよ」

これを聞いて大西は、またもため息をついた。

「どいつもこいつも……」

空母『飛龍』は、次第にその速度を上げ、艦首に白波を蹴立てはじめた。向かうは、南洋。そこは戦場を遠く離れた場所だった。

第二章　懺悔《ざんげ》（無名下士官の手記）

前日の警報で、敵の上陸が確実なことを知った。我が〇〇連隊（〇〇は原文ママ。記述から麻布の砲兵輜重《しちょう》第一連隊と推測さる）は、敵の砲爆撃の間隙《かんげき》を縫い、要塞陣地への弾薬と糧食の運びこみを継続した。

一ヶ月前にここに移動して以来、砲の設置にともなう輸送路の確保を建設作業大隊や労働奉仕隊と協議、安全かつ円滑な補給路の確保をめざし、弾薬庫もほぼ満量まで埋めることができた。

しかし、上陸を前にしての敵の攻撃の熾烈《しれつ》さは過酷の域を超えて、恐怖を覚えぬものはない地獄の様相を呈した。

幸いにして我が小隊での発狂者はなかったが、あちこちの部隊で戦場不適格と判断され、後送される兵が続出した。その数は、砲爆撃での死傷者に等しいという指揮官のため息さえ聞こえた。

小生を取り巻くほかの兵はみな、敵兵士が日本本土に上がってくるという現実に順応できていないふうであった。かくいう小生も、これがいかに重大なことであるかを実際に海岸に殺到する敵兵を見るまで理解できなかった。

しかし、この戦闘において何が衝撃であったかを正直に吐露《とろ》するなら、あれほど頑強に造ったはずの陣地が、敵の砲撃によりどんどんと切り崩されているという現実であった。

作業中は『長門《ながと》』の砲撃に耐えると豪語していた建設技官が、この現状を見て何を思うかぜひ知りたいと考えたのは、小生だけではないだろう。いや、あの膨大な土砂に圧殺された同胞こそ、率直に意見を聞きたいと願ったのではないだろうか。

旧知の戦友も、多くこの崩落に落命した。戦死という状況についていえば、北満事変への砲兵部隊出動でソ連軍重囲《じゅうい》により、我が連隊の第二大隊が玉砕する（この記述により、前述推測が補強される。昭和一三年の北満州での日ソ軍事衝突において、移動展開中の第一師団麾下の野砲第二連隊が、歩兵第三連隊とともにソ連軍の自動車化狙撃師団に包囲されたが、この際に抗戦陣地に転出の遅れた砲兵輜重第一連隊の第二大隊と歩兵第三連隊の第一〇中隊が壊滅している）などを経験しているが、かくも凄惨《せいさん》なる現場に行き会ったことは、小生の人生において他に比類なきことであった。しかし現在までの戦闘を見るにつけ、それがまだ序の口にすぎなかったのだと痛感する次第である。

祖国が戦場になるということがいかに辛く、苦しきものであるか、この時に至りようやくみなが悟ったふうである。

いずれにしろ、その最初の洗礼がかの熾烈なる砲爆撃であったことは間違いない。

陣地の大きな坑道が崩れると、作戦の次期段階、すなわち我が連隊の属する師団（先の推論により、九州防衛に際し東京兵団を切り離され、九州総軍直属に置かれた砲兵第一師団と断定してよいだろう）の陣地移動に使える経路がなくなることを意味し、作戦の継続に多大な支障をきたすと指揮官は驚愕し、狼狽の顔を兵士たちに見せてしまった。

あの不甲斐なき顔を目の当たりにしたことで、小生を含め多くの兵士が暗鬱《あんうつ》たる気分に貶《おとし》められた。

戦争とは、簡単に人の性《さが》を露呈させるものである。日頃、胸を張り兵士を叱咤《しった》する指揮官が、現実の砲火を前にするや、一同の中でもっとも蒼白なる顔色をし、視線を泳がせているさまは、やはり兵の士気には悪影響しか与えぬ。この男の指揮に従うことに命を託す兵なればこそ、その落胆の気分を推し量ってあまりあるというものだ。

指揮官がすべて豪胆《ごうたん》である必要はないと、私見では思う。しかし、我が部隊の職務は敵の砲弾をかいくぐり、補給を待望する前線部隊へ弾薬を届けるという過酷なものである。これを陣頭指揮するものは、慎重であっても決して粗忽《そこつ》であってはならない。まして臆病でなど断固としてあってはならないのだ。

我が小隊の兵士が、指揮官に対する不信を覚えたのはおそらくこの時からだったと思う。そして、これがあの事件を誘引したのであろう。

いずれにしろ、みなが恐怖に心を凍らせている中、米兵は九州の地をめざし進軍してきた。それを目の当たりにしていた我々の気持ちを正確に理解してもらえるのだろうか。

多くの国民は、怒りを覚えるのではと推測したのではないだろうか。だが小生も、そしてのちに聞いた戦友たちの誰もが、その場で心の底に感じたのは怒りの感情ではなかった。

小生が感じたのは、絶えがたい慟哭《どうこく》の衝動なのだ。涙の湧くのを止めえなかったのだ。悔しく、悲しく、あまりにみじめであったのだ。

みなが同じであったと思う。祖国が蹂躙されんとするまさにその瞬間、真の愛国者は泣くのだ。それを小生は身をもって知った。

きっと自らが銃を持ち前線に立てぬ身であったことが、よりいっそうこの悲しみを濃くしたのであろう。恐れを知らぬ少年であったなら、石を持ち、敵に歯向かっていきたくなる。そんな衝動に通じる悲憤《ひふん》だ。

だが現実の小生は、空を埋めつくす曳光弾に、耳を聾《ろう》する爆音に、首をすくめ腰を抜かし、失禁に軍袴《ぐんこ》を重くすることくらいしかできぬ腑《ふ》抜けな兵でしかない。ただ己の代わりに敵を討ってくれよと、重い砲弾を運ぶことしかできぬのだ。

銃を持たぬ兵の辛さを思い量ってもらえるだろうか。軍は、にわかに輜重に対し配慮をするようになった。あらゆる面で待遇が改善されたといえよう。しかしながら、相変わらず我々が銃を握り戦うことはない。工兵は、歩兵と同様に前線で戦うことが使命とされ、準歩兵としての地位に置かれることになった。だが我々輜重は、前線から生きて後方に戻り、再度前線に弾薬や糧食を運ぶ。ある意味、銃を持つより辛い職務に没頭せざるをえない。

敵が目前にありながら、その敵をにらむ暇《いとま》さえ与えられぬのだ。

いつしか悲憤は不満へと変わっていった。暗い坑道を往復するうち、何ゆえ自分たちが戦えぬのかという不平が多くの兵をいらだたせ、気性を荒げさせていった。

こうしたささくれた空気もまた引き金となり、事件は起きたのだろう。そう、あれが起きたのは敵が上陸した日の夕刻であった。

朝から何十回と要塞陣地の中を駆けまわっていた我が小隊は、気づいてみれば敵の砲爆撃で一〇人以上の死傷者を出していた。一人また一人と戦友が消えていく中、ただ黙々と弾を運ぶことに没頭させられていた。もう、ほかに考える余裕すらないほどにその搬送は過酷であった。坑道には硝煙と表土付近での火災からの煙が満ち、足もとは湧きだす地下水でぬかるみ滑る。ここを数十キロになる弾薬や装薬をかつぎ進む困難、そして傷ついた兵をかつぎ下ろしていく苦難。一歩一歩を踏みしめながら、それが現実であるとは思えぬほどに神経はすり減り、至近のはずの爆発音も遠く彼方のもののようにしか聞こえなくなっていた。

そして夕刻、噴進砲部隊が予定の砲撃を終了、後背《こうはい》の永久陣地に転出した後にそれは起こった。

野砲大隊も間もなく転戦準備に入るという指示（上陸第一日目夜半に、志布志湾付近の山岳要塞に布陣した砲兵第一師団麾下の各連隊は、一部の軽榴弾砲を除き、後背の要塞陣地への移動を開始していた。米軍がこの事実を確認できたのは上陸三日目以後であった）が出たので、集積陣地の移動準備に入ろうとした小隊は、とある坑道で点呼の最中、至近距離に敵大型弾の着弾を受けた。坑道の半分が崩落し、小隊長以下五名が生き埋めになるという事態に遭遇したのである。

この時小生は、隊列から少し離れた場所で電話連絡中であった。崩落と同時に、坑内は砂塵で視界がきかなくなり、電灯も消えた。その後、数分で視界は戻ったが、その時聞いた傷ついた兵のうめき声だけが今も耳にはっきりと残っている。

土砂に完全に埋没したのは小隊長とすぐ横にいたW兵長の二名だけ、ほかのものは骨折や外傷などを負いながらもすぐに掘りだすことができた。

今ここで私は懺悔《ざんげ》しなければなるまい。

あの時、小隊長はまだ生きていた。崩落した土砂の下から漏れてくる小隊長の悲鳴をみなが聞いた。

だが、目前に迫った陣地転換、他の傷ついた将兵の搬送、それらのことに気がせいた小生は、兵たちに視線をめぐらせると、二人をその場に残置し任務の続行を命じたのである。

兵からはひと言の不満も出なかった。誰もが、小隊長のことを無視しても良心に呵責《かしやく》を覚えなくなっていたのだ。

のちに冷静になって考えれば、戦場の特殊な環境が感覚を麻痺させたのであろう。

恐怖と不満と憤《いきどお》りとすべてが混濁した中、冷静な判断など下せるはずはない。だが、決して見捨ててはならなかったのだと今の心が責める。深夜、野砲の陣地転換作業中、崩れた坑道を再度通った。この時、もう小隊長の声は聞こえなかった。

小隊長を殺したのは敵の砲弾ではなく、私ではないのか。そんな思いが今も小生を責めさいなむ。いずれ同じ運命が自分に降りかかっても、小生は誰も責めることができない。だが、それもまた運命として享受しなければなるまい。祖国はすでに蝕《むしば》まれ、兵は国を蹂躙する米兵に抗すため、死命をつくす。小生もまた、その防衛という戦いの中、いずれ消えゆくであろう。

願うなら、戦場で散った多くの将兵と同じように、小生もまた国の礎《いしずえ》として、地に埋もれ消えなんと思う。

贖罪《しょくざい》の気持ちが、小生を戦場へ追いたてる。

小生は明日、陸軍特別攻撃練成隊（のちに正規ゲリラ部隊と認知されることになる特戦部隊のことであろう）へ転出する。生きて九州の地を出ることはあるまい。だが、小生は死に急ぐわけではない。

祖国を守るのだ。心にあるのはただそれだけだ。

この戦いに日本は決して敗れない。それを信じ、小生は敵陣へと向かうであろう。この狂気を後世に伝えるため、小生はこの書を残す。

戦争がいかに無機質で、非情であるか、知り、伝え、そしてわかってほしい。死にたいものなど誰一人いないのだということを。彼も生きたかったのだ。だから恐怖し、嗚咽《おえつ》した。小生もまた、生きたいがゆえに、もがき逃げたのだ。

戦場に大義などない。

あるのは、悲憤だけなのだ。

昭和一九年七月末日

一軍曹記す

（付記執筆、米陸軍情報士官マイク・スコット・アライ中尉。この手記は、一九四四年一二月一七日の指宿補給廠爆破事件の現場において、ゲリラ兵の遺体より採取したものである。我が軍の九州上陸前後の日本陸軍内部の実情を知るための資料として保存を決定した。保存番号ＡＲ10―９９２４―Ｔ１）

第三章　泥濘の罠

1

この三日間、南九州の地に砲声が絶えることはなかった。それは敵味方関係なく場所も広範であったが、必ずあの独特の余韻を持った重低音が空にこだましていた。最初は雷鳴にも似たその響きに、人々はやがて慣れを覚えるようにすらなった。恐怖心しか喚起《かんき》しなかったはずの音がいつしか「そこにあるのがあたりまえ」のものにと変じたのだ。それほどに、砲声は恒常的に鳴りつづけたということである。

日本本土が戦場になったという現実は、銃を握った兵隊たちより、自らが戦闘に参加できない人間にとってのほうが大きな衝撃となったことは間違いない。それらの人々にとって直接見えぬ戦場を象徴するのが、この絶え間ない砲声であったろう。

南九州の大部分は、政府の命令により強制疎開が行われ、市民というものがほとんどいなくなっている。だが、これを完全に徹底させるのは、いかに強権を発動できる軍事政権であっても不可能だ。

鹿児島だけでも数万の一般人が残っている。これに加えて、最低限の都市機能維持のための各種事業職員が非常要員として残り、さらにゲリラ部隊として組織された挺身隊員が、村落などに入り息をひそめていた。

こうした非正規の兵士たち、軍の支援要員、そして一般市民。彼らにとっての戦場は、自分たちがよく知っている場所でありながら、もはや容易に近づくことの許されぬ場所。そういった領域に変じていた。

上陸から三日間で、米軍は実に二二万もの兵力を揚陸させ、各戦線に展開、あるいは布陣させ、補給拠点の確保をさせた。この数字は、当初の予定より三万ほど少ない。

実は、この少ない数字の意味するところはかなり重大な意味を持っていた。つまり、その三万は上陸できなかった兵と、上陸したが員数に数えられなくなった兵なのだ。

何と、米軍は死傷者数合計二万三〇〇〇名、被害艦艇六四隻という膨大な損害を記録していたのだ。この結果、上陸を延期した部隊が丸二個連隊も出ており、結果的に上陸総将兵数二四万一〇〇〇名、戦死者一万一〇〇〇名、傷病後送者一万三〇〇〇名という数字になる。

現在の展開状況でいえば、東側宮崎の日向海岸方面（作戦名［オレンジ］）上陸部隊となった第一軍団の総兵力は、基幹となる歩兵三個師団の中に八個歩兵連隊、三個輸送連隊、一個砲兵連隊、二個工兵大隊、二個戦車大隊の合計七万四〇〇〇の兵に、揚陸支援の海軍兵約一〇〇〇名が上陸。現在海岸線から平野部にかけてのほぼ七割を占拠という、全軍でもっとも多くの占領地域を確保しているものの、山岳要塞陣地からの重砲を中心とする砲撃、散発的に襲ってくる舟艇部隊や、夜間の単機爆撃などにより、全軍でもっとも深刻な上陸後の被害を受けている。

しかし、歩兵戦闘自体は全体でもっとも少ない状況であるから、兵の士気そのものは旺盛に保たれていた。日本側も、上陸初日以降は斬りこみ夜襲を控えており、Xデー（六月一〇日）プラス三日の朝の時点で米軍の占領地域は、宮崎市内を含む平野部のほぼ七割に達した。

上陸地域の中でもっとも激戦区となった志布志湾地区（作戦名［パープル］）には、当初第五軍団麾下の海兵一個師団と陸軍歩兵一個師団、機甲一個師団が上陸したのだが、ここではXデープラス二日目に海兵師団の入れかえが行われた。上陸初日に被った損耗が激しすぎたのだ。第一海兵師団は、連絡指揮所を残して全部隊が海上に退き、第三海兵師団がこれにとって代わった。移動はスムーズに行われたが、これは機甲師団が一時的に全戦線を支えたおかげである。

この交替の結果、現時点の展開兵力は海兵一個師団は変わらないが、戦闘団連隊二個、通常連隊一個の編成だった第一海兵師団が、通常の三個連隊基幹の第三海兵師団と入れかわったので、結果的に二個大隊以上の兵力が減ったことになる。戦闘団連隊は通常より強化された連隊で、一個大隊相当が増強されているのだ。

新たに上陸した第三海兵師団には工兵一個大隊が付属している。これに、陸軍のフィリピナス師団所属の歩兵三個連隊、輸送一個連隊と砲兵一個大隊、第一機甲師団の戦車二個連隊、機械化工兵一個連隊、輸送一個連隊という兵力がXデープラス二日目時点の兵力であった。

だが、フィリピナス師団の損耗が激しく実質二個連隊弱まで戦力が減ったことから、Xデープラス三日の朝に増援部隊として第八一師団から歩兵一個連隊と砲兵一個大隊が上陸した。だが、この第八一師団は、残り二個歩兵連隊の即時上陸を断念、Xデープラス五日をめどに再上陸を行う予定となった。断念の理由は占領した海岸部の大半が、地雷などで使用不能で揚陸地点が限定されてしまい、工兵隊による海岸の整理が終わるまでは早急な上陸が不可能と判断されたからだ。

というわけで、応急に増援された部隊を足した兵力は、総数で六万八〇〇〇にしかならなかった。しかし、海軍の揚陸施設建設要員として三〇〇〇の兵が上がり、協力体制を敷いている。彼らは大急ぎで安全な桟橋の設置と、海岸のスイープ、すなわち機雷や不発弾などの危険物除去を担当していた。

この［パープル］地区は、上陸から丸二日間の戦闘での死傷者数ではもっとも損害率の高い戦場となったが、日本軍の野砲と榴弾砲部隊、そして海岸付近にひそんでいた突撃砲が後背陣地に撤退後は一気に串良《くしら》まで進出し、鹿屋を守る部隊との間に最前線を構築、意図的に一時的な停滞状態をつくった。これは、増援部隊の上陸と海兵師団の交替のための措置だ。そういう事情で、山岳陣地への侵攻は現在のところ見送られている。いや、侵攻したくとも兵力がまだそろっていないというのが正解だろう。

米軍が足踏みしているせいであろうか、現在この方面の日本軍は不気味なほどに静けさを見せていた。

一方、西の薩摩半島西岸（作戦名［アンバー］）に上陸した第一海兵上陸軍団を基幹とする部隊は長大な要塞陣地に阻まれ、海岸から五キロほどのラインでいっせいに動きを止められていた。

　ここに上がった部隊は、海兵二個師団に機械化騎兵一個師団であったが、このうち歩兵一個連隊と海兵一個連隊が損耗率の関係で早々に後送され、三日目に歩兵一個師団が強化された。その後、上陸部隊の再整備のためさらに一個師団の上陸が予定されているのだが、この支援資材の準備が整わず、上陸はXデープラス六日以後にずれ込む見こみとなった。

　このため、この地域に現在展開中の部隊は、歩兵二個連隊、機甲一個連隊、海兵五個連隊に野戦工兵一個連隊、輸送一個連隊、砲兵一個連隊、海兵の施設二個大隊の合計六万四〇〇〇名となる。

　海軍の積極的支援はこの地域では行われず、資材の揚陸全般は海兵隊の支援部隊の手にゆだねられていた。海兵隊は自らの存在意義を認知させるため、全力でこの後方作業を進め、全戦線でもっともスムーズな物資輸送を確立していた。

　米軍の死傷者の八割が上陸初日に集中した。これはやはり、上陸直後の反撃で多くの損害が出たためである。波打ち際陣地の日本軍が撤退した後は、損耗率は極端に下がったが、薩摩半島方面では激戦が続き、Xデープラス二日目以後の戦闘での死傷率は急に右肩上がりになった。これは完全にほかの二地区とは逆の現象といえた。日本側は想像を絶する長大な要塞陣地を構築し、薩摩半島の戦線は完全に停滞してしまったのだ。この陣地からの反撃で、無血上陸に近いピクニック気分で上がってきた部隊も、日本軍の真の粘り強さを初めて味わうこととなった。

そしてXデープラス三日目の朝になり、この方面の状況はまた大きく変わることになった。この朝から全戦線でいっせいに攻勢が開始されたからだ。

しかし、これがさらにこの方面の損害をふくれ上がらせた。それでも、徐々にではあるがその成果は現れようとしていた。日本軍の抵抗は確実に下火になってきたのだ。

そして、米軍の優勢を決定的にする兆候が、このXデープラス三日目になって、現れようとしていた。

それは、大隅半島に上がった機甲師団が大きく動きだそうとしていたからであった。

一方、米軍が関知できない部分でも戦線が大きく変化しようとしていた。つまり、日本側も極秘裏に戦線の建て直しをはかったのだ。いや、単にそれだけでなく、九州の戦域全体が新たな動きを見せようとしていた。

そう、日本軍は戦線の後方でそれまでにない大きな変化を見せはじめていたのだ。

　だが、米軍の偵察は上陸二日目以降あまり有効に機能しなくなっており、この情報を完全に把握することができていなかった。彼らは断片情報として、各地の日本軍が活発に動いていることくらいしかわかっていなかった。

　具体的に日本軍が何をやっていたのかを記すと、以下のようになる。

　まず大隅半島要塞北側の強化と支援のために、九州中部から一部の部隊を取り崩し、要塞地帯へ転進させた。同時に、志布志湾をにらんでいた砲兵部隊をいっせいに都城《みやこのじょう》を望む鰐塚《わにつか》山地の要塞線まで後退させ、新たな砲兵段列を複郭陣地に構成させた。砲兵第十一師団麾下の野戦砲兵連隊は、新型の二式一〇センチ榴弾砲を多数装備しており、これは機動性が高いため、こうした陣地への移動展開がスムーズに進むのだ。この移動には、北九州から駆けつけた自動車連隊が大活躍した。

　この砲兵部隊に、東京兵団以外の砲部隊、九州総軍の下に組みこまれた重砲第四連隊から、一部が割かれ合流している。重砲連隊の大半は、宮崎方面をにらむ国見要塞に展開していた。

　一方、本格的砲兵部隊の消えた大隅要塞だが、ここには噴進砲部隊の一部が転出し、緊急輸送を行って再度の砲弾備蓄を行う一方、九八式臼砲《きゅうほう》など、やはり砲身を必要としない一部の砲弾を集めて、要塞内陣地に布陣を行った。これは特定の砲門の場合、敵に発射点を発見されると空爆や艦砲射撃などでつぶされる可能性が高いから、簡易砲架を使った即時移動可能な制圧兵器だけを選択し籠城《ろうじょう》させるという決断による。

しかし、その命中精度に関していえば、精密機械である最新の噴進砲とは比べるべくもなく、とにかく敵に対する威圧効果だけを狙ったような砲の展開となってしまった。

しかし、みすみす破棄されるのがわかっているような状況に、虎の子の榴弾砲や野砲を設置するわけにはいかなかったのだ。

そもそもこの大隅要塞は、敵が串良と鹿屋を結ぶ線を制圧した場合孤立が避けられない危険箇所だ。こもる兵も必然的に決死隊となるので、ここに準備した各種兵器も当然最初から損耗することが決定づけられているのであった。

この大隅要塞に入ったのは、志布志の正面を守った陸軍最精鋭部隊の近衛第一師団ではなく、後方に控えていた第三二師団であった。同じ東京兵団の主力で、ここまで前線に出ていなかった部隊をひそかに戦線の後方を輸送し、要塞にこもらせたのはやはり米軍に遊撃部隊として圧力をかけるためだ。損耗していない部隊は、敵に対しかなりの火力で対抗できる。

この要塞の任務は鹿屋を敵が占拠した場合、鹿屋飛行場をできるだけ使用不能におちいらせるための攻撃を連続して行うことだ。それだけに敵の上陸を迎撃し疲弊した近衛師団ではなく、中部山脈地帯に待機していた精鋭部隊を選抜したのだ。

上陸から二日間の戦闘で最大の激戦を戦いぬいた近衛第一師団の各連隊は、平均で損耗率四〇パーセントを記録。事実上の戦闘力を三分の一程度に押しさげていたので、これは当然の処置であろう。

ちなみに、戦闘部隊は死傷率が五割を超えれば戦闘能力なしと判断されるが、実際の抵抗戦闘の場合は、これが七割になるまでは陣地守備が可能だとの理論もある。

だが、この状況からの起死回生は一〇〇パーセントありえない。

つまり近衛師団は、一度後方で再建の必要ありと判断され後退を行ったのである。

これは、従来の戦場に対する各現場指揮官の責任を明確にしていた旧指揮体制では考えられない行動だ。従来の作戦指示ならば、最初の分担段階で最低限の抗戦期間を指示された部隊は、玉砕を覚悟でこの命令を遵守《じゅんしゅ》したはずだ。

だが、この本土防衛戦では、極力部隊の損害を減らすことと、部隊機能の消失を避けることがまっ先に部隊指揮官に命じられていたのである。

常に部隊の基幹要員を残した状態で後退を行い、再建を容易にすること。それが新しい日本陸軍の戦い方の基本であった。

というわけで、近衛師団も古い矜持に縛られることなく素直に戦場から退がっていけたのである。

この移動作業が円滑に進んだ裏には、やはり丘陵地帯や山岳地帯に縦横に掘られたトンネルの存在が大きかった。大は戦車の通行が可能な強固なものから、小さなものは人間一人がやっとかがんで通れる穴まで、その全長は数百キロを軽く超え、現在も工兵隊と民間からの徴用作業員によって延伸《えんしん》が続けられている。

このトンネルは、何と関門海峡トンネル用に製造された電気機関車を利用した鉄道輸送用のものまでが現在掘削《くっさく》中であった。いってみれば、山岳地下鉄である。むろんこれは、大量の兵員と軍事物資を運ぶためだけの鉄道ということになる。

こうしたトンネル網と、さらに米軍の上陸二日目の夜半から降りはじめた雨が、日本軍にとっては大きな助けとなった。

気象班の観測では、これは梅雨前線の活動が再開し、関東付近まで北上していた前線が九州南部から四国方面に停滞、予想では数日間は本格的な雨が続く見こみとなったのだ。

実は、米軍の後続部隊上陸スケジュールが停滞した原因の一部に、この荒天の影響もあった。

しかし悪天候は米軍にとってだけでなく、日本軍にとっても厄介なものになりつつあった。

雨による泥濘《でいねい》は、敵だけでなく味方の足をも確実に引っぱるものだったのである。

早朝、しのつく雨の中、木立に一〇名ほどの戦車兵が集まっていた。中心にいるのは士官の袖章を縫いつけたものたちだった。

圧縮紙を使った戦車ヘルメットから、ひっきりなしに雨がしたたっていた。この紙製ヘルメットは戦前から日本軍が使用しており、紙を高圧圧縮したもので、しごく頑丈にできている。雨に濡れたぐらいではビクともせず、のちには国民挺身隊用の代用ヘルメットもこれに代わる。

「移動ができないだと？」

表情を曇らせているのは、戦車第一師団の戦車第二連隊長の島田豊作大佐である。

彼の率いる精鋭四式中戦車部隊は、米軍の上陸初日に空挺降下した米軍を蹂躙し、その半数以上を撃破するという快挙をなしとげたのだが、その直後に米艦載機の攻撃によって過半数の戦車を失う大損害を被った。

だが、国民挺身隊の援護で林道から山の中の隧道《ずいどう》へ避難し、それ以上の損害は被らずにすんだ。

しかしいったんは跳梁する米軍機によって、そこから一歩も動けない状況に追いこまれた。だが、二日目夜半からの雨で視界不良となったため、日米両軍とも航空機の飛行は一気に激減した。そこで、この間に後方の陣地へ後退しようと画策したのである。

ところが偵察に出た兵は、戦車での通行に赤信号をともしたのである。

「路肩《ろかた》が脆弱《ぜいじゃく》です。この林道の幅は、戦車の幅より四尺程度広いだけですから、一歩間違えば滑落してしまいます」

偵察を行った宇津井という中尉、陸士出身の青年士官は、泥だらけの顔で島田に報告した。

「雨で路肩がゆるんでいるのか」

島田が渋い顔で聞いた。

「はい、実際に路肩で跳ねてみたところ、ものの見事に崩落し、このざまです」

なるほど、宇津井は崖から転げ落ちて全身が泥だらけになったというわけか。島田は頭をかかえながらため息をついた。

すると大林という古参少尉、下士官からの叩きあげである車長の一人が、腕組みしながら島田に言った。

「雨がやむのを待って夜間に移動するのと、今この雨の中を移動するのとでは、どちらがより危険でしょう。米軍は夜間爆撃にさほど精度を持っていないらしいというのが、昨日と一昨日の夜の戦況報告で上がっているようです。だったら雨がやむのを待ってもいいのではないでしょうか」

すると、野中という候補生出身、つまり一般大学出の若い少尉がぶるぶると首を振った。

「雨がやんでも地盤のゆるみはおさまりません。むしろ、長期の降雨の後のほうが危険度は増します。まして夜間の移動では、無意識に戦車が路肩に寄る可能性が高くなります。そっちのほうがまずいですよ。ここは、まだ雨の量の少ない今のうちに移動すべきです」

戦車隊は、島田の指揮戦車の搭載した高性能大型無線機の受信する各部隊報告で、かなり的確な戦況情報を得られていたし、挺身隊がふもとに展開している鹿児島の歩兵第四五連隊とも連絡をとってくれている。このおかげで、当面自分たちの正面に米軍が突出してくる危険がないことはわかっていた。すでに要塞線の北には増援部隊が入り、鹿児島市内付近から北側はかなり厚い兵力が維持されている。これらの部隊は、上陸初日に降下した敵空挺部隊の包囲も継続している。この空挺部隊の主力は、島田の戦車隊の攻撃で戦力をほぼ二割にまで減らし、無人の集落に籠城している。

というわけで、戦線の後方にありながら、この敵勢力はすでに脅威にはなりえないと判断できた。

だが、このまま島田の戦車隊が山中から移動できないと、今後の作戦に大きく影響することになる。

何しろ現在九州に展開している四式中戦車は、ここに生き残った七両を除けば、熊本の山岳陣地に残った一六両しかいないのだ。日本中捜しても、ほかに作戦行動可能な四式中戦車は数両しかないはずだ。現在、東海の軍需工場で必死に量産が行われているが、今後一ヶ月で前線に投入可能な四式中戦車はせいぜい二〇両という見通しなのだ。

その代わり短期間にさらなる量産が可能な四式突撃砲は、現在九州全域に五〇両以上が配置され、一週間以内にあと三〇両が増強される予定になっている。

主力による戦車戦を頑強に主張していた島田にとっては納得いかない状況だが、最新のＳＴ甲鈑による溶接車体を持つ四式中戦車は、その製造がどうしても手間なのだ。

ちなみに、この四式中戦車から採用された溶接用甲鈑は、海軍が保有していた一〇〇トンプレスを使った鋳鍛造《ちゅうたんぞう》圧延を利用して作られており、実は一部鋳造装甲の米軍戦車より対徹甲弾性能がすぐれている。九七式中戦車の頃から比べれば、その装甲の進歩は驚くべきものがある。

陸軍がこの溶接用甲鈑を手に入れることができた背景には、ハル・ノートの受諾による海軍の予算縮小と建艦計画の相次ぐ中止が大きく関係していた。

昭和一七年当時、陸軍の持つ装甲鈑の平均的耐久度は、海軍の軍艦に使用していたKC甲鈑と同等であった。はっきりいって、これはドイツや欧米のそれに比べ、かなり精度が劣っているといえる。海軍ですらこの当時、すでにVH甲鈑を装甲の標準としていたからだ。

陸軍の戦車が装甲をボルト定着としていたのは、この鋼板の性質に由来する。つまり曲げ特性が悪く、場合によっては湾曲点での打撃抵抗が一気に低下するという難物だったのだ。一式中戦車から三式中戦車までその装甲が直線を基調としていたのは、この装甲鈑のせいである。三式中戦車をベースに誕生した四式突撃砲も、基本装甲はこれを使っている。

しかし、四式中戦車が採用した電気溶接が可能なST甲鈑は、ドイツのｓｔ52に匹敵する高い引っぱり張力を保持する良質鋼板で、これは海軍が単殻式潜水艦や小型艦の装甲乾舷に用いるために開発したものであった。

この甲鈑を製造するには、釜石や陸軍の大阪工廠の炉では適切な降伏点の必要温度と圧延速度が取れないため、海軍の八幡《やはた》製鉄所で一括して行われた。

実は、これも四式中戦車の量産を遅らせる原因になったのだ。そう、現在八幡は執拗な米軍の爆撃にさらされ、その日産量が確実に減少していたのだ。さすがに、昨日からの雨でこの日の空爆はなかったが、奄美大島占領により九州全域は完全に米軍の爆撃機の行動範囲に組みこまれてしまっていたのだ。

このため傑作という太鼓判を押されながらも、四式中戦車が完全な主力戦車として日本の戦車部隊にまんべんなく配置される日は、おそらく永遠に訪れないであろうという見通しであった。

それでも戦車戦を制するためには、どうしても不可欠な存在。それが四式中戦車である。だからどんなに少数になっても、これを集中運用することが肝心なのだと島田は常に公言していた。

実際、現在の戦線が突破され敵が鹿児島の内陸平野部に進出してきたら、おそらく四式中戦車以外に敵機甲部隊に対抗できる戦力はないはずだ。正面からの戦車戦になったら、西竹一大佐の率いる戦車第一連隊の突撃砲は絶対に不利だ。

だから島田は、早期に残りの部隊との合流を果たしたいと焦るのだ。

「危険を承知で動こう。斥候《せっこう》兵を立てて、路肩を踏まないよう注意して進むのだ。時間はかかるが、とにかく急いだほうがいい」

島田がそう結論し、すぐに指示を出しはじめた。

彼が焦るのにはもう一つ理由があった。

彼らが展開している薩摩半島方面、ここの戦況は一両日中に大きく動く見こみなのだ。

これは実は作戦開始前からの決定事項であり、ここに展開している歩兵第二三師団は上陸から三日間だけ長大な要塞線の堅持を命じられており、これ以降敵の圧力に応じ順次後退することを認められていたのである。増援部隊はいってみれば、この撤退を円滑に進めるための補助戦力でしかないのだ。

これがわかっているから、島田は焦ったのである。要塞線を突破した敵は、一気に鹿児島市方面に進出し、薩摩半島の分断をはかるはずだ。その際に、彼らがいるシラス台地の北方の山岳地帯へもかなりの圧力がかかる見こみだ。その敵の主攻にさらされれば、いかに堅牢《けんろう》な戦車でも持ちこたえられはしない。この方面には、敵の軽機甲部隊と砲兵部隊も進出しているのだ。

こうした敵と現在の寡勢《かぜい》の状況でぶつかりたくないという意識が、島田に移動の決断をさせた。

結果的にいえば、これは正解であった。というのは、この後も降りつづいた雨により、彼らがひそんだ付近の地盤は軒並みゆるんで、せっかく構築した堡塁《ほうるい》陣地の一部が土砂崩れで埋まるなどの被害が出る騒ぎとなり、道が各所で寸断されたからだ。

とにかく時速四キロと歩く程度の速度で脱出を始めた戦車第二連隊の生き残りであったが、同じ頃、志布志湾海岸付近で米戦車部隊を痛撃した西竹一大佐率いる戦車第一連隊の主力、四式突撃砲の部隊も一気に戦線から後退し、山岳地帯で再編成を開始していた。

上陸初日の戦闘での被害は四両だけであったが、二日目の待ち伏せ戦闘では接近した敵歩兵の携帯火器などで五両の損害を受けるなど予想以上の苦戦となり、根本的な作戦見直しを迫られての後退となったのだ。

こうして上陸から三日目に、前線から日本軍戦車の姿は消えることになった。

後日、彼らは戦局の要求で当然ながら再度その勇姿を戦場に運ぶことになる。

こうして戦場への再臨を期し、雨に濡れた鉄の暴龍は、しばしの休息のため戦場を去ったのであった。

しかし前線の歩兵たち、そしてその歩兵部隊を補助し支える国民挺身隊員、さらに陸軍に合流した国民義勇軍の戦士たちに休息が訪れることはなかった。

この雨の中も、米軍は分厚い砲火の雨で全戦線を覆っていた。

戦闘は確実に米軍の主導で進みつつある。傍観者の目には間違いなくそう映ったことであろう。

事実米軍は、じりじりとその占領地域を拡大していた。

2

東京――。戦場は彼方である。だが、この街にも緊迫感はみなぎっていた。市内には憲兵があふれ、市民は戦闘帽を携行し仕事へ向かう。ちょっとした広場などにはいつの間にか壕が掘られ、各所から集められた陸軍の高射砲連隊の大小の砲が、それぞれの空き地の大きさに応じて一門から数門の単位で配置され空をにらむ。

梅雨前線が九州まで下がったため、関東はこの日薄雲に覆われただけの比較的暑い一日となっていた。そのじめじめした街路には、国の一部が戦場となっても仕事場へ向かう人の波が続く。

実際に敵が国土を蹂躙したからといって、国民生活が途絶えるわけでないことが不思議に思える。歩く人々にはそんな素振りも見えた。

そうした人々の流れの中、まったく動かず佇《たたず》んでいるのは、陸軍の憲兵や、東京兵団の留守部隊の歩兵たち。彼らは治安維持の名目で上陸以来ずっとこの街の中に出ずっぱりであった。むろん警視庁の巡査も街路に立つが、その数は兵士のほうが圧倒的に多い。

街を行く車も、乗合バスを除けば軍用車ばかりになっていた。

そもそも民間車両の運行が大幅に制限されたのだ。タクシーなどは全体の二割だけが運行を許され、個人所有の車は政府関係者を除けば基本的に届け出をしなければ乗りだしもできなくなっていた。必然、街を走る車は軍用車ばかりになる次第である。

その軍用車の中で異彩を放つのは、やはり政府関係者の乗る大型の乗用車であろう。今も陸軍旗を掲げたホルヒのリムジンが麹町の通りを霞ケ関方向に向かっていた。市ヶ谷方向ではなく北から来たということは、近衛第二師団の司令部のある北の丸あたりから国会あるいは総理府に向かっているものらしい。最短距離となる内堀通りは、開戦からこっち皇居警護の関係で車両の通行が制限されているのだ。現在、内堀通りは桜田門付近を除き、憲兵隊の車両だけが通行できる。皇居警備の近衛ですら半蔵門からの出入りは制限されている。

車の後部座席には二人の将官。一人は九州防衛軍の司令官の座から突如として政府の国防政策を担い政治経済軍事のすべてを牛耳る「戦争指導委員会」の委員に選任された今村均《いまむらひとし》大将、もう一人は東京防衛の主幹となる、近衛第二師団長の山崎清次《やまざきせいじ》少将である。

「すでにいろいろ君の耳にも入っているだろう。どうかね、実際に私の下で働くことになって少しは気になるかな」

ゆったりとした椅子にどしっと背を預けながら、今村均は山崎に聞いた。どうやら二人は新たに総司令官とその指揮下の師団長という関係になったようである。

「ええ、むろんいろいろな噂は聞きました。閣下が最前線に出向いたら、兵にことごとく玉砕を命じる可能性があるのではないか、という指摘が委員会の一部から出て更迭された。しかし陸軍内部での閣下の影響力の強さで、一部現場指揮官の反発を押さえるという意味あいで委員会に招聘《しょうへい》した。まあ、個人的に聞いた話では、言い出したのは自ら司令官に転出した山下閣下だった。こういった感じの話ですがね」

山崎がやや遠慮がちに言った。

今村は憮然とした表情でうなずいた。

「まあ、大筋で合っている。私としては心外だが、これを証明せよといってもな、あの駄文を作らせたのも私だったからな……。しかし、私は決して兵を無駄死にさせる指揮官ではない。それは貴様もよくわかっているだろう」

今村が尋ねると、山崎は「むろんです」と呟き大きくうなずいた。

「まさか軍のためを思い作ったものが、結果的に自分の立場を危うくし、国の方針を過《あやま》つ原因になろうとは皮肉なものだ。しかし、首相があっさりこれを捨ててくれたのは、ある意味私にとってはありがたいことだった」

今村が言うと、山崎は首を傾げた。

「それほどまでに、あれは閣下に重荷だったのですか……」

彼らが言っているのは、首相となった杉山元が、開戦の訓示で国民と全軍将兵に呼びかけこれを否定、その場で破棄をさせた戦陣訓のことである。

なるほど、これを作らせたのは今村である。当時の名だたる文豪に文を作らせたこの兵隊としての心得が、いってみれば日本陸軍の戦術を根底から歪めていたのである。

「昨日、島崎翁《おう》の墓前に行き謝ってきた。国民の意識を屈曲させる基礎を作ってしまったことを翁に謝罪してきたのだ。まあ、とりあえず日本という国を思えば、その礎となる若者を戦争で無益に死なせてよろしいわけがない。翁も納得されたろう。しかしな、手放しで喜べないのも事実だからな……」

今村はそう言うと本当にすまなそうな顔をした。彼のいう「島崎翁」というのは、文豪島崎藤村のことである。そう、杉山首相が兵士に破棄を命じた戦陣訓、その基本となる文章を作ったのは、この詩人であり作家である島崎藤村なのであった。

今村が労力を傾け作りあげた戦陣訓は、そのあまりに非の打ちどころのない文章ゆえに誰も後に筆を加えることがかなわなかった。そのため兵はこの文章に書かれたことを、兵の心得、信条として鵜呑みにし、大陸の戦場で皇軍の悪名を轟かせる結果につながった。

兵は一に国に忠節をつくし、かかる大事にはいかなる苦難も乗り越え、そして生きて虜囚《りよしゆう》の辱《はずかし》めを受けぬ必死の観念を持つ。これを文字どおり実践したのである。

朴訥《ぼくとつ》なる日本の農村の青少年は、死ねと言われれば素直に死地へ赴《おもむ》き、国のために泥水をすすり、上官に歯向かうことをせず、罪のない農民を殺戮し、農村からの簒奪《さんだつ》を繰りかえした。すべては、軍紀の名のもとに行われた犯罪行為だ。しかし、誰もがそれが軍人の務めであると錯覚していた。

同じように、新兵を殴り無理難題を押しつける風潮も、こうした軍人の気概に原因があったのだろう。

そして戦場で傷ついた兵は一人とり残され、自決の道を歩んだ。この不条理な仕打ちで、死なずにすんだどれだけの兵が白木の箱に姿を変えて帰国したことであろう。

大陸から帰ってくる輸送船から降りるその白木の箱の行列、これを見るたびに今村は心の中で慟哭した。

こういった悪い風潮の原因を作ったのが自分だ、今村はそう言って後悔の日々を送っていたのだ。

ところが日本が未曾有《みぞう》の国難に直面した時、その重い足かせはするりと彼のもとから離れていってしまった。そのあっけないまでの方針転換に、今村は唖然とすると同時に、何かいい知れぬ不安を覚えた。むろんそれは、この方針転換を行った新政府そのものに対してである。

確かに、あの戦陣訓は悪文であったと思う。だが現政府が国民と皇軍兵士に押しつけようとしている信条は、あまりに現実とかけ離れたものでしかない。今村の目にはそう映っている。

石にしがみついても生きつづけ、国土を蹂躙した敵をくびき殺していけ。短絡的に表現すれば、そういう気概を持てと首相は言ったのだ。

これを老若男女問わず肝《きも》に銘じ、一億国民がすべて兵士として国土を防衛する。理想主義的な妄言でしかない。

だが戦争は始まってしまい、敵はもう我が国土に土足で踏みこんできている。

そして自分もいざ前線に出ようとした矢先に、今村は東京に呼び戻された。彼にとって代わり九州の指揮をまかされたのは、さっさと戦争指導委員会に辞表を叩きつけた山下奉文《やましたともゆき》であった。何とおせっかいにも山下は、政府の閣僚の席を蹴ったついでに、そこに今村を押しこんで前線に向かったのである。まあ山崎が語ったように今村を更迭させたのが彼ならうなずける話だが。

面食らったのは今村である。九州を防衛することこそ自分の職分と思い、必死に作戦立案に没頭していたのが、いきなり政府の作ったわけのわからぬ組織に入り、政治に口を出せという。しかも、山下の放りだした職務もそのまま引きつげという。いったい何をどうすればいいのかわからぬうちに日数が過ぎ、ついに米軍は九州に来寇《らいこう》した。

ほんとに、今村は呆然とことの成りゆきを見守ることしかできなかった。

さてさてこと危急に至り、自分はいったい何をすればいいのか。いまだはかりかねた今村は、おそれながら私はいかにすればよいかと首相にうかがいを立ててみた。すると、いきなり昨日になって内命が下ったのである。

何と、今村を首都防衛軍司令官に任ずというのだ。

これにはさすがの今村も度肝を抜かれた。

先ほどから山崎と話しているように、兵を消耗してしまうのではないかなどと陰口を叩かれている自分が、何ゆえに首都東京の防衛軍司令官になど推されたのか、まったくもって見当がつかなかったからだ。

だがまあ指示が出た以上は、これに従うしかない。というわけで、今村は昨日の夕刻から東京防衛の要《かなめ》になる各部隊の指揮官を歴訪し、最後に総理官邸に赴くところであった。

山崎が同行するのは、近衛師団が宮城《きゅうじょう》警備の唯一の責任部隊であるからだ。

首都防衛と皇室保護は、切っても切り離せない関係にある。

「まあ、閣下に関する噂についていえば真偽《しんぎ》云々《うんぬん》より、そういった噂を流してしまう軍の体質に問題がある。私はそう思うのですが、閣下はどう感じますか」

山崎が唐突にそう質問してきたので、今村はふむと腕組みをした。

「まあ問題は多々ある。というか、第一次世界大戦からこの三〇年というもの、陸軍の上は政争に明け暮れ、みな人の足もとをすくうことにしか関心がなくなった。噂はその最大の武器となり、この国軍の上を駆けぬけつづけた。今もそれが続いている。要はそういうことだ。杉山首相がいくらかけ声をかけても、軍や政府の体質が根本から変わったのではないという証拠だろう」

するど山崎は再度首を傾げた。

「その体質の変わっていない軍が、なぜに閣下を単純に放逐《ほうちく》するのではなく、要職に据えたのですかね」

今村が、うなじをかきながらゆっくり答えた。

「私が九州を追われたのは、実際にはもっと深い理由があるということなのだが、そんなことを表沙汰にするほど軍も馬鹿ではなかったということだろう。とりあえず山下大将なら、負けが込んでも耐えるだけの太い肚を持っている。私は常に責任を感じ、兵に死を強要せずとも結果的には苦しい戦いの指示を出す確率が高い。参謀本部の連中はそう推論し、首をすげ替えたのでは、と私は読んだ」

今村はそこでいったん言葉を切ると、曇り空に沈んだ灰色の街路に目をやり、言葉を続けた。

「しかし、その参謀本部があえて私に関する噂を放置したのは、私が司令官としてまったく別の役柄を期待されているのだという新しい噂をまくための布石かもしれんな。

というのはな、今の戦争指導委員会の面々を見ると、情報畑の人間がけっこう目につくからだ。あいつらは、おそらく戦術的慧眼《けいがん》だけでは思いもつかぬような戦略的奇策を押しつける気なのかもしれない。そして、それを私にやらせ、何らかの情報操作を海外に向けて行うつもりに違いない」

山崎がびっくりして今村の横顔を見た。何とも突拍子もない話に聞こえたのだ。

だが、今村が言ったのもあながち根拠のない話ではなかったのである。

確かに戦争指導委員会そのものが、この情報部関連の意向を如実に反映した政策を採択している傾向が目立つのだ。その情報部が、今村に何かをさせようとしている。これは実は、かなり確度の高い情報として今村の耳に入ってきたのだ。

だから今村は噂を一人歩きさせた。その噂が彼の身に実際にはどういうかたちで帰ってくるのか、それを確かめたかったのだ。

そして、その噂の行きつく先は、絶対に敵対国であることは間違いない。今村はそこまで読みきっていた。そして、これを読むだけの能力があるからこそ、彼は首都防衛軍の総司令官の器《うつわ》に足る人物と目されるのかもしれない。

もっとも、その器云々は自分自身では決して量れないものだが。

「情報操作……、どうも自分には想像もできない世界の話になってきました」

山崎が正直に言うと、今村はふっと笑った。

「私だってわかりはしない。そもそも、あの伏魔殿にいる連中、それぞれが何を考えているのか、いまだにさっぱりわからんくらいだ。中でも、これから会う御仁は、どうにも苦手だ」

車は今まさに総理官邸に入っていこうとしている。彼らが面会するのは、現在この国を一丸にするべく粉骨砕身している杉山首相である。だが、どうやら今村は、その杉山にあまりいい印象を持っていない様子であった。

門の前には土嚢《どのう》が積みあげられものものしいが、これはあくまで戦争中であることを対外的にアピールするためのもので、実際にこれが空爆などの際に役に立つとは思えない。

車は、この土嚢の列を横目に水の涸《か》れた噴水を回り、車寄せに停まる。すぐに秘書官の一人、参謀肩章をつけた陸軍大尉がドアを開き、今村と山崎を官邸の中に導いた。杉山は執務室で二人を待っているという。

二人がそのまま歩いて首相の部屋に入ると、先客が一人いた。背広姿のがっしりした体躯の男。顔もあごが大きく、えらが張っており、ひと目見たら忘れられない容貌の男であった。

「今村君、紹介しておこう、この先君の首都防衛計画に密接に関係してくる男だ」

杉山は、部屋に入ってきた二人を認めるとゆっくり立ちあがりながらそう言って背広姿の男を示した。

「今村です」

今村が挨拶すると、男はていねいに頭を下げながら自己紹介した。

「大蔵省財務部特別会計課の大平正芳《まさよし》です」

今村が内心であっと小声を上げた。知っている名前であった。それも、かなりの悪評をともなってだ。

その今村の表情を見すかしてか、杉山がにやっと笑って口をはさんだ。

「知っているだろう、阿片《あへん》の大平だ」

杉山の言葉に、背広姿の男はちょっと表情をむっとさせた。だが、彼がこう呼ばれるのもしかたがないのだ。

大平はハル・ノート受諾まで満州に派遣されていた。彼の任務は、満州国政府の外貨獲得であった。そのために彼がとった手段は、満州全土にケシ畑を作り阿片を生成して売りさばくというものだった。

これは当初かなり成果をあげたが、味をしめた満州の閣僚が通常の穀物畑をつぶさせてまでケシの増産を始めたことから、深刻な経済破綻を招くことになった。何しろ農産物の流通量が一気に二五パーセントも減少し、高騰した穀類は政府統制の目を逃れて闇に消えてしまったのだ。

これにより税収も一気に低下した。だが新たな建て直しが画策される中、日本国政府は突如として米国政府の要求をのみ、満州国の経営から完全撤退を表明した。

これにともない、大平も日本に呼び戻された。表面上はそうなっている。だが現実は違った。

大平は極秘裏に満州政府の外貨獲得作戦を継続していたのだ。それは粗悪な阿片ではなく、純度の高いヘロインを精製して売るという、一歩進んだ麻薬売買であった。

このヘロインを使って各種麻酔物質が製造可能であるから、ドイツとソ連が喜んでこの純度の高いヘロインを買ってくれた。

このヘロインを売買した資金で満州国政府は日本から武器を購入した。

さらに東南アジアの各国も、この商売に参画してきた。タイでは奥地で採れる粗悪な麻薬により闇市場が荒れていた。そこで政府統制の麻薬を導入し、この商売へ荷担しようと考えたのだ。

また、日本軍の撤退したヴィシー政権下の仏領インドシナでも、武装強化のための手段として輸入した麻薬を人民に売り、その資金で日本からの兵器輸入を行った。

こうして、軍縮によって余剰になった日本軍の装備はアジア各地に散っていったのである。

このアジア各国に武器を売った金で、日本国政府はドイツの最新技術を購入した。鍛造機械、マスターマシン、圧延機、テレビ技術、電探技術、そして最新の兵器である。

そして、この兵器をベースに新規の兵器調達と開発を行ってきたのだが、根本的財源不足までは解消できないうえに軍備縮少で人材も不足、結局対米開戦となった現時点でも日本軍の戦備は整っていないというのが実情だった。

だが、この状況で日本は戦争をしなければならない。

いや、現に九州に敵が上陸しているのだ。これはもう死にものぐるいで戦うしかない。当然、すべての正面装備はこの九州の最前線に送られるだろう。

しかしその一方で、首都の防備も固めねばならない。その最高責任者として突如浮上したのが今村であり、その首都防衛計画とは切っても切れない男として首相が今村に紹介したのが、裏金づくりの達人と呼ばれた大蔵省の大平事務官。

今村も山崎も、自分たちがこの首相官邸に呼ばれてきた意味を何となく理解することができた。

「首都防衛軍は、どうやら独立財源を与えられるようですな。今回の顔合わせはその布石、そう捉えてよろしいでしょうか、首相」

面倒くさいことが何より嫌い。それが今村だ。というわけで、いきなり単刀直入に切りだしたので、杉山も面食らった様子であったが、すぐに破顔一笑しうなずいた。

「まさにそのとおりだ！　アメリカに気づかれぬように、極秘裏に堅牢な防衛計画を作りあげ実践する。それが貴公らに与えられる使命だ。そのための秘密資金、これをこの大平君に捻出してもらうことになる」

あらためて大平が頭を下げた。

「最大限努力させてもらいます」

今村は、やや困ったような表情を浮かべながら杉山首相に聞いた。

「大蔵省が後ろ盾につく、ということは、かなり大規模に首都防衛のための準備を行ってよいということですな。しかし具体的にどの程度の予算と、実際の動員が可能なのでしょう」

この問いに、杉山は一枚の書類を示しながら答えた。手書きの書類の表紙には大きく極秘の印が押してある。

「総予算は五五億円、部隊は最終的には二二個師団まで動員可能にする。だが現在動員可能なのは、一二個師団だけだ。残りは緊急動員計画で再編成を行う部隊だ。しかし、基幹要員はほとんど満州からの引きぬきと予備役でまかなうので、精鋭とまではいかないが実戦部隊として不足ない力量になると読んでいる」

五五億という数字に、山崎は度肝を抜かれた。しかし今村は冷静にこれを分析していた。

「人工《にんく》料は除外、単純に資材経費だけで計算してよろしいのでしょうか、それと兵器への配分比率は」

的確な問いかけに対し、返答したのは大平のほうであった。

「人件費は別枠で取ります。これは正規国家予算からの供出《きようしゆつ》になりますので、米側にもわかる仕組みになっています。こちらが大規模な要塞を構築していることが伝わらねば、本州への上陸の抑止力になりません。兵器に関しては、動員部隊の装備は正規予算ですが、要塞に仕込む重火器類についてと決戦兵器に関しては、この特別予算から出していただくことになります。この枠がおおむね二〇億円です」

「決戦兵器？」

今村と山崎が同時に首を傾げた。これまで耳にしたことのない響きだったからだ。

これには杉山が答えた。

「現在、陸海軍共同で数種類の新兵器の開発を行っている。いずれも本土防衛戦に不可欠と思われる兵器だ。たとえば戦車だが、量産性の悪い四式中戦車や、装甲にやや難のある四式突撃砲に代わる小型で機動性があり打撃力の強いものを月産一〇〇両以上をめどに作ることになっている。そのほかに、航空機や潜水艦など、短時間に実戦投入が可能なものを中心に重点的に生産する計画なのだ。また、それとは別に首都防衛軍用の特別装備も研究中だ。このへんの事情は後で兵器局に行って田中にでも聞いてくれ」

なるほど、そういったものの担当は新政府の戦争指導委員でもあり、兵器の開発の全権を握った田中新一中将である。今村は素直にうなずき、早々に兵器局を訪ねる予定を組みいれようと考えた。

「とにかく、細かい部分については大急ぎで把握してもらうしかない。いろいろ大変だろうが、東京の命運はすべて貴公らに預ける。皇室に関しては最悪の場合疎開も考えるが、政府に関しては最後までこの東京にとどめる覚悟だ。つまり、我々の命をそっくり預けるということでもある。しっかり頼むぞ」

杉山の顔は真剣だ。どうやら本気でこの東京を離れる気はないようだ。おそらく敵が目前に来れば、この男は自分で銃を取り前線に出ようとするだろう。

今村は、ぐっと丹田《たんでん》に力を入れると、正直気に入ってはいない首相に対しこう答えた。

「政府の命脈を絶つような戦いは決してしません。とにかく、全力で首都防衛の準備を整えましょう」

杉山はにっこり笑って今村の肩を叩いた。この人選は正解だった。彼の笑顔はそう物語っているようだった。

その今村と杉山が面会をしている頃、陸軍大臣の寺内寿一《ひさいち》は、群馬県の大泉にいた。

中島飛行機の本社工場、それに隣接した飛行場に一機の双発機が着陸してきた。

通常の双発機より翼長が極端に長いうえに、プロペラが左右とも六枚とかなり多い。しかも、客室部の窓がすべて小さな丸窓で、二重構造になっているのがはっきりわかる。操縦席のキャノピーも機体に比してかなり小さいようであった。

全面を黄橙色《だいだい》で塗られていることから実験機とわかるが、不思議なシルエットを持った機体であった。

まず、長大な主翼にはかなり大きなエンジンが二基取りつけられている。そして胴体なのだが、キャビンの部分を除くとほかがいやに細いのだ。華奢《きゃしゃ》というほどではないが、爆撃機などに見られる無骨《ぶこつ》さは微塵もなかった。

では、偵察機なのかというと、操縦席を含めたガラス部分の面積がいやに少ないことからこれも否定される。それどころか一部の窓は金魚鉢のような凸面《とつめん》を示していた。

すんなりと着陸した機体が停止すると、中島飛行機の社員が梯子《はしご》を持って駆け寄り、出入り口にそれを取りつけて分厚いドアを開いた。

まっ先に降りてきたのは陸相の寺内、続いて降りたのは中島飛行機社長の中島知久平《ちくへい》であった。二人とも戦争指導委員会のメンバーである。

「みごとだ。多少耳が変になりはしたが、マスクなしにあれだけの高度を飛行できるのはすごい。これでZ機製作にまた一つめどが立ったということだな」

寺内が中島を振りかえりながら言うと、中島は満面に笑みを浮かべて答えた。

「燃費向上型の発動機のめども立ちましたのでね、あとは実機の製作ですな。六ヶ月以内に試作機を飛ばします。結果が良好なら五〇機程度の量産を行い、実戦に投入します。大型機製作のこつは『雄山《ゆうざん》』でしっかり学びましたからな。現在のところ、これといった不安はありません」

自信たっぷりの中島の返答に、寺内が大きくうなずいた。

「この計画は戦争全般に対する寄与より政治的駆け引きに、より重点を置くものになる。その意味でも製作の秘密厳守はむろんだが、その最終目的についても決して外に出してはならない」

寺内の言葉に中島は大きくうなずいた。

「この計画は我が社でも最精鋭の技術者を選抜し、その秘匿に関しては社命をかけて取り組んでおります。藤原君の情報機関からも人を出してもらい、防諜の確認を行っているくらいですから、これはもう万全と思っていただいてけっこうです」

寺内がうむうむと細かくうなずいた。

「最大の問題であった与圧式操縦室も、ドイツの技術協力でしのげた。あとは、アメリカがB29を前線に投入する前に量産化のめどをつけることだ。情報部からの連絡では、去年の墜落事故でB29の開発はおおむね半年ほど停滞したそうなので、実際に戦場に現れるのは今年の末以後と見られる」

中島が指を折りながら渋い顔をした。

「微妙ですな。試作機が間にあっているかどうかという時期にかかりますぞ」

「敵が先に来たら航空戦力が全力をあげて中島の工場を守る。そのための決戦号機だ。迎撃戦闘機の大量配備は三ヶ月で軌道に乗る」

寺内の言葉に、中島は真剣にうなずいた。

「頼みますぞ、守りは軍に依存するしかないのです。決戦号機もすでにあのように部隊用のものが試験に入っております。欲を言えば、例のハインケル博士からの贈り物を無事に手に入れたいものです」

中島が空を仰《あお》ぎながら言った。そこには陸軍が制式化し、海軍での導入も正式に決定した新型戦闘機が、最終試験のために編隊飛行をしていた。その姿は、無骨な三式重戦『羅刹《らせつ》』やスマートな三式軽戦『飛燕《ひえん》』とは一線を画する、伝統的な中島飛行機の設計スタイルを踏襲した引きしまった中にも力強さを秘めたシルエットを持っていた。

陸軍名将、四式戦闘機『疾風《はやて》』。海軍名称も『疾風』を踏襲するが、区分は局地戦闘機になる。過給器を備えた『誉《ほまれ》』改三二型エンジンを搭載、離床二〇五〇馬力は『羅刹』に次ぐ力持ちだが、機体重量の軽さと空力特性の有利さから、最高速度は高度七〇〇〇で何と時速六九〇キロに達していた。実はこのエンジンは日本機にはめずらしい機構を持っており、これが決戦号に『疾風』を押しあげたといってもいい。

その新しいエンジンの調整難航から量産化が思うように進んでいなかったものを陸海軍共同で予算を調達したおかげで、この一ヶ月でその量産化に一気にめどが立った。いってみれば日米開戦の申し子であった。

現在、この『疾風』を装備した部隊はまだ前線に出ていない。というより戦争指導委員会は、この『疾風』を首都防衛の切り札の一枚にしようと躍起になっているのであった。

だが、この『疾風』のほかにも決戦号機が存在する。こちらは中島と三菱が共同開発にあたっているのだが、まだ試験飛行にこぎつけていない。

しかし、現在ドイツから帰還中のHG18B船団が無事に日本にたどりつけば、この第二の決戦号機の実戦配備は一気に現実味を帯びたものになるはずだった。

中島の言った「ハインケル博士の贈り物」というのが、その荷物の正体なのだ。

だが、そのHG18B船団の存在はすでに米軍に露見している。そして、この援護のため政府は自ら下した決定をくつがえし、決して外洋に出さぬ予定であった二隻の虎の子の空母を救援に派遣していた。

はたして彼らは無事に船団を保護できるのか。この時点では誰にも予想のできぬことであった。

何しろ九州南部を襲った敵艦隊の総数は、生き残った連合艦隊の軽く一〇倍を超えているのである。

誰の目にも勝ち目のない戦いにしか映らないことだろう。現に、アメリカはすでに勝者が決まったものとしてすべての行動を起こしている。米国内では、日本の占領行政を司るための組織までできあがっているのだ。

だが日本はアメリカに屈する気など、微塵も持ちあわせていなかった。

今この瞬間も、日本は牙を研ぎつづけているのだった。

寺内も中島にならって、空を見あげ呟いた。

「結局、最後は我慢比べだ。日本人はひもじさには慣れている。アメリカ人にそれが理解できなければ、彼らはきっと痛い目を見る……」

銀翼が燕《つばめ》のように空中に弧を描いていた。

3

国民挺身隊第三〇一部隊を率いる田中大介は、目の前に展開する光景に思わず身をすくませていた。

当然だ。にわか仕込みの軍事教練は受けているが、彼は正規の軍人ではない。戦場の凄惨な光景に圧倒され、おじけづいても誰も彼を責めることなどできない。

今、彼の周囲には傷つき泥と血にまみれた陸軍兵士が何人も横たわっている。彼を含む挺身隊の若者たち、半分は中等学校の学生、残りは田中のような兵役不適格で徴兵されなかったものだが、その若者たちが必死に兵士の手当てを行い、同時にすぐ目の前の前線に弾薬を運ぶ。

そう、前線は掛け値なしに目前だった。田中の位置から米軍に応戦する兵士たちの背が見えるのだ。

本来、挺身隊員はゲリラ戦のための残置要員として九州に送りこまれている。だがこの薩摩半島南側の戦場では、陸軍の薄い守りがほころぶのを防ぐために挺身隊員にも前線への積極的荷担が命じられたのだ。

田中の率いる二〇名ほどの部隊も、女子隊員五名を除き全員が前線に駆けつけた。そして昨日から熾烈な攻撃の下、陸軍兵士たちを助けて駆けまわっていた。

だが、彼らが補助している部隊の指揮官、関口という陸軍大尉は田中たちに頑として銃を握らせなかった。

「いいか、君たちは非正規兵だ。もし銃を握り敵の捕虜になった場合、間諜《かんちょう》として処理されたり、非正規兵であるがゆえに捕虜の扱いを受けられない可能性が高い。私は君たちをそういった目にあわせたくない」

関口は毅然《きぜん》とそう言いわたし、田中たちには衛生兵たちとともに負傷兵の後送や治療をしたり、輜重兵とともに弾薬の運搬をするようにだけ命じたのである。

だが雨に打たれ、血を流し冷たくなっていく兵士たちを見ているうち、田中は心の底からの義憤で銃を握りたくなっていた。

自分の国土を理不尽に蹂躙する米兵が許せなかった。

彼らは単なる侵略者だ。何の大義もなく、日本人を殺戮している。それが田中には許せなかった。

一発でいい、撃ちかえしてやりたい。そんな思いを胸に秘め、彼は負傷者の介護に雨でぬかるむ塹壕を駆けまわっていた。

その田中の肩を誰かがつかんだ。振りかえると、彼の部下の島岡という学生が蒼い顔で立ちつくしていた。

「田中隊長……」

島岡はぶるぶると震えていた。梅雨冷えとはいえ、震えるような気温ではない。田中は島岡の両肩をつかんだ。戦場恐怖に捉えられたと思ったのだ。

「どうした島岡！」

すると、島岡が唇を震わせながら言った。

「武藤が死にました。さっき敵の流れ弾で……」

田中は角材で殴られたかのような衝撃を受けた。武藤は彼の隊の中でも一番陽気な若者だった。いつも冗談を言い、女性隊員たちにも受けのいい好青年であった。

「武藤が……」

戦場にいるのだ。部下が、そして自分が死ぬのもいずれ必然と思っていた。だが頭で考えていた以上に、仲間の死の報せは衝撃であった。

目の前で敵も味方も多くの者が死んでいる。いつの間にか、あまりに身近な死というものに無反応になりかけていた。

だが寝食をともにした仲間の死は、数多《あまた》の兵士の死より大きな衝撃となって田中を打ちのめした。

「死体は？　武藤はどこに？」

田中が聞くと、島岡はほかの兵士の死体を集めてある陣地の一角を示した。

「確認してくる。ほかの者には口外するなよ」

田中はそう言うと駆けだしていた。頭上を曳光弾が駆けぬける。遠くで、近くで砲弾の炸裂音が響く。誰かの怒声、悲鳴、号令、すべてが田中の耳に入りどこかに抜けていく。

死体置き場は、無数の「人間であったものたち」の残骸で埋まっていた。

その中で武藤の亡骸《なきがら》はすぐに見つかった。ほかは全員戦闘服姿だが、武藤は学生服にゲートル姿だったからだ。

田中が駆け寄りその武藤の顔をのぞいた。それは、死んでいると思えぬほどおだやかな顔だった。だが、その武藤の胸には機銃弾による焼け焦げと流れでた血による醜《みにく》い染みが広がっていた。

「武藤!」

田中は、もの言わぬ若者の胸倉をつかみ、激しく揺さぶった。だが、それで彼が息を吹きかえすはずもなかった。

一分以上、武藤の顔を見つめていた田中は、彼から手を離すと彼の学生服のボタンを一個引きちぎり手に握った。そして、雨に打たれながら亡骸に敬礼を送った。

「待っていてくれ、いつか俺も行く」

田中はきびすを返すと、再び塹壕陣地へと駆けこんでいった。そこは米軍が日本軍の要塞陣地でもっとも手薄と判断し、攻撃力を集中させた加世田の北の烏山要塞陣地の一角だった。

米軍は一気に要塞線の端を破り、日本軍の陣地を背後から順次突き崩そうと考えていたのである。

この主攻正面をまかされたのは、米陸軍の第一騎兵師団であった。

師団長はアーサー・ラウリー少将。彼は、オリーブドラブのポンチョをかぶり、雨に煙《けぶ》った戦場を双眼鏡でながめていた。

「砲撃でもうひと押ししてから、戦車を前面に立てよう。おそらく夜半までに敵の第一線を貫けるはずだ。突破したら軽戦車部隊を一気に北に指向させ、敵の要塞回廊の裏側を蹂躙する」

ラウリーは、指揮下の第七一騎兵連隊の連隊長のレスター大佐と第一機甲連隊長のバズウェル大佐に向かって言った。

「海兵でも北側の防衛戦を貫こうと躍起になっています。こりゃあ、競争ですな」

上陸からこれまで、米軍は当初の予想を超える損害を被りつづけていた。だが、どこの部隊もまだ壊滅的打撃というほどの被害を受けていなかった。それに、大きな被害を受けた部隊はすぐに戦場を後退しているため、自軍が苦戦しているという印象は、前線の指揮官たちも持ちあわせてはいなかった。

このため上陸から時間が経過するごとに、各部隊指揮官は先陣争いさながらに自軍の前線の延伸に腐心するようになった。あまり歓迎すべき風潮ではないが、とにかく敵を追いこみさえすればいいという、もっとも単純な戦場原理に則っての行動であるから、軍司令官も総軍司令官もこれを黙認し、すべての戦線において前進比べとでもいうような、緻密なものから無謀といっていいものまでの各種攻撃が行われることになったのである。

特に長大な要塞線に行く手を阻まれた［アンバー］戦域では、誰が最初にこの敵陣を貫くかが大きな関心事となり、海兵二個師団と陸軍の第一騎兵師団の間に熾烈な競争関係が表面化した。

Xデープラス三日目のこの日、この方面では数ヶ所での攻勢が準備されていた。

それらの攻撃の中で、もっとも成功確率が高いと目されていたのが、現在準備中の軽戦車を主体とした装甲連隊による敵陣突破なのであった。

第一騎兵師団は、この戦線南端の突破口打開に絶対の自信を持っていた。というのも、朝からの予備攻撃で、すでに敵の塹壕陣地の一部を撃破していたからだ。

このまま一気に戦線を突貫し、大きな流れを作る。それがラウリーの考えだ。

しかし、この動きはすでに日本側も読みきっていた。

日本側の要塞南端を受け持っていたのは、第四五連隊から派遣された二個中隊。指揮は、連隊本部から派遣された沢口康雄少佐が執っていた。

「戦車が出てくるな。予定より早いが部隊を下げて、漸減《ぜんげん》策をとりつつ、中岳要塞の部隊に合流をはかる。知覧《ちらん》方面の各部隊も急いで撤収の指示を出させよう」

沢口の指示で、正午過ぎに日本軍は静かに撤退を開始した。しかし、米軍はまだこれに気づいていなかった。

この撤退にともない、軍の支援にまわっていた挺身隊員にも退却の指示が出た。

「軍は撤退するのですか？」

田中は、泥まみれの顔を手でこすりながら、関口大尉に聞いた。

関口はすまなそうな顔で彼に告げた。

「よく頑張ってくれた。これから先、挺身隊員は敵の占領地域内に残ることになる。君たちも本来の持ち場に戻り、上層部の指示に従い行動してくれ」

田中は踵《かかと》を合わせ関口に頭を下げ最敬礼した。

「大尉殿も頑張ってください。自分たちも精いっぱい努力します！」

関口が田中の肩に手をかけた。

「君らのような若いものを残していくのは忍びない。だが、これが政府の方針である以上、我々は君たちとこれ以上行動をともにできない。私から君らに言えることは一つだけだ」

関口はそこで言葉をいったん切ると、ぐっと肩を握った手に力をこめ、はっきりとした声で告げた。

「絶対に無駄死にするな！」

田中はぐっと拳を握ると、下を向いたまま小さく答えた。

「お世話になりました」

田中の手には、まだ武藤の学生服のボタンが握られていた。

昼過ぎ、三〇一一挺身隊の面々は激しくなった雨に打たれながら、陸軍陣地を後にした。

そして、陣地を守る陸軍兵士も分隊単位でこっそりと陣地から抜けでていた。米軍の攻撃が始まったのは、部隊のほぼ半分が陣地脱出を終えた時であった。

「もう一時間待ってほしかったな」

猛烈な砲撃にさらされながら、関口は呟いた。彼の目は、突撃の瞬間を待つ敵の軽戦車と装甲車をしっかりと捉えていた。

彼は伝令をつかまえ、まだ陣地内に残る指揮下の各部隊に告げた。

「対戦車戦闘準備だ。噴進筒と戦車用地雷を準備しろ。敵の圧力がかかった場所から順次後退してかまわん」

関口は鉄兜の顎紐《あごひも》をはずしながら、大きく深呼吸をした。砲撃の下では、鉄兜の紐をはずしておかないと危険だ。万一下から爆風が吹きあげた場合、首の骨を折られてしまうのだ。

「正念場だな。死ぬまで踏み留まり戦うほうがよっぽど戦いやすい。生きて下がるのは勇気以上に運が必要だ」

彼の目には、敵は今まさに牙をむかんとする猛牛の群れのように見えていた。

兵士たちは雨に濡れながら塹壕でじっと息をひそめ、敵の動くのを待った。

彼らがかかえているのは、口径七〇ミリの噴進砲、通称噴進筒である。これは、日本軍が独自開発した無反動砲である。ただし、この砲弾に使われている技術はドイツ製だ。中身は成形炸薬弾なのだ。これは日本ではタ弾と総称されている。砲弾として通常の砲で使用されることもあるし、噴進砲弾、つまりロケット弾として使用する場合もある。

日本軍は、この成形炸薬弾に薄い合金製被帽を組みあわせたものも製作し、増加装甲した戦車への対抗手段にしている。これは、海軍の大口径主砲弾に使っているシステムを参考に考案したものだが、実験では主装甲と二〇センチ程度の隙間のある対成形炸薬弾防御用の簡易装甲なら無力化できることが証明されている。ただし、この砲弾を使用できるのは、初速の速い速射砲だけだ。それも口径が大きくないと意味がないので、事実上三式連射砲か九〇式野砲改（マズルブレーキと閉鎖器を改良した型式だ）、それに二式高射砲を水平使用したものくらいでしか使えない。噴進筒や、前装式でタ弾を使用する旧型の野砲や、三七ミリ、四七ミリといった小口径の速射砲などでは利用できないということだ。

現時点で歩兵が携行している噴進筒は、距離一〇〇メートルでおよそ六〇ミリの甲鈑を貫通する能力を持っている。決して満足のいく数値ではないが、現在こちらに向かってきている米軍の軽戦車、M3A3やM5軽戦車は、正面の装甲でも五〇ミリちょっとだから充分に倒せる相手だ。しかも、米軍がこの日本に上陸させてきた戦車は、どれもスペースをあけた形の増加装甲を持っていなかった。これなら通常の夕弾で対処はできる。そもそもこの夕弾やその改良型は、ドイツの技術に依存しており、ドイツでは自国で開発した兵器への対策を講じているから、日本でも準拠したわけだが、どうやら現状の米国の兵器に対しては過剰な装備らしかった。

しかし、戦車に一〇〇メートルまで肉薄するというのは、かなりの勇気と忍耐がいる。たいがいは五〇〇メートル付近で恐怖を感じて逃げだしたくなるものだ。

だがそれでも、鹿児島連隊の将兵たちは塹壕の中でじっと歯を食いしばり敵戦車の接近を待った。

待ちかまえる対戦車噴進筒は六門。決して多い数ではない。だが、敵はまだこの兵器の洗礼を受けていない。勝算はある、関口はそう踏んでいた。

砲撃がやんだのは一〇分後だった。

「来るぞ！」

将兵たちは、雨に煙った視界の中、ゆっくりと動きだした敵戦車の列を見つめた。向かってくるのは二〇両以上。そのすべてを仕留めることは不可能だろう。だが四、五両でも撃破すれば敵の足並みは乱れるはずだ。その間に対戦車地雷を大量に仕掛け退却する。それが関口の立てた作戦だ。

うまくいくかどうか、とにかくやってみるしかない。兵士たちは恐怖と戦いながら、じっと時を待った。

その間に田中たちは、負傷した仲間の肩を抱きながら、山間部に続く間道を進んでいた。それは日本軍が退却するのとは逆の、南側の山麓へ続く道であった。その先に彼らの本来の任地である偽装集落があるのだ。

砲撃がやんだのがわかると、田中は足を止め、先ほどまで自分たちのいた陣地を振りかえった。

野砲ではなく、銃弾の連続した発射音が甲高く彼の耳にも届いていた。

「関口大尉……」

田中はぐっと歯を食いしばると、自分の部下たちに命じた。

「行こう。俺たちの戦いはこれから始まるんだ」

青年たちは何度も何度も戦場を振りかえりながら、山道へと踏み入っていった。

敵が日本軍の要塞陣地を突破したのは、それからおよそ一時間半後のことであった。

4

山下奉文は、厳しい表情で戦況指示板を見つめていた。

薩摩半島の戦場を示す指示板、その加世田付近の要塞線が大きく崩され、敵の存在を示す青い駒が、一気に川辺方面へと進められていた。

「かなり早く突破されたな。鹿児島連隊はうまく転戦しているようだが、敵の進撃もかなり早い。予想より五キロは食いこまれている」

阿蘇の山を深く穿《うが》って作られた九州防衛軍の総司令部。その作戦室では、不眠不休で南九州の戦況が分析、表示されている。

この表示板をもとに、参謀たちは作戦を作りそれぞれの方面部隊に指示を出す。

山下は、その命令の内容を確認し承認するのだが、時には自らも指示を出す。

シラス台地北側に展開していた国民挺身隊に戦車第二連隊の分遣隊の避難場所の確保を命じたのも、山下本人であった。全体の戦況を見ながらでも、こうした細かいところに気が回るのが山下という男なのである。

「軽戦車は予想以上に快速のようです。装甲が薄いので、これまでに歩兵部隊の敢闘で一〇両近くを葬ったようですが、ざっと四〇両以上が前線を突破したとの情報で、これが間もなく川辺に迫るものと思われます」

参謀の一人、筒井という分析担当の大尉が山下に説明を行った。

「本当にそれだけの数が戦線を貫いたのかね？　だとしたら、かなり厄介だな」

山下が腕組みをしたまま鼻で荒く息を吐いた。

「山間部の要塞陣地は、相手がいかに戦車でも打破は困難でしょう。当然敵は平野部を迂回し、前線陣地の後背を襲う肚です。そこまで読めているのですから、敵がいかに速度を上げても、こちらは焦る必要はまったくありません」

こういう時、冷静でいてくれる部下は実に心強い。山下は筒井の肩を叩いて、軽い口調で言った。

「敵の進撃速度が速いなら、こちらも逃げ足を速めるだけだ。各部隊にさっさと陣地放棄を促せ。そのうえで、敵を早々に罠に放りこんでしまおうじゃないか」

筒井がにっこり微笑んでうなずいた。

「この一ヶ月の努力、しっかり開花させましょう。実に頃合いよく天候は雨。それも当分はやみそうもありません。敵には、たっぷり泥水をすすってもらうとしましょう」

この一〇分後、九州防衛軍総司令部から、前線の全部隊に対し極秘命令が飛んだ。

その内容は簡潔明瞭なものであった。

命令はただ一文「作戦第二段階に移行せよ」であった。

この作戦第二段階が意味するのは、敵の正面攻撃に抗していたすべての部隊を後退させ、より本格的な要塞陣地での抵抗に移れという命令であった。

実は薩摩半島のごく薄い要塞線は、この本格的要塞陣地へ敵を誘引し、なおかつここに必要な人員と資材を準備する時間稼ぎのために作られた応急陣地にすぎなかったのだ。

日本軍は実に巧みな撤退で、米軍の戦力を削ぎながらこの恒久陣地へ籠城をしていった。

だが戦線の南端が破られ、敵の軽機甲部隊が戦線後方に回りこんでいる現状では、急がなければこの陣地への撤収が間に合わなくなる恐れがある。

そこで、大急ぎでの第二段階移行指示となったのだ。

この命令にもっとも機敏に反応したのは、前線の各部隊を統制している百武晴吉《はるよし》中将が陣取る南九州軍区司令部であった。

「場合によっては、歩兵二三師団の中央が取り残される危険が出る。第四師団を一部取り崩しつつ、南の圧力をうまくかわし、敵を入来《いりき》方面に誘導しろ。例の罠が作動するはずだ」

百武がこもっている地域から、もっとも遠い戦場がこの薩摩半島の戦場ということになるが、日本軍は巧みな連絡網でこれまで何とか前線の戦況を正確に司令部で把握しつづけていた。

この先いつまでこの状況を継続できるかわからない。だが情報こそ最大の武器であることを、百武も、そして阿蘇の司令部にいる山下もよく理解していた。だからここまで、敵の攻撃で寸断した連絡網の再構築を何より優先して指示してきたのだ。

司令部が敵の動きを的確につかんでいれば、どんな劣勢でも前線の部隊は恐慌状態におちいることはない。的確な指示は、現場における指揮官への信頼度を著しく向上させるのだ。

この南九州軍区司令部からの指示は、すぐに当該地域の後背要塞にあたる美濃岳と日笠岳を結ぶ強固な陣地にこもる第二三師団の司令部と、北の烏帽子《えぼし》岳陣地の峻険《しゅんけん》な要塞にこもる、第四師団司令部に飛んだ。

各師団長は、ただちに電話連絡可能な部隊、無電で連絡可能な部隊に、第二段階移行を通達と同時に、彼らが独自で用意した「ある罠」の最終的な仕上げに取りかかった。

それは、戦線を突破した敵の軽戦車部隊を殲滅するために仕掛けた壮大なる罠であった。

この作戦担当を命じられたのは、一時的に第二三師団の指揮下に入っている九州総軍麾下の独立混成第一〇二旅団の第四六五大隊であった。この独立混成旅団は、九州防衛のために、大急ぎで満州から集めた歩兵を中心に編んだ臨時編成旅団の一部で、全部で三個旅団が山下に預けられている。

一個旅団は基本的に四から五個大隊編成であるが、相互の連絡機能は薄い。というのも、これら部隊はそもそも切り離して遊軍的に使うことを目的に作られているからだ。

この時、歩兵第四六五大隊の将兵は、少数の装甲車を装備して川辺の集落付近に布陣していた。この四六五大隊には旅団で唯一、軽装甲車中隊が配備されているのだ。

軽装甲車中隊は、中隊本部に軽装甲車二両と小隊に各四両の計一〇両が正規編成で、これに段列、つまり補給と整備、さらに援護を担当する部隊が付属する。

だが、大隊は戦況を見て、軽装甲車を四両だけ戦場に持ちこんでいた。

「敵は間違いなく知覧の飛行場をめざして進軍する。そのうえで、錦江湾《きんこう》沿岸に出て、後方から我が要塞陣地を襲うはずだ。というわけで、我々はその敵がきちんと海岸に出られるように誘導して差しあげるわけだ」

部下たちに説明しながらにやにや笑うのは、この大隊の隊長である黒松少佐であった。

黒松は中国戦線で名を売った超ベテラン指揮官、部下の大半も縮軍を切りぬけた古参兵ばかりだ。

説明を受ける兵たちも、もう敵の戦車がすぐそこに迫っているというのに、どこか落ち着いたふうに見える。いかにも戦い慣れているといった表情の兵たちだ。

「敵が迷子にならんようにすればよいのですな」

顔中髭だらけの曹長が訊いた。浅岡保曹長。戦功章授与三回、受けた散弾四発という陸軍屈指の豪傑だ。その浅岡に向かって、黒松は白い歯を見せうなずいた。

「そのとおりだ、浅岡曹長。敵が迷子になると司令部が困るんだな。せっかく用意した砂風呂に、のんびりと入ってもらえなくなるからだ。ここでのぼせてもらわんと、敵は腑抜けになりよらん」

兵たちがどっと笑った。

彼らは、自分たちが務める役目を十二分に理解している。

敵の圧力を一身に受けながら、巧みに敵をある地点に誘導しなければならないのだ。なみの部隊にできる芸当ではない。だからこそ、百武は彼らに白羽の矢を立て、山下から借り受けてきたのだ。

百武は、敵の機甲部隊主力は間違いなく志布志か宮崎のどちらかに上がると予想していた。そして、この薩摩半島方面にはより速度の速い軽装甲部隊を導入する。そう読みきっていた。

日本軍が鹿屋方面の飛行場については全力で防備を固めているという情報を、米軍はつかんでいるはずで、こちらに機甲部隊を集中させるという予想が立っており、知覧の飛行場占拠には快速の部隊があてられるに違いない。九州総軍司令部も、百武の読みを肯定してそう予想してきていた。

これは、なかば意識的に日本軍が情報を漏らしていたことにも起因している。

そう、敵の上陸前から日本側はかなり高度な情報戦を米軍に仕掛けていたのだ。

ところが、米軍はその事実にまだまったく気づいていない様子であった。明らかに米軍は、日本軍を見くびりすぎていた。

日本軍は、短期間にドイツのそれに匹敵するほどの緻密な情報組織をつくりあげ、戦争に積極的に関与させていたのだ。

そして、予想どおり敵は実際には無力化している知覧の飛行場を奪取するという目的と、日本側要塞線の背中を襲うという二重の目的で、手持ちの装甲部隊のほぼ全力をこの加世田方面一ヶ所に集中させてきたのであった。

だが、それを最初から読んでいる日本側が、何の準備もしていないはずはなかった。

この川辺に陣取っている黒松の部隊が、その日本軍の用意した「大いなる罠」に、敵の装甲部隊を誘引しようというのである。

かなり難しい仕事だ。だが居並んだ兵たちは、この困難な任務をちっとも重荷に感じていない素振りであった。

「よし、それじゃあ黒松一家のお出ましといこうか！　敵を思いきりいちびりにいくぞ！」

何とも型破り、部隊員たちはいっせいにエイエイオーのかけ声を上げ、戦場へと進軍していった。

「さて、本当の日本軍人の戦いっぷりをアメ公どもに見せつけてやるか」

用意されていた簡易陣地に布陣を終えると、ただちに周囲に斥候部隊を派遣し、黒松は情報の収集を開始した。敵はあと二キロの地点にまで接近していた。

「戦車だけで三〇両いますね。ほかに装甲車も一〇両前後います。こいつら、全部まとめて誘導したいですね」

将校斥候から戻った第一中隊長の杉野大尉が、黒松に説明した。

「装甲車をうまいこと囮《おとり》に使って、敵に道のどまん中を進ませるんだ。少々進撃速度が上がれば、敵は有頂天になって突きすすむ。敵がうかつだったら、そのまま歩兵を置きざりにしてくれるだろうが、さて、こいつはうまくいくかな」

黒松があごを撫でながら言った。どうやら敵の戦車と歩兵を切り離すことがまず当面の目的であるらしい。

黒松はまず、装甲車を中途半端な偽装で道のカーブした付近に配置した。敵から見ると、間抜けな待ち伏せに見える格好だ。

ちなみに日本陸軍の現在使用している装甲車は、履帯《りたい》式のものが中心である。黒松の大隊が使用しているのは、九七式軽装甲車だが、新型の四式になると同じ履帯式でも装甲が倍に厚くなり、軽戦車に限りなく近くなっている。

ちなみに九七式軽装甲車『テケ』は、全周回式砲塔に三七ミリ砲または七・七ミリ機銃を装備した二人乗りの車両であるが、大きさは全長わずか三・六六メートル。四式中戦車の半分しかない。重量も四・二五トンしかない。装甲が薄い証拠である。実際、北満州事変では、ソ連軍野砲の四七ミリ榴弾に前後の装甲がすっぽり貫通され突き貫けていったという悲惨な被害を受け、第一線での使用に赤信号がともった。

それでも歩兵部隊が前線突破する際の援護が目的で作られた車両であるから、状況によってはまだ利用価値があるとして一線にとどまっていた。

だが、今黒松の部隊が置かれているような状況。つまり目前に敵の機甲部隊が迫っているような戦況では、絶対に戦力として計算できない存在のはずであった。

しかし、黒松はあえてこれを前線に持ってきた。つまり最初から囮のために連れてきたのだ。

『テケ』は、ぱっと見ると軽戦車にしか見えない。それが狙い目なのである。敵は戦車がいると思い、絶対にまっすぐ仕掛けてくる。そこで全速で逃げるというのが、黒松の作戦なのだ。

そして、その逃げていく先こそが真の罠なのである。

なるほど、快速の軽装甲車と、これまた快速の敵軽戦車の追いかけっこなら、敵の歩兵は切り離されてしまう。

だが、はたして『テケ』に敵のM3やM5『スチュアート』が振りきれるのか。

それが、この作戦の鍵になるところであった。

『テケ』の最高速度は時速四〇キロ。ところが敵の軽戦車の速力は、これを上まわっている。だが、一つだけ日本側に有利な点があった。それは路面状況と天候である。

降りつづいた雨で、路面がかなりぬかるんでいるのだ。この状況だと、戦車はカタログデータどおりの性能など絶対に出せない。履帯が空滑りを起こしやすくなり、動力がうまく伝わらない。おまけに重さでめり込んでしまい、前進のためには余分な力を必要とする。

この場合、重量の軽い『テケ』のほうが『スチュアート』より有利となるのである。

双方の履帯の接地圧に大差がないだけに、よけい軽いことが有利になるという寸法だった。

そして、この黒松の作戦が図に当たったかというと、もののみごとに「はまった」のであった。

「敵はかなりの馬鹿ぞろいらしい」

公式報告書にのちにそう記録したくらいであるから、黒松は本気でひょいひょいと餌に食いついた敵戦車に唖然としたのであった。

合計で一五両ほどの戦車と装甲車が速度を上げて、あらかじめ偽装していた四両の軽装甲車に突進してきた。

そこで軽装甲車は大あわてで逃げだす。というより、最初からその予定なのであっさりと退却を始めたのである。

これを追う敵戦車と後続部隊を断ちきるための歩兵およそ一個中隊が付近にひそんでいたのだが、敵はこれに気づいた様子もなく『テケ』の尻を追っていってしまった。

敵が食いついたのを確認すると、残置の歩兵中隊は一気に道路封鎖を開始した。あらかじめ用意してあった大量のバリケードを道路とその周辺の畑などの平地部分に設置したのだ。

さらには、大急ぎで対人用と対戦車用の地雷をばらまく。この地雷、それまで日本軍の使用していたものとちょっと違う。ドイツ製かと思えばそうでもない。実は、黒松大隊が装備している兵器のおよそ半数は、日本陸軍の正規装備ではなかった。

これらの武器は、満州貿易公司《コンス》が日本政府の裏金で輸入した製品なのだ。世の中には、金になればどんなものでも横流しする人間がいるという見本を、アメリカ軍は見せつけられることになる。

というのは、日本側がばらまいた地雷。対戦車用のそれは、同じ枢軸国のチェコ製のものだったが、対人用地雷は、何とアメリカ製だったのだ。

これは、アメリカがヨーロッパの同盟国援助用に大量に緊急輸出したものの一部だった。それが、どういう経路を使ったのかさだかではないが、流れ流れて日本にたどりついたというわけだ。

米軍の軽戦車部隊が日本軍の装甲車を追跡しはじめてからおよそ一五分後、この戦車部隊を追従してきていた米陸軍第一騎兵師団の歩兵部隊は、気づいた時には敵の待ち伏せのただ中にはまっていた。

「地雷原だ！　動きを止めろ！」

先頭を歩いていた斥候兵が対人地雷を踏んで宙に舞った瞬間、米軍の先導部隊を率いていた二等軍曹が叫んだ。

一二名の米兵が、地雷原の中に孤立した。すぐに後方にいたＭ８『グレイハウンド』装甲車が救出に向かおうとしたが、この対人地雷原の手前で対戦車地雷に引っかかり激しい爆発とともに横転した。

日本軍は巧みに戦車用と人間用の地雷設置場所をずらしていたのである。対戦車地雷原の前方と両横に対人用地雷を仕掛けてあるのだ。

こうして、後続の米軍は完全に動きが止まった。

「三時間だ。きっかり三時間たったら、どんなに有利な状況でも引きあげるぞ」

雨に濡れた略帽《りゃくぼう》のつばで手をぬぐいながら部下にささやいたのは、米軍を待ち伏せている日本側の指揮官、黒松大隊の第二中隊長、大久保盛敦大尉であった。痩せた頬が尖った印象を与えることから「剃刀《かみそり》の大久保」の異名を取る、歴戦の猛者士官だ。

大久保の指示で、ゆるい弓状に配置されていた日本軍の銃器がいっせいに火を噴いた。

孤立していた米軍の歩兵分隊はたちまち制圧され、ぬかるみの畑にぽつんぽつんとカーキ色の骸《むくろ》が放置されることになった。救出したくとも、地雷原に踏みこむことはできない。彼らは、味方の前で文字どおりなぶり殺しにされたのだ。

後方に残った米兵たちは、悔しさと怒りにトリガーを引きつづけ、見えない敵に激しい銃撃を返す。だが巧みに陣取った日本軍に対し、この反撃はまったく機能していないといって過言ではなかった。

中国での実戦を経験している日本側のベテラン部隊と、これが初陣《ういじん》の米陸軍、その力量の差がはっきりと現れた瞬間であった。

「奴らがひよこのうちに、できるだけ恐怖心を植えつけるんだ。それが敵の足を鈍らせる最高の方法だ」

敵の状況を的確に見きわめながら、大久保が言った。彼がのちに提出した戦況見聞に関する報告書は、陸軍参謀本部で検討され、戦争指導委員会にまで上申された。そして、敵の内陸侵攻に対する対応の基本方針決定に大きな役割を果たすことになる。

米兵はおおむね集団行動を規範に動き、瞬間的な判断が必要な場合でも画一的に動く傾向がある。これは、かなり長い時間集団行動の訓練だけを受けつづけ、実戦を経験していなかったせいであろう。

これは、待ち伏せする側からしてみると実に都合がいい。こうした状況では、まず狙撃によって指揮官または下士官を優先的に倒せば、敵の反撃能力は一気に下降する。それを大久保の分析報告は的確に見ぬいてみせたのだ。

こうして後続部隊が足止めされたのにもかかわらず、米軍の軽戦車は前進を続けた。このへんの連携の悪さも、米軍がかかえた問題点として浮き彫りになる。当然、米側もこうした問題点を全部洗いだしている。

米軍は最初からこの日本での戦闘を、ヨーロッパ反攻のためのテストベッドにしている。現在も各前線に大量の無任所参謀が配置され、戦況の評価と報告を上層部に行っている。だが彼らは自分たちの見つけた問題点を、現場部隊に報告していなかった。

数ヶ月後、この事実が知れわたると、日本侵攻軍の現場部隊と軍上層部の間に大きな溝ができることになり、米軍全体が大きく揺れることになる。

だが今のところ、こうした問題点の洗いだしは直接現場にフィードバックされない。そのため、米軍は推定で二割以上も損害を増やすことになるのであった。

その典型的状況が、この黒松大隊の支える戦線で生起《せいき》しようとしていた。

つまりこの時、第一騎兵師団に同行していた参謀本部派遣の参謀は、この日本軍の取った行動、戦車と歩兵の引き離しの裏にひそむ危険を事前に察知し、戦車に対する待ち伏せの危険を示唆《しさ》する報告を即時に上位司令部に上げていたのだ。

だが、司令部にいるこの無任所参謀たちの統括責任者、ジェームズ・ベックフィールド少将は、第一騎兵師団の司令部に対し何の指示も警告も出さなかったのである。

自分にはその権限はないし、そのような指示も受けていない。のちに彼はそう弁明して、責任を回避した。

黒松が無線に向かって叫んだ。

「鴨は網の中だ」

装甲車を追っていたはずの米軍の軽戦車隊は、いつの間にか丘陵地帯を抜け、海の見える位置に達していた。つまり半島を横断していたのだ。

その事実に気づいた戦車隊指揮官は、狂喜して無線に叫んだ。

「半島を横断した！　敵陣の最奥に達した！」

だがこの時、追っていたはずの装甲車が突如消えた事実に彼は気づいていなかった。

装甲車はいきなり進路を変え、林の中に突っこみ姿を消した。その奥に大きな壕が掘ってあり、そこに飛びこんだのだ。これも事前準備で掘られた数多くの穴の中の一つであった。

敵が消えたのに気づいた数両が緊急停車した。これを合図に時速三〇キロ近く出していた各車は軒並み急制動をかけることになり、結果的にそれまで安全のためにある程度あけていた車間がなくなってしまった。

まさにその瞬間だった。

林の中から、いっせいに攻撃が始まった。

噴進筒と対戦車用の二〇ミリ自動銃の攻撃だ。これらにまじって、これも闇資金を使い欧州市場で買いあさった非制式兵器の『デグチャレフPTRD』などのボルトアクション式の対戦車ライフルが発射されている。

さすがに、軽戦車クラスになるとこの自動銃や対戦車ライフルでは貫通弾を与えることはできない。だが弾頭の着弾ショックは、確実に戦車兵に動揺を与える。というより、それが目的で黒松はこの銃を使用しているのだ。

敵の一斉攻撃に、待ち伏せの事実を確信した米側指揮官は、あわてて全車に散開を指示した。それが日本側の真の目的であることに気づかないまま……。

米軍戦車が停車していた付近の道路の周囲は、青々とした稲がきれいに並んだ広い田んぼであった。

梅雨のこの時期、早苗の田は全面に水が張られている。つまり、青いカーペットの下は完全なぬかるみなのである。だが、水田そのものを知らない米軍兵士たちは、何のためらいもなくこの田に踏みこんでいった。

そして、次々にその自由を奪われていったのである。この付近の田は、事前にふつう以上に代掻《しろか》きを行い、ぬかるみを深くしていたのだ。

「馬鹿丸出しだな。よし、一両ずつ確実に仕留めていけ」

にたにたと笑いながら黒松が命令を飛ばす。敵は完全に動きを封じられている。だが、ここで油断はできない。敵にはまだ機銃と主砲があるのだ。不用意な接近は、危険このうえない。

だが黒松の部下たちは、背を低くし、畦を走り、敵の戦車に火炎瓶や収束手榴弾を投げつけて、どんどんと仕留めていく。

むろん反撃も熾烈で、死傷者は出る。それでも彼らはひるまない。歴戦の兵は落ち着いて敵の死角を探し、一両また一両と戦車を葬っていった。

米兵の悲痛な叫びが無線を通じて響く。だが、これを即座に救援できる存在はいなかった。

唯一アクションを起こしたのは、沖合い二〇キロ付近に停泊していた海軍の戦艦部隊であった。

彼らは急ぎ、その主砲の射程に攻撃地点を捉えようと前進した。だが、すぐにこの進撃には中止命令が下された。当然だ。戦艦の主砲の照準では、とても緻密な砲撃はできない。そのまま攻撃すれば、味方が巻き添えになる確率が高い。

というわけで、前線司令部は、先の待ち伏せで停滞中の歩兵部隊を強化して、無理やり救出のための突破口を作れという命令しか出すことができなかったのである。

しかし、最初の待ち伏せから三時間後、歩兵部隊が総攻撃の準備中に日本軍は突如姿を消した。

そして狐につままれた思いで救援に向かった歩兵たちが発見したのは、泥濘の中で燃える一五両の戦車と装甲車の姿であった。

戦線は突破され、米軍はついに狭隘部《きょうあい》で薩摩半島の分断に成功した。

だが、その代償は決して小さくはないようであった。

第四章　宿命の海

1

日本本土の戦闘が予想をはるかに上まわる激戦となったことは、アメリカの戦争省にとっては大きな誤算であった。何より、そこに投入している兵の数、そして兵器の量が絶対の自信を彼らに与えていただけに、正確な分析が進むにつれその焦りは色濃いものになっていった。

「間違いないのか、この数字は？　敵は予想より兵力が多いのではないのか？」

陸軍参謀総長ドワイト・アイゼンハワーにとって、目の前に来た報告は、無条件でG・C・マーシャル大統領のもとに持っていける内容ではなかった。

「スティムソン長官は部屋にいるか？」

アイゼンハワーは電話で秘書に問いあわせた。

「おります」

「すぐにつないでくれ」

そう言うとアイゼンハワーはいったん電話を切った。数十秒後ベルが鳴り、急ぎ受話器を取った。

「長官、先ほどの情報部からの分析報告は手もとに届いておりますか」

アイゼンハワーの問いかけに、陸軍長官ヘンリー・スティムソンは電話の向こうから渋い声で答えた。

「見た。何だね、この信じがたい数字は？　我が軍の兵士はいつからこんな頼りなくなったのだ」

かすかな怒気が感じられる。当然だろう。彼らが目にしている報告書は、あまりに悲惨なものだったからだ。

Xデー（六月一〇日）初日の被害には目をつぶっていい。アイゼンハワーも最初からそう思っていた。だが、彼の予想では上陸から時間が経過するにしたがって損害は減るはずだったのだ。確かに上陸二日目は確実に損害が減った。敵前上陸による被害がなくなったのだから当然だ。

ところが三日目と四日目の損害、これが徐々にだが増えている。いや、そんなレベルではない。全体で見ていると気づかないが、被害状況の詳細で見ると、ある特定の戦域でぐんと損害が跳ねあがっている。それが、ほかの戦場で下がった損害を一気にくつがえしているのだ。

その問題の戦場というのが、海兵軍団が担当している［アンバー］地域なのであった。

同じ［アンバー］地域でも、薩摩半島を横断した第一騎兵師団の戦車部隊が停滞に追いこまれて大きな損害を出したのは、気象条件などが大きく影響しているのでしかたがないだろうが、北側の日吉付近で強引に要塞線を突破した海兵隊の損害率が三日目夜から急激に跳ねあがった。

「被害は海兵隊に集中していますね。これは陸軍の責任ではなく、彼らの未熟さに根本的原因がある。私としては、そういった主旨の意見書を添えたうえで大統領に提出すべきだと思うのですが」

確かにアイゼンハワーの言うとおり、被害の実数で見ると海兵隊の死傷率だけが飛びぬけて大きくなっている。だが、その裏にひそんでいる戦場の現況というものの観測はすっぽりと抜けおちている。単に陸軍の保身という観点でしか彼はものを言っていないのだ。

だが、その立場はスティムソンも同じである。

「海兵隊を戦場から駆逐するかね。陸軍ですべての戦線を代替《だいたい》しても、何の支障もないだろう。彼らには、アフリカにでも出ていってもらったほうが賢明なのではないかね」

スティムソンは、日本の占領という事態をできれば陸軍の主導だけで行いたかった。これは、すでに開戦で大勝利をおさめている海軍に対して、陸戦での勝利こそが日本屈服の決定的要因だという印象を議会に持たせるための政治的意図もある。だからこそ、海軍の傀儡《かいらい》とでもいうべき海兵隊は、戦場で邪魔になる。それがスティムソンの考えであった。

この意見にはアイゼンハワーも基本的には同意したい。だが、現実的問題として、戦場に投入する兵力の捻出に難があるのだ。現在教育中の部隊を戦場に投入するには少なくとも一ヶ月半の猶予が必要であり、それまで代替可能な陸軍部隊はヨーロッパ侵攻作戦のために用意している部隊しかない。

だが、アメリカにとっての「本物の」戦争であるヨーロッパに送る兵力を取り崩すなど、絶対にできるはずのないことであった。

実際、米軍がヨーロッパ反攻に準備している兵力は、現在日本に投入している陸海海兵三軍を合わせた全兵力およそ四〇万の二倍を超す八三万に達する予定であった。これに英連邦軍の四五万を合わせて、ドイツ軍およそ一二〇万に対抗するのである。

もし、ドイツがソ連との戦闘を継続していてくれたらこの兵力は半分以下に減っていたろう。そうなれば、アメリカももっと確実に反攻に踏みきれたはずだ。

しかし現実は、フランスからベルギーそしてオランダに至る海岸線をすべて要塞化したドイツ軍は、米英軍の来襲を手ぐすねを引いて待ちかまえている状況なのであった。

ソ連に再度の対独開戦を促させるという案も情報部などからは上がっている。だが、マーシャル大統領はこの案に否定的だ。スターリンの影響力が極端に下がってきている現在のソ連政府は、ドイツとの関係悪化より自国内の治安維持に躍起になっているのだ。

スターリンは保身のために再度の大粛清を実行中という噂であるし、赤軍は国民に対し銃を突きつけているありさまで、とても戦争などできる状況ではない。

それに計画経済が失敗したため、ドイツに対する石油売価だけが唯一にして最大の外貨獲得手段であるから、やはり両国の関係を突き崩すのは難しい。むしろ、ソ連と日本の間を裂くほうが容易だろう。アイゼンハワーはそう分析している。だが現在のところ、アメリカの情報部筋ではそういった方面での動きを起こしてはいない。

そんな面倒な工作をしなくとも、日本は簡単に屈服するというのが、ワシントンの専門家の一致した意見だったからだ。

だが、日本での戦闘が決してピクニック気分のものなどではなかったことが、現実の数字としてアメリカにも届いていた。

上陸から四日間の死傷者がすでに三万を超えたということは、当初のシミュレーションでの上陸から一週間以内の全体損害率八パーセントの予測をすでに超えたことを意味している。

このままの状況で戦闘を継続した場合、いったい死傷者数はどこまで上昇するのかまったく予測不能となる。当然のごとくアイゼンハワーは憂鬱《ゆううつ》な気分を味わっていた。

彼の意識の中では、敵が強力なのだという想いは微塵もない。単に自軍の指揮官が的確な判断を下せていなかったり、兵士の士気が悪いことが損害につながっているとしか考えていなかった。

こういった考えと実際の陸軍の置かれた状況そして今後の作戦、むろんこれはヨーロッパでのそれであるが、これを考えあわせたうえでアイゼンハワーはスティムソンにこう告げた。

「海兵隊が腰抜けなら、腰抜けなりに代償を払ってもらうのも必要でしょう。ここは我が軍に対し綱紀粛正を促し、戦線を早期に前進させ、海兵隊の不甲斐なさを際立たせてやれば、この情けない数字に対してもいささかなりとも議会に反証弁解できるのではないでしょうか」

電話の向こうでスティムソンがうなずく気配があった。

「なるほど、被害が大きい責任をすべて海兵隊にかぶせてしまおうということか」

「そのとおりです」

アイゼンハワーが冷静な声で答えた。

「とりあえず、火力の集中方法や攻撃の手順など、あらためられそうな部分をすべて現場で洗いださせて攻撃のパターンを変更させましょう。マッカーサーも、こういった部分への指示には文句を言わないでしょう」

何かというとワシントンに反発の姿勢を見せるのが、米陸軍太平洋方面軍司令官のダグラス・マッカーサーである。今回の上陸作戦に関しても、直前までワシントンで立てた作戦に注文をつけつづけた。志布志湾上陸に、フィリピナス師団が組みこまれたのも、マッカーサーの横槍だ。当初この方面は、海兵軍団と陸軍機甲師団のタッグで押しきる予定だったのだ。

しかし、マッカーサーに横車を押しきられ、「パープル」の指揮権は陸軍が受け持ち、フィリピナス師団がこの戦場に割りこんで、海兵軍団そのものが「アンバー」地区へ全体がスライドしていった。海兵隊側の抗議で、第一海兵師団だけは「パープル」地区に残ったのだが、明らかにもっとも熾烈になる戦場に子飼いの部隊を入れるようなやり方は、マッカーサーの人格を実に雄弁に物語っていた。

そんな傲慢なマッカーサーでも、実際に被害が大きくなっているとなれば、上からの改善命令には従うはずだ。というより、何より失点を嫌う男だからこそ、素直に従うというのがアイゼンハワーの読みであった。

「よし、とにかくそのへんはまかせる。政治屋どもを黙らせるだけの証拠を用意してくれ。私はこれから欧州派遣軍の最終的な構成に関して、ブラッドレーと協議してくる。アフリカの件は明日、そっちに出向いていっしょに調整しよう」

スティムソンは、それだけ言うと一方的に電話を切った。

アイゼンハワーは肩をすくめながら受話器を戻し、もう一度書類に目をやった。

「海兵隊の被害が多いのは戦術のせいもあるだろうが、何か大きな見落としがある気もする。日本軍に対する分析が未熟だったということかもしれんな。予算に余力があるなら、日本軍の研究を再開するように考えてもいいかもしれん。もっともその前に、あいつらが降伏してしまうかもしれんがな……」

陸軍参謀本部にあって理論派で、かつ冷静な分析を行える数少ない人材であるアイゼンハワーであるが、その彼をしても対日戦の現実的状況への認識は甘いといわざるをえなかった。

実際の戦場はワシントンの人間が思っている以上に、いやその一〇倍は過酷で、シビアな状況を続けているのだ。

ワシントンでは自軍の前進は、すべて勝利と戦術の賜物《たまもの》であり、そこに敵側の意図があるなど、誰一人看破できてはいなかったのである。

これは陸軍だけの問題ではなく、大勝を続けた海軍でも同じであった。

西太平洋の艦隊を統括するニミッツだけは、戦艦を大量に失ったり、上陸初日の伏兵による被害、つまり小型潜水艦や魚雷艇などの夜襲で被った馬鹿にならない被害に、敵の本拠地へ乗りこんでの戦闘がいかにリスクを背負うことになるか、遅まきながら気づきはじめていた。

しかし、彼の忠告に耳を傾けるものはいなかった。

ワシントンの海軍省では、すでに太平洋における海戦は終わったも同然に扱われており、その関心のほとんどはアフリカ戦線へのテコ入れと欧州反攻にどれだけの戦力が割けるか、その一点に絞られているのだった。

海軍長官のキングは、すでに半日以上軍令部の作戦室にこもっていた。

やはり対日戦に大きく戦力を割いたことが、かなり戦況に影響を与えているようであった。

「しかし、このまま少なくとも空母の大半は日本近海に置くべきでしょう。戦艦に関しては敵の残存数が少ないこともあり、一ないし二戦術単位を残せばいいというのが我々の試算です」

キングに堂々と主張するのは、海軍軍令部の作戦部でも切れ者で通っているラルフ・アンダーセン大佐であった。作戦参謀として、計算機の異名を取るこの男は、日本海軍を完全に撃ち破った陽動作戦を最初に示唆した男でもあった。

キングは、ふむと鼻を鳴らし腕組みした。

「確かに、ドイツ海軍を封じるには戦艦の力が必要か。『ビスマルク』は消えたが、まだ『ティルピッツ』は健在だ。それより何より、気になるのが二隻の空母だ」

これに答えたのは、航空作戦担当参謀のハンク・レーゼンビー大佐であった。

「しょせんは、これまで空母使用の実績のないドイツ海軍です。たぶん彼らは、せっかくの空母を船団狩りなどに使うつもりでしょう。これはもう出てきたところを護衛空母を結集させて対処するだけで足りる。私はそう判断します。脅威という意味では、日本の空母の半分以下と思っていいでしょうね」

すると、キングが「おおそうだった」と言って話を変えた。

「そういえば、日本の空母がひそかに出撃したという情報が入っているが、これはどういうたぐいの情報かな」

これにもレーゼンビーが答えた。

「中国沿岸を南下しているようですね。どうやら、ロンボク海峡付近で我が潜水艦が発見した敵の小規模艦隊と関連があるようです。おそらく例の空母をフランスに回航した帰りの艦隊ですね。ドイツからの輸入兵器を搭載していると思われますので、これを護衛するために空母を急行させたのでしょう」

キングが、なるほどとうなずいた。

「規模から考えて、この輸送船団がたいした兵器を積んでいるとも思えない。この船団で戦局が変わるようなこともないだろう。だが、叩きそこなった空母が出てきてくれたのは、幸いかもしれんな。一部の部隊を割いて、これを追わせてみるくらいはいいだろう」

これには、アンダーセンが大きくうなずいた。

「前々から、ニミッツが言っている空母主戦論の実証をさせてみましょうか。ここは、戦艦不在の部隊を送り、きっちり仕留められるかどうか、それで彼の主張を推し量る材料になるのではないでしょうか」

キングは、大きくうなずいた。

「私も空母の運用という面には未知数の部分が多いと思っておる。だが、実際に日本の艦隊との戦闘の経過などを見ると、空母はかなりの打撃力になる可能性を秘めているといえるだろう。なるほど、空母の刺客に空母。すぐに第七艦隊に指示を出すとしよう」

キングはさらさらとメモにペンを走らせた。この第七艦隊は、つい二日前に指揮官が交代していた。スプルーアンスとハルゼーが、その立場をそっくり入れかえたのだ。

こうして日本の空母への対処はあっさりと決まった。

だが、彼らはこの日本の艦隊の力量や、その潜在的能力など、本当なら充分に考えなければいけない部分をすっぱり断ちきり、単に状況とメモに書かれた数字上の足し算引き算だけですべてを決してしまったのである。

彼らにとってこれはあまりにも瑣末《さまつ》な問題にしかすぎなかったのだ。

しかし、彼らが片手間で闘っていると思っている日本にとって、この艦隊こそが今後の使命を決する存在にほかならなかった。

アメリカがそのことに気づくことは、ついになかった。というより、この輸送船団と空母部隊の果たす役目についてアメリカ戦争省では最後まで、つまり日米間の戦争が終焉する日まで見ぬくことができなかったのである。

2

飛行甲板の上では、あわただしく偵察機の準備が続いている。未明から連続して飛んでいる偵察機、その延べ数は一日につき三〇機つまり三〇ソーテーに達する。二隻の空母と三隻の重巡が搭載する航空機の総数は一五〇機ちょっとだ。その中から機体が重複しているとはいえ、これだけの偵察機を連日上げているのだから、かなりの負担といえる。

だが、部隊を率いる大西滝治郎は、この偵察こそが自分たちが生き残るために絶対不可欠なものだと確信し、搭乗員に負担を強いながらも、これを中止することは絶対にしないつもりであった。

空母『飛龍』と『龍驤』を中心にした連合艦隊生き残りの航空艦隊。このささやかな艦隊が、事実上現在の連合艦隊の全力なのだ。

硫黄島沖での海戦に大敗した連合艦隊は、空母部隊が壊滅。戦艦で生き残ったものも、すべてがドック入りを余儀なくされた。

当然ながら、戦争指導委員会の下した結論は「戦力温存のため、連合艦隊の作戦活動休止」だった。

だが、それはいきなり反故になった。

よりによって、最悪のタイミングで遣独艦隊の輸送隊が戻ってきてしまったのだ。それも、まだ日本をはるかに離れたジャワ近海で敵に発見されるという、これまた最悪の事態を誘発してしまった。

単なる輸送艦隊なら、政府も目をつぶったことだろう。だが、この部隊の荷物の中には日本政府がどうしても欲しい大事なものがいくつか含まれていた。それが、航空艦隊出撃の決断に直結したのである。

しかし、その積荷の内容の詳細について大西は知らない。というか、そもそもんな大事なものであることを知っているのは本当にごく一部の人間だけであった。大西とて戦争指導委員会に名を連ねる立場である。それが積荷の正確な中身を知らないのだ。それほどに秘匿性の高いものなのだろうが、まあ戦局に寄与するたぐいのものであるというくらいまでしか聞いてはいない。

まあそうでなければ、戦争指導委員会が尻を上げるはずもないのは確かだ。艦隊には、同じ戦争指導委員会の委員である源田実大佐まで乗りこんできている。それが論より証拠と言えよう。

日本側の上層部でさえ救援に向かうHG18B船団について詳しい内容を把握していないのだから、アメリカがこの艦隊行動に重大な関心を示さないことも責めはできまい。

ある意味、日本軍の情報管理が急にしっかりと機能しはじめた証拠といえるかもしれない。要するに、戦争指導委員会が新たな情報部の設置と、この情報部に権限を大幅に与えた結果がこの防諜の成功につながったのだ。

その反面、艦隊などの大きな軍の動きまでも秘匿するのが困難なのは間違いない。そこから漏れる情報、これをいかに欺瞞《ぎまん》するか。それもまた情報部の腕にかかる。

実は日本軍の情報機関は、すでにドイツからの帰還艦隊に関する欺瞞情報をいくつか流しはじめていた。

まだアメリカはそれに引っかかっていないようであったが、実は英軍はすでに、この欺瞞に翻弄されていたのである。

日本側が空母を出撃させたことで、当然シンガポールや香港の英軍も緊張した。太平洋およびインド洋地域の英海軍は、本国の窮地と中近東と北アフリカへのドイツ軍の圧力に対処するため、かなりの戦力を削減させられていた。そのため、英軍は単独で輸送艦隊を追うことはできても空母部隊には対処できなかった。

そこで、英軍はロンボク海峡を突破した敵輸送船団がそのままスル海方面に向かったと聞いて、香港の駆逐艦部隊に待ち伏せが可能なら出撃するよう準備をさせた。

ところが、英海軍の本国司令部はこの出撃に待ったをかけた。

「敵輸送船団は、鉄材や小火器等を中心に積んでいるだけの部隊だ。これの攻撃に危険な賭けは無益だ。米軍がすでに手を打っているのだから、これに全部まかせておけばいい」

これが本国司令部の主張であった。

むろん、大嘘だ。

この情報の出所はドイツである。

日本陸海軍合同で作った新情報部は、スイスとドイツに大きな拠点を設けた。開戦となった時点で、シベリア鉄道経由で数名の工作員がここに乗りこみ、ただちに情報操作を開始していたのだ。

その成果の一つが、この英軍の誤認情報であった。

この欺瞞成功により、このHG18B艦隊への直接的危機の可能性は一気に下がった。

だが、大西の空母部隊を追って米軍が南下してくれば、当然輸送船団にも危機が及ぶはずだ。

空母と共に敵陣を突破してくる大西は、そのへんをどう対処する気なのだろう。

輸送船団を率いる青木友蔵大佐は、そもそもこの船団の本来の指揮官であった大西のやりそうなことをあれこれ考えながら、とにかく船団を最大限の速度で北に進ませつづけていた。

そう思いかえせば、大西がドイツに売却した二隻の空母を回航したことがすべての始まりであったといえる。

結果的に、これがアメリカの対ヨーロッパ参戦への大きな原因になった。そのいってみれば「言いがかり」として、日本はアメリカに宣戦布告されたようなものだった。

大西は波を蹴立てる空母の甲板で、複雑な思いで空をにらんでいた。今も飛びつづける偵察機、その安否を気づかう視線であった。

「前方に敵が出現する確率はきわめて低い。当然、敵は我々を追いかけてくる。問題は敵がどういうかたちで仕掛けてくるかだ」

大西の横には源田がいた。

「閣下は逃げるとしかおっしゃっておりませんが、現実問題として本気で逃げきれると思っているのですか？」

源田の問いに、大西はふっと苦笑を浮かべた。

「逃げられるなら逃げたいさ。だが、それが絶対に不可能とわかったら、精いっぱい戦う。ただし、味方をすりつぶす戦いはせんぞ」

釘を刺されたかな、源田は肩をすくめる。

「無茶は禁止、ですか？」

「禁止とは言わん。だが、無茶せんで切りぬけられる局面なら、無茶をする必要はないと言っているのだ。いいか、この戦闘は生き残る戦い。だから敵を叩く必要はないのだ。お主は放っておくとそれを忘れる傾向がある。だから釘を刺したのだ」

お見通しだな。源田がまた肩をすくめた。

その時、艦橋のほうから通信士官の武本大尉が駆けてくるのが見えた。

武本は通信箋を振りまわしていた。

「敵を発見しました！」

大西と源田の顔が同時に険しくなった。

「場所は？」

「規模は？」

二人は同時に疑問を叫んでいた。

「見つけたのは、うちの偵察機じゃありません！」

武本が飛行甲板を吹きぬける風に負けまいと大声で叫んだ。

「何？」

大西の表情が若干変わった。

武本が二人のところにたどりつき、通信箋を大西に示した。

「台湾の東港《とうこう》空大艇部隊が、南下中の敵空母部隊を発見しました。位置は、与那国島の東およそ三〇〇キロです」

現在、大西の艦隊は台湾の南端から南南西およそ六〇〇キロの位置にいる。台湾をはさんでかなりの距離を隔てていることになる。だが、それぞれまっすぐ南下していることを考えると、決して楽観できない距離である。もし敵が優速なら、二日程度で追いつかれる危険もあるし、輸送船団と合流後おそらく一両日中にこの敵への対処を行わねばならないというのが、まず常識的な判断である。

「規模は？」

源田がイライラした表情で再度聞く。武本が通信箋に視線を落とし読みあげた。

「空母大型二、小型一を含むおよそ二〇隻。戦艦なし、軽巡洋艦四隻認む、とあります」

源田がぽんと手を打った。

「いける、こいつらの出鼻を叩けば、充分に勝算はある」

そこで源田は大西に向き直って言った。

「先手でいきましょう。敵を先に叩いてしまえば、船団を拾うのも楽になります！」

意気込む源田に向かって、大西はいきなり眉をひそめ首を振った。

「馬鹿者、だから貴様は短絡的だというのだ。よく考えろ、出てきた敵が少ないというだけではないか。その後ろに控えている敵の数を忘れたわけではないだろうな」

源田が、しまったという顔をして大西を無言で見つめかえした。

大西の言わんとすることは瞬時に理解できた。つまり先制で敵を叩いたら、おそらく今度は倍の敵が押し寄せてくる。何しろ、敵は日本の沿岸に張りついている。それはつまり、敵は文字どおり手ぐすね引いて日本艦隊を待ち受ければいいのだ。となれば、敵は自分たちの帰るべき先に敵が待ちかまえているという状況だ。戦力比は、数値化するのも馬鹿らしいほどに開ききっている。敵の主力艦隊と渡りあうなど愚の骨頂を通りすぎ、単なる自殺行動でしかない。

もし、半端な位置で敵を叩いてしまえば、確実に自分たちの命運は尽きてしまう。

大西はそう言いたかったのだ。

「……軽率でした。ここは、むしろぎりぎりまで敵を引っぱるのが正解、ですね？」

一拍の呼吸の後、源田が言うと、ようやく大西の顔がほころんだ。

「すぐにそうやって正解が出せるのも、貴様の柔軟な頭のおかげだ。そう、ここは我慢できるぎりぎりまで敵を南に引っぱってから叩く。それも敵を大あわてさせる程度に叩くのが肝心だ。敵の足並みを乱し、対応を誤らせれば、退路を見つける可能性は高くなる」

逃げるが勝ち。最初から大西はそう言っていた。なるほど、戦闘に持ちこむ前の段階から、これは当てはまっているのであった。

日本沿岸にいる敵の主力艦隊から追っ手を引き離せば引き離すほど、敵の二の手は遅くなる。

源田は頭をかきながら、大西の慧眼に感服した。

「では、しばらくは針路を維持、速度を上げるくらいしかやることはないということですな」

大西は力強くうなずいた。

「うむ、あとは敵の正確な動きだな。台湾の航空隊がどこまで頑張ってくれるかな……」

台湾と沖縄方面の基地航空隊、その多くが日本本土侵攻とその前の奄美大島攻略戦、この事前攻撃で大打撃を被っていた。

そういうわけで、索敵の主力は飛行艇や水上機部隊にゆだねられている。

偶然にも敵空母を発見した東港空も、二式大艇をかかえる飛行艇部隊だ。

現在、日本海軍で比較的稼働率の高い航空部隊は、いずれも水上機を擁する部隊となっている。これは、やはり米軍の執拗な爆撃で多くの滑走路が使用不能になっていることと関係している。

滑走路を持たずにすむ飛行艇や水上機の部隊は、機体の安全さえ確保できていれば何とか発進収容が可能なのだ。

というわけで、危険を承知で各水上機部隊は最大限の努力を払い敵情報収集のために偵察活動を続けていたのである。

つまり、今後の敵の動静に関しても東港空を筆頭とする台湾在籍の水上機部隊が、接敵を続けてくれることを大西は期待しているのだ。

だが、当然敵は上空警戒を密にするだろう。何しろ相手は空母部隊だ。戦闘機の数には事欠かない。となれば、いくら撃たれ強い二式大艇でも敵に接近しつづけるのは困難、いや不可能に近い。

それでも現場の指揮官たちは決死の覚悟で偵察を続けるだろう。大西はそう読んだし、事実各飛行隊司令官は敵の周辺情報収集に全力をあげるよう指示を出していた。

もっとも、偶然とはいえ一度敵の艦隊を視認できたことは大きな意味を持つ。というのも、東港空の飛行艇の一部には、対艦船用の機上電探が装備されているからだ。

この機上電探は、元々は対航空機用に装備が検討されていたのだが、ドイツ製のものをいろいろ試験しているうちに、対艦船用としての特性が高い電波帯が発見され、航続距離の大きな二式大艇にまず装備されたのである。

この電探は、およそ半径八〇キロまでは確実に艦影を捉えることができ、条件によっては半径一二〇キロでも充分に威力を発揮する。

つまり、敵の存在を探知してすぐに退避すれば、敵の対空電探でこちらが察知されても何とか逃げることが可能なのだ。

しかし、電探装備機は少ない。

当然、電探の装備機だけで敵艦隊を追跡するのは不可能だ。というわけで、大西の懸念する無茶がまかり通ることになるだろうというのは誰にでも予想できる。

海軍には、高速の偵察機が少ない。新鋭の『紅雲《こううん》』は、ごく少数機が配備されているだけ。艦上偵察機として開発中の『彩雲《さいうん》』は、まだ実用化されていない。

高速偵察機なら敵の艦上戦闘機を振りきることも不可能ではないだろうが、あいにく台湾の航空隊に『紅雲』はいないし、その母体となった陸軍の一〇〇式司偵も展開していない。まあ、それ以前の問題として滑走路の修復がまったくはかどっていないという現実もある。

結果的に、偵察の主力は足の遅い二式大艇や零式三座水偵などになってしまうわけだ。

これらの機体が無理に敵艦隊に接近した場合の生還確率は、きわめて低いだろう。大西は、それを承知で彼らの報告を待つ。当然、悲痛に心が痛む。だが、これもまた戦争のあるべき姿なのだ。誰かが犠牲を払わなければ、前に進んではいけないこともあるのだ。

「負けるわけにはいかない。しかして、勝つことは最初から望んではならない。何という戦争をしているのかな、我々は……」

大西はそう呟くと、源田と武本に「作戦室に行くぞ」と告げ、飛行甲板を歩きはじめた。

「今回搭載してきている艦爆は何機だ？」

歩きながら大西が源田に聞いた。

「二隻で合計五五機だったはずです。『艦攻を載せるな』という命令でしたから、艦爆と偵察機、それに新品の戦闘機だけ載せてきました」

海軍の艦攻は、現在『天山《てんざん》』に機種変換された。しかし、相変わらず鈍足であることは否めない。『彗星《すいせい》』の液冷エンジン搭載型の改良版である三二型がドイツの援助のおかげで六一〇キロという速度を発揮しているのに、『天山』の最高速度は五〇〇キロにも満たない。『零戦』の最新型となった金星エンジン搭載の五四型は、やはり五九〇キロ近くを振りしぼるから、艦攻だけが逃げ足に難あり、大西はそう判断しこれの残置を決定した。

せめて『流星《りゅうせい》』が完成していれば、速度面では三機種の足並みがそろうのだが、まだ試作機すら完成できていない。

ある事情があって製造が大幅に遅れているのだ。

しかし、たとえ新型機が完成してもこれを載せる空母がもう日本には満足に存在しない。

今航行中の『飛龍』と『龍驤』だけが、事実上日本に残された唯一の空母戦力だ。

建造中の『大鳳《たいほう》』は、開戦初日の米軍の攻撃で大破してしまった。そのほかに建造予定の艦も、まだ起工しておらず、戦争にはどうあがいても間にあわないだろう。

おそらく日本の新型機開発は特定の機種に絞られ、そこに持てる工業力の全力を注ぐことになるはずだ。新型艦載機の開発が再開される日がやってくるかどうか、それはたぶん、今からの大西たちの戦いにすべてがゆだねられているだろう。

それはともかく、二隻の空母の搭載機総数に比べ、艦爆の数が異様に少ない気がする。この数は艦攻を搭載している場合より、少し多い程度ということになる。この数字が意味すること、それは実際に海戦が生起した時にはっきりするだろう。

「快速を利した戦法、そこに集約させる。これでよろしいでしょうか、閣下」

源田が歩きながら大西に聞いた。大西はうなずく。

「それしかないだろう。空母を生かし、なおかつ輸送船団を守るためにはな」

三人は『飛龍』の艦橋から作戦室へと入っていった。

同じ頃、この艦隊を追いかける米空母部隊でも、ブリーフィングが開かれようとしていた。

中心にいるのは、この部隊を率いるウィリアム・ハルゼー中将であった。

「日本の偵察機に発見されたのは、少なからぬ失点だな」

ハルゼーは海図をにらみながら言った。敵の空母の最終確認位置は二二時間前に、米軍と協力関係にある中国国民党の沿岸警戒艇から寄せられたものだ。

この中国軍の艦船、といっても見かけはただのジャンクでしかないのだが、とにかくこれに発見されてから、日本空母は針路を南シナ海の中央に向けた。

このため現在の日本艦隊の正確な位置は不明だ。実に間の悪いことに、フィリピン近海の艦艇は全部日本沿岸に移動しており、警備用の魚雷艇や哨戒艇程度しかこの付近には残っていない。これらの艦に外洋の索敵を命ずるのは無理だ。

あれほどの重囲を破って、まさか敵が南下するなどという事態はまったく想定していなかったのだから、これは作戦を立てた人間を責めるわけにはいくまい。

ハルゼーもそれを承知しているから、今回の任務はすべて託された艦隊だけでやってのける肚を決めていた。

「まあ、大勢に影響は出まい。敵は例の輸送船団と合流するのに躍起になるだろう。となれば、フィリピン南部から索敵機を飛ばして、何とかこいつらを見つけられればフィニッシュだ」

ハルゼーはそう言って、地図の上を叩いた。

「早く手柄を立てたいところですね。陸戦では、ついに海兵隊が鹿児島市内に突入したそうです。陸軍も間もなく戦車部隊が鹿屋に到達する見こみだといっておりますし、海軍としましてはもう一度大きく戦果をあげて存在をアピールしておきたいところです」

ハルゼーの作戦参謀を務めるロバート・クレーマー大佐が饒舌《じょうぜつ》な口調で言った。

この言葉に、ハルゼーはふんと鼻息を荒くした。

「ミッチャーのあほが、戦艦をまとめて沈められるからいかんのだ。あれで、せっかくの大勝利にケチがついた。あのまま一気に上陸まで無傷で持ちこめていたら、海軍の半分は大手を振って大西洋に凱旋《ホーム》できたのだがな」

アメリカ海軍の戦場は、太平洋と大西洋二つの大洋に分かれる。だが陸軍同様に海軍でも、主流は大西洋側、つまりヨーロッパをにらむ側だという意識が強い。だからこそ、海軍軍人も日本なんか相手にするより、大西洋で暴れて名を馳せたいという欲求が強いのだ。

「スプルーアンス閣下は、いいくじを引きましたね。ヨーロッパ回航第一陣ですよ」

クレーマーの言葉に、ハルゼーはちょっとだけ眉をひそめた。

アメリカ本国からの要請で、第七艦隊を率いて日本攻略戦に参加していたスプルーアンスは、三日前に第五艦隊を率いていたハルゼーと交代した。彼はその第五艦隊の主力を構成している戦艦二隻と空母四隻を中心とする艦隊をともない、日本沿岸を砲爆撃しながら北上した後、アメリカ本土に帰還、そこでいったん補給整備したのち、パナマ運河を通り大西洋に転戦することになったのだ。

ついに、ヨーロッパ本土への反攻をめざして米軍が動きだした、というわけだ。アメリカ人にとっての真の戦争がこれから始まる。世論も含め、そういった感覚を多くのものが共有している。それは戦場にいる米軍指揮官でも大差はない。それが、ハルゼーたちの言動に現れていた。ここまでに日本軍の攻撃で被った被害は、油断に起因する。実力は間違いなく我々のほうが上だ。おそらく現場にいる指揮官のほとんどがそう思いこんでいる。

それが慢心であることになど、誰一人気づいていないし、危惧も覚えていない。それが対日開戦からこの日までの一貫した彼らのスタンスなのであった。

「まあ、先を越されてしまったのはしかたない。だが、とりあえずここで金星をあげれば、私の評価は揺るぎないものになる。背中に大きなトロフィーを背負って大西洋に乗りこめば、ドイツ海軍もすくみ上がってくれるだろう」

ハルゼーはそう言うと、頬をゆるめた。

「とにかく、ゆっくりこの鴨を料理してやる。それがすべてだな」

どうやらハルゼーにとって大西の航空艦隊は、彼の経歴を彩るための格好の獲物にしか映っていない様子であった。

二つの艦隊は、南へ南へと向かう。そしてドイツから帰還した艦隊は、北へ北へと向かう。日米の艦隊の激突は、どう見ても不可避に思えた。

しかし、両者の激突まで、まだ数日の猶予があることだけは確かであった。

日本侵攻部隊の米艦隊の動きはかなり緩慢《かんまん》なものに見えた。それもしかたのないことで、日本近海に集結した艦艇は、軍艦と軍籍のものを合わせれば一〇〇〇隻を超えた。さらに徴用船まで含めれば三〇〇〇隻の大艦隊が、九州から奄美列島付近に居座っているのだ。

このうち七割は物資の輸送が任務の貨物船や輸送船、そして運搬船である。

現在、九州に展開中の二〇万超の米軍兵士、これをあと二週間以内に三〇万までふくれ上がらせるのが、彼らの当面の任務であった。

3

この膨大な艦隊を一時的に指揮しているのは、チェスター・ニミッツ海軍大将である。彼は、キンメルの指揮する太平洋艦隊の指揮下にある西太平洋方面艦隊指揮官という立場に置かれているが、事実上現在太平洋方面の戦場にある全艦艇が彼の指揮下にあるといってよかった。

というのも、日本本土上陸が始まると、キンメルは東太平洋を管轄することになった新編第三艦隊の司令部とともに、サンディエゴに後退してしまったのだ。

西太平洋を統括することになった第七艦隊の司令部は、グアムに置かれることになり、ここがニミッツのヘッドクォーターとなった。

というわけで、それまで対日戦争の最前線と目されていたハワイは単なる補給基地に格下げとなったのであった。

同様に、防波堤として期待されていたミッドウェー、ウェーキなどの島に置かれた基地も、無用の長物に近い、単なる中継所に格下げとなり、駐留部隊は一気に半減かそれ以下にまで減らされていた。

戦争は、日本とその周辺の日本軍影響地域に限定されている。この状況で広い太平洋は、長い長い補給路の一部でしかなくなったのだ。

米軍は、アメリカ本土からこの広い太平洋を越えなければ戦場に武器も食糧も送りこめない。途方もない労力を必要とし、同時に精神的な意味でも、戦場を遠くした。

つまり、あまりに戦場が遠すぎ、米本土にいる一般人だけでなく、軍人にすら、戦争というものの実感が湧かなくなっていたのだ。

これは、すでに戦場の後方になってしまったグアムでも同じであった。

「スプルーアンスの艦隊も北上を開始したようです。豊後《ぶんご》水道方面の戦力がやや手薄になっておりますが、とりあえずオルデンドルフの艦隊を大隅半島寄りに移動させましたので、万一の場合はこれで対応できるはずです」

執務室のニミッツに報告しているのは、情報参謀のウェストレー中佐である。

「まあ、敵の艦艇が出てくる心配はない。今考えなければいけないのは、陸上部隊への支援と、夜になると現れる、あのドブ鼠《ねずみ》どもの始末だな」

ニミッツはそう言って、深刻そうに顔をしかめた。

現在、日本近海に展開している米海軍にとって最大の悩み、それは日本海軍の小型艦艇や航空機単独による夜襲攻撃であった。

この五日間だけで、米軍は大小二二隻もの艦艇を沈められていた。ほかに損傷を受けた艦は合計で三〇隻を超えた。はっきりいってこれはかなり深刻な数字だ。だが損傷を受けた艦の大半が、徴用の貨物船であったことが対応の遅れを生んでいた。つまり、直接軍艦がやられたわけではないので、太平洋艦隊総司令部の重い腰が上がらなかったのだ。

昨日、業を煮やしたニミッツが、直接キンメルに電報を打ち、西太平洋方面司令部で独自の対応を行う許可を求めたことで、ようやく対策が動きはじめたところだ。

現在、作戦参謀たちが知恵を絞っているはずだが、具体案はまだニミッツのところに上がってきていない。早く対策を考えなければという焦りが、ニミッツの額の皺《しわ》を深くしているのであった。

そのニミッツを悩ませている日本の夜襲部隊。だが、その中核を担っていた半潜航艇型の水中翼魚雷艇『海燕』部隊は、この米軍の対策協議の始まった前日の夜、つまり上陸開始から四日目の夜に、残存の全艇が鹿児島湾を脱出していた。

実は、この時点で米軍はこの『海燕』の発進基地を特定できていなかったのだが、上陸開始三日目の午後に薩摩半島の内湾側海岸線に米軍が到達したため、出撃や帰還時に発見される危険が増したと判断。戦隊長の野崎中佐は、四国にある別の拠点への移動を決意したのであった。

だが、この移動には、敵の包囲を突破しなければならなかった。

そこで『海燕』部隊は、深夜に全艇が半潜航状態で敵の監視の間をすり抜けるという、まさに綱渡りのような芸当で、まんまと脱出を成功させたのであった。

当然、米軍はこの事実を知らない。深夜に現れる高速で機動性の高い魚雷艇は、いまだに米軍にとって謎の存在なのであった。米海軍兵士たちは、その神出鬼没さから、この魚雷艇に『ニンジャ』のコードネームを与えた。その性質を考えれば、実に的を射たネーミングなのだが、米軍は肝心のこの艇の真の性能についてはまったく知らないのであった。

というのも、ガソリンエンジン装備で防弾構造のない『海燕』。しかも四五センチ魚雷を二本もかかえているわけだから、被弾した艇はみなバラバラに爆散し撃破されている。つまり、米軍はこれまで『海燕』の正確なシルエットすらつかんでいなかったのである。

とにかく虎口を脱した『海燕』隊は、総数わずかに一一隻に減ってはいたが、いまだ意気軒昂、第一線兵力として夜襲攻撃を継続しようとしていた。

同じ夜襲の一翼を担っているのが、甲標的を擁する潜水隊である。

こちらも『海燕』隊以上の損害を被りながらも、連日果敢に攻撃を繰りかえしている。現在の生還率は四割強といったところだが、とりあえず上陸初日から連日戦果をあげているから、これはたいしたものであった。

しかし、全体的に見て日本軍の被害はやはり深刻なレベルに達していた。今後、同じかたちで攻撃を継続するかどうか、日本海軍は戦術的な岐路に立たされている。

だが、米軍はその日本軍の懐までは見すかせていない。

どうやら、戦闘はかなり微妙な駆け引きの段階に突入したようであった。

米軍が具体的対策をはかりかねている間に、日本側では作戦の本質的部分の転換をめぐり、現場と中央での対立がはっきりと浮き彫りになってきていた。

「とにかく、今晩の出撃は見あわせさせろ」

厳しい顔で電話に叫んでいるのは、戦争指導委員会の委員の一人である井上成美《いのうえしげよし》海軍中将であった。相手は、軍令部の和田雄四郎《わだゆうしろう》大佐であった。和田は航空作戦の担当である。

「しかし、『甲標的』と『海燕』は今晩も出撃します。航空隊だけ出るなというのは、反発が強いでしょう」

井上は眉間の皺を寄せて力説した。

「そんなことは百も承知だ。それを押さえこむのが貴様らの責務だろう。とにかく航空隊は今晩の出撃はなしだ。いくら天候が回復したといっても、だめなものはだめだ。これは委員会の正式決定だ」

井上はそう言うと、ガチャンと電話を切った。

副官の水島大尉が心配そうに井上を見た。

「中将、少し息が荒いです。一時間でいいから休憩なさってください」

だが、井上はぶるっと首を振った。

「とてもではないが休んでなどいられない。これから海軍大臣のところに行く。暫定的に継続になっていると『甲標的』と『海燕』の攻撃も抜本的に見直させ、頻度を下げさせる。生き残るためだといいながら結局は現場に無理を強いているのは、やはりいかん。陸軍も、ここにきて妙な意地を見せはじめている。ここが正念場なのだ、本来の方針にきっちりはめ込まねば、この戦争に負けることになる」

井上はかなり悲痛な表情であった。

これには大きな理由があった。

昨日になり、戦況に大きな動きがあった。陸軍がかねてからの予定どおり戦線の縮小を開始し、主力部隊を山岳要塞地帯に後退させたのだが、その過程で一部の部隊が敵への予定外の反撃を行い、少なからぬ被害を被ったのである。

またその夜、悪天候下での飛行を禁止してあったにもかかわらず、一部の陸攻部隊が夜間雷撃に出撃。二機が機位不明で不時着、一機が航法を誤り墜落という事故を起こした。

この報告を聞いて激怒した井上は、この日の朝ただちに杉山首相のもとを尋ね、陸海軍とも基本方針の遵守の原則が守られていないとねじ込んだのである。

昨日の戦況報告に関して詳しく聞いていなかった杉山は狼狽《ろうばい》した。そこで早急に実情を調査して、改善策を取るようにという指示を逆に井上に託したのであった。

いかにも杉山らしい「ずるい」切りかえし方だ。だが、井上はみごとにこれにはまった。

というわけで、彼は現場部隊への昨日の出撃状況の詳細提出と、今日の出撃計画を早急に回答するように求めた。

その結果、航空隊の攻撃にかなりの無理がかかっていると判断、即座にこれを中止させるため動きだしたのである。

しかし、井上は今日一日の出撃を止めればいいなどとは微塵も思っていない。彼は作戦の内容そのものを見直す時期に来ていると判断したのだ。

ところが、航空作戦に関してもっとも知識を持つ二人の戦争指導委員が、よりによって最前線に出てしまった。むろんこれは、大西と源田のことだ。これでは思うように作戦が練れない。井上のいらだちは、このあたりから急速にその色を濃くしたのである。

とりあえず戦争指導委員の強化権限を使い、当面の航空作戦の中止はねじ込んだ。

しかし、現場指揮官の納得するかたちで、以後の作戦方針を示さなければ、しこりだけが残ることになる。

井上はそこで、航空作戦に関する知恵袋を大急ぎで探す必要に迫られた。むろん潜水艦や魚雷艇に関しても、新たな方針を探さねばならないが、こちらは伝手《つて》で何とか人材を集める自信がある。だから今はこの航空作戦、それにすべての熱意を傾けるしかないのだ。

その時井上の執務机の電話が鳴った。彼があわててそれをつかむと、交換手が告げた。

「厚木航空隊の小園《おぞの》大佐からです」

井上の表情がぱっと明るくなった。

「おお、すぐにつないでくれ!」

厚木航空隊は、日米開戦が必至になった頃に急遽開設された首都防空戦闘機隊である。その初代司令に就任したのが、予科練で鬼校長といわれていた小園安名《やすな》大佐であった。

小園は日頃から戦術に熱心で、しかも無類の発明好きであった。新型戦闘機を与えると、すぐに改造要求を突きかえしてくるので、航空会社や空技廠からは煙たがられている。それでいて無頼《ぶらい》な性格であるから、飛行機乗りたちには受けがいい。

現在厚木基地は全速で造営が続けられているが、装備する機体などはまだまだ足りない状態だ。しかし小園は首都の防衛に関し、連日のように上層部に意見書を出す熱心さであるから、井上は彼に今後の九州方面での航空作戦に関する提言を求めようと考えたのだ。

ところが午前中に電話をしたら、小園は愛知の三菱航空機に出張中だという。

しかし井上から連絡があったと聞いて、その小園は空路ですぐに厚木にとって返し、ただちに井上に電話をかけてきたのである。どうやら部下の誰かが気をきかせて三菱航空機に連絡を入れたらしい。

「ご無沙汰しております、小園です」

電話の向こうから、野太く律儀な声が聞こえてきた。

「すまんな、出張だったのに呼び戻した格好になって」

井上が言うと、小園がいえいえと首を振っているような感じで答えた。

「隊になかなか機体が届かぬので、新型機の製作が滞っているのかと、現場を見にいったのですが、どうやら最終的な飛行調整の手が足りないとわかりましてな。うちの部隊の手すきのパイロットを全部工場に送りこむことにしました。これで新型機の配備も早まるでしょう」

「そうか、厚木空は『雷電改』を中心に装備するのだったな」

井上がうなずいた。『雷電改』は、三菱で一手に製造されている。当初は製作機数が伸びないと目されていたのだが、ハ43エンジンの生産が好調になったことにより、局地戦闘機の本命として急浮上してきたのである。

現在試作最終段階にある川西の『紫電改《しでん》』より、生産性にすぐれているというのが何よりの利点である。だが実は、首都防空戦闘隊には間もなくまったく別の戦闘機が配備される見こみになっている。

それが中島飛行機で製作中の真の決戦号機『疾風』と、三菱で極秘開発中の謎の戦闘機なのであった。

それはともかく、井上は単刀直入に小園に意見を述べた。

「実は貴様に頼みがある。その知恵をちょっと貸してほしいのだ」

「私なんかの貧相な頭でよろしいのですかな?」

小園は卑下《ひげ》して言ったが、内心はまんざらではないはずだ。戦争指導委員じきじきに知恵を貸せといわれて、誇りに思わない軍人はおるまい。

「貧相であるものか、奇抜さにかけては海軍でも随一だろう。その奇抜な発想を借りたいのだ。今からそっちへ行く、いいな」

これには小園のほうが驚いた。

「中将が自ら乗りこんでくるのですか？」

「そうだ、時間が惜しい。では、待っていてくれ」

よほど気が急いたのだろう。井上は電話を切ると、すぐに立ちあがり軍帽をつかんだ。あわてたのが副官だ。

「閣下、まだ車の用意が！」

「トラックでもサイドカーでも何でもいい、あいている車を調達してこい！」

水島大尉は、ぴょんと飛びあがると「はいっ」と大声を残し部屋を飛びだしていった。

それからきっかり一時間後、井上の姿は厚木基地にあった。何と井上は本当にサイドカーで厚木に乗りこんできたのであった。

その埃《ほこり》だらけの姿に、小園はあっけに取られた。

「自分もたいがい無茶をするが、このお人も相当なものだ」

小園は週番士官に蒸しタオルを用意させ、井上を司令室に誘《いざな》った。そこからは、まだ拡張が続く滑走路がよく見えた。厚木基地には、何と全長四五〇〇メートルの長大な補助滑走路が併設されている。主滑走路と横風用は三二〇〇メートルと二七〇〇メートルしかないのにだ。

実はこの長大な滑走路こそ、厚木航空隊に課せられた真の期待の現れなのであった。それが使われる日を目の当たりにするには、まだ数ヶ月の時間的猶予が必要であった。それに、この滑走路にはまだ工事が施されている。一見完成していると思えるのに……。

ともあれ、その造営中の滑走路を見わたす部屋で井上と小園は向きあった。

「単刀直入にいこう、私も時間が惜しい。九州方面の航空作戦の被害が深刻だ。単機で出撃させても生還率が五割を切るようでは、一ヶ月もたたずに作戦可能機がなくなってしまう」

井上の言葉に、小園がうなずいた。

「何かいい手はないか。そういうことですか、質問は」

小園の問いかけに井上は忙しくうなずいた。

「そういうことだ」

すると小園はふむと腕組みをして、考えこみ、ボソッと呟いた。

「基本的に間違ってるんじゃないですかね……」

井上の耳がぴくっと動いた。

「どういう意味かな」

小園が、ややあわてた感じで答えた。

「あ、いえ、あくまで私見ですが、今の作戦は、あまりにパイロットと航法士の負担が大きい。夜間の単機攻撃は確かに隠密性は高いですが、飛行そのものが難しいですから、下手なパイロットには絶対やらせられないでしょう。だから作戦機の数も限定されているのですよね。ですが、そもそもこれでは優秀なベテランパイロットをすりつぶしているのに等しいのではないでしょうか」

井上の目がかっと見開かれた。

「まさにそのとおりだ！」

小園が小さくうなずいた。

「でしたら、この作戦はやはり中止すべきでしょう。個人的には、ひよっこも含め、数機を一編成単位にした部隊で、黎明《れいめい》に超低空攻撃を仕掛けるなどの方法のほうが戦果をあげ、なおかつ生還率を上げると思います。もし敵がこの戦法に気づいて対策を講じたら、今度は薄暮攻撃に切りかえる。とにかく変幻に攻撃の頃合いを変えていけば、敵を翻弄できるのではないでしょうか。こうした攻撃で生き残っていけば、新米もいつしかベテランに成長していきますよ」

井上は、それまでの胸のつかえがすっと取れた、そんな表情で小園の手を握った。

「ありがとう！　それこそ私の探していた答えだ！」

「お役に立てましたか」

小園がやや不安そうに聞くと、井上はにっこり笑った。

「十二分にな。後でもう一度きちんとした部分を聞きにくる。とにかく助かったぞ」

いきなり立ちあがった井上を見て、小園はびっくりした。

「もう行かれるのですか」

井上がうなずいた。

「いろいろ多忙なんだよ。では、邪魔した」

まるで嵐の襲来のようであった。井上はまたしてもサイドカーに乗りこみ、砂埃を巻きあげて去っていった。

その背中を見送りながら、小園は肩をすくめた。

「実にせわしない。だが、あの人がいれば戦争指導委員会も少しはちゃんと機能するだろう。事務屋がいないと、ああいう組織は動かないものだからな」

小園はそう言うと上空を振りあおいだ。ちょうど試験飛行を終えた『雷電改』が降りてくるところであった。

「だが、いずれここも最前線になるのだろうな」

彼はくるっときびすを返し、ゆっくり歩きはじめた。

「アメリカが悲鳴を上げるには、どれだけの戦果をあげればいいのだろうな。気の遠くなるような話だ、まったく……」

梅雨の合間のまぶしい日差しが、関東を照らす一日であった。

だが、この日も九州には梅雨前線が居座り、細かい雨が降ったりやんだりを繰りかえしていた。

Xデープラス六日目の夜、米軍ははじめて空襲のない晩を体験したのであった。

だが、その裏にひそむ意味を考えたものは、誰もいなかったようであった。

4

青木は上空を見て感慨を味わっていた。彼の目には日の丸も鮮やかな銀翼が映っていた。

そこに見えているのは、下駄履きではなく、空母の搭載機であった。そう、大西の艦隊からの連絡機なのであった。

ついに空母部隊は、遣独帰還艦隊をその連絡可能な位置につかまえたのである。

艦隊の上空を旋回するのは、『飛龍』搭載の二式艦偵であった。

偵察機は全部で六機が放射状に飛び、この帰還艦隊、つまりHG18Bを探していた。味方とはいえ、青木の艦隊も大西の艦隊も無線封鎖中であるから、正確な位置などわからないのだ。

帰還艦隊を発見したのは、索敵線で東から二番目のルートを飛んだ機体であった。中央が大西司令部の予想していた針路にあたるから、それより気持ち東寄りを青木は進んでいたことになる。

連絡機は艦隊を発見すると、上空を旋回した後、通信筒を落として空母に戻っていった。艦隊発見の連絡にも無線は使えない。つまり母艦に戻ることが、もっとも早い連絡方法なのだ。

回収された通信筒には、大西たちが策定した大まかな作戦に関する指示が暗号文で書かれていた。

大急ぎでこれを解読した青木は、その中身を見て、ふむと腕組みをした。

「逃げるのが大前提の戦いか。同時に敵を欺《あざむ》く必要もあるから、こういった面倒くさいことを指示してきたな。大西さん、自分を盾にしてでもうちらを守る気ということか」

青木は元々空母の艦長だ。ドイツに売りわたした『隼鷹』、現在は『レーベ』と名を変えた空母は竣工からずっと青木が預かってきた艦であった。

それだけに、根っからの空母屋の大西がこれからやろうとしていることはすぐに理解できた。

「うちの艦隊の輸送艦が全部軍籍であったことに感謝すべきだな。少なくとも最低限の速度は確保できるからな」

海図の上に、自艦隊の位置と、先ほど判明した二時間前の味方機動部隊の位置を書きこみながら、青木は呟く。どうやら大西の指示はかなり面倒な内容であるらしかった。

青木は大急ぎで大西からの指示をまとめると、指揮下の全艦艇にこの内容を伝達した。これに合わせ、艦隊は針路を西にやや変えた。むろんその舳先《へさき》は、大西率いる機動部隊の方向に向いたのである。

現在位置は、まだセレベス海の北西、スル諸島に一五〇キロほどの地点である。

一方、およそ一時間半後に偵察機を収容した大西艦隊では、ＨＧ18Ｂの位置確認に成功したことで、一つの大きな安堵を得ることができた。まだ合流こそ果たしていないが、ここまで敵に追いつかれることなく来られたのであるから、まず船団との邂逅《かいこう》という第一段階は事実上クリアしたことになる。この時点で、大西艦隊はバラバク海峡を通過中であった。ここを抜ければスル海だ。

源田は報告を受けると作戦参謀の神中佐を呼びだし、ひそかに何事かの相談を始めた。

「つまり米空母の戦力を計算すると、一気に攻撃機を放ってきた場合、戦爆合計二〇〇ちょっとというのが予想数値になる。敵空母は搭載機数が多いようだからな。問題は、これがどう分散するかなのだ。知ってのとおり、敵は戦術単位で編隊を組む傾向が強い。我が軍のように、全体集合をかけて一気に来てくれれば問題はないのだが、てんでんバラバラにやってくるのでは、迎撃の頃合いも計れずに苦戦するのは目に見えている」

源田の説明に神はうなずいた。

「つまり、この二〇〇なんぼが何分割されてくるか、そしてそれぞれへの対処方法、これが鍵になるというわけですな」

源田がうなずいた。

「まあそういうことだ。最低一回は敵の空爆の洗礼を受けることになるだろうから、まあ生き残るための知恵として対処法を決定しなけりゃならんのだ」

神が、ふむと首を傾げてから言った。

「では、敵を疑心暗鬼におちいらせたほうがいいかもしれませんね。そもそも攻撃にはたいして労力を割かない予定ですから、ここは少々こちらの矢数が減ってもいいのではないですか」

源田が「えっ」と言って首を傾げた。すると、神は海図の上の駒をすっと動かしてみせた。

「ほら、こうしておくと、敵が索敵に来た場合どう考えると思います？」

源田はじっと神の手もとを見ていたが、やがてにやっと笑った。どうやら彼の言いたいことがわかったようだ。

「なるほど、こちらの意図とは逆に勘ぐらせるわけだな。偵察してみたら、こっちがやる気満々に見えるという寸法か。敵がそう思ってくれればくれるほど、こちらの罠にかかりやすくなる。こっちは最初から逃げる気なのにな」

二人はにやっと笑った。

「じゃあ、大急ぎで大西さんに作戦変更の意見具申じゃ」

どうやら作戦は、具体的に敵との交戦方法を論じるレベルにまで達したということらしい。そして、ここに新しい戦術が見いだされたというわけだ。二人は大急ぎで航海艦橋の大西のもとに向かい、先ほどの作戦を説明した。

大西はしばらく考えてから、にっこり笑った。

「貴様ら二人がいてくれたことは、大いに感謝すべきことらしい。名案だ。よくやった」

どうやら作戦の変更は正式に認められたようであった。

敵機動部隊を発見してからここまで丸三日が経過した。その間の敵位置に関しては、一昨日の夜に台南空の偵察機が敵を再発見、偵察機は撃墜されたが敵の位置は確認できた。

おおむね大西の司令部が予想した針路を敵は進んできた。どうやらまっすぐにフィリピンの東岸を南下するようだった。つまり、大西艦隊とはフィリピンをはさんだ反対側になるが、距離的には敵のほうが早く南に達する見こみであった。

大西艦隊と輸送船団の邂逅地点は、予想どおりスル海中央付近になる見こみである。敵の艦隊は、米領のフィリピンの狭い水道を自在に抜けてこられるので、かなり短時間に西側の海域に出てこられる。反面、日本側艦隊はその行動範囲が制限されるので、敵にしてみれば追いこむのは簡単。客観的にはそう見える。

だが、アメリカ側がそのへんの動きに楽観視をしていることを読んだうえで、日本側は作戦を立てているのであった。

源田と神が話しあっているのは、つまり敵の攻撃をいかに誘導するかと、その分散にどう対応するかという、いってみればもう敵の攻撃タイミングを計りきったうえでの戦術論なのである。つまり大西艦隊は、敵の動きを読むという一点に関してはかなりの自信を持って行動にあたっているというわけだ。

アメリカ側にはやはり大きな慢心がある。それを彼らは自覚していない。そこに日本側のつけ入る隙があったのである。この先も、その予想が大きくはずれることはまずあるまい。そう思いきるほど米側は、日本海軍を舐めきっていたのである。

とにかく三つの艦隊は急速にその位置を入れかえはじめた。

青木の率いるHG18Bがやや西寄りに北上を続ける中、大西率いる機動部隊は南下速度を一気にゆるめた。そして米海軍の機動部隊はこの時点で、フィリピンの横断に取りかかり、スリガオ海峡を一気に抜け、スル海に入ろうとしていた。両者の激突が秒読みに入ったことをこれは意味していた。

大西は艦隊から重巡二隻を分派し、先にHG18Bと合流を果たさせた。これが、航空機による接触からおよそ二二時間後のことである。

その間に、ハルゼーの艦隊はミンダナオ島の北に到達、索敵機の発進を開始した。

一方、大西の空母からも索敵機の発進が開始された。これまで同様、偵察機の密度はかなり高い。米側のほぼ一・五倍の密度となる数の偵察機を飛ばしているのだ。

しかし、双方の偵察機はまだ交わる位置に達していなかった。

重巡が合流してから八時間後に、ようやくHG18Bは、機動部隊本隊と合流、ついに両者は邂逅をなしとげた。時刻はすでに夜半になっていたが、双方の乗組員はいっせいに甲板に出て帽子を振りあった。

青木はすぐにゴンドラで『飛龍』に移動、そこで大西とおよそ四ヶ月ぶりの再会を果たしたのであった。

「迎えにきたぞ」

大西はにっこりしながら青木の手を握った。青木は渾身の力でこれを握りかえし、笑顔で答えた。

「お待ち申しておりました、長官」

万感の思いをこめ、二人は長い握手をかわした。

「さて、この先の逃げ方が問題になる。大まかなことは指示したとおりだが、我々の部隊に関して作戦が一部変更になった。というわけで、細部についてきちんと説明せねばならんな。今夜は不眠不休になる、覚悟してくれ」

大西はそう言って青木を作戦室に誘った。そこでおよそ二時間の会議を行った後、青木は艦に戻っていった。

そして、夜明け前に艦隊は再度二つに分かれたのであった。しかも、大西は二隻しかいない空母のうちの一隻『龍驤』を輸送艦隊に合流させ、先に合流させた重巡二隻とともに一気に真西に針路を向けさせたのである。どうやら、これが作戦の新しい部分らしかった。だが、この時点ではそれがどんな意味を持つのかは誰にもわからなかった。

そして、残った艦隊は『飛龍』を中心に真北へと針路を向ける。つまり、大西は輸送艦隊を守るために『飛龍』を盾にしたのである。

だが、大西は死ぬ気などない。それが、これからの戦いで証明されるのであった。

大西は、この日も朝からかなりの偵察機を飛ばさせた。

そして午前一一時過ぎに、そのうちの一機から報告がもたらされた。

それは「敵機動部隊からと思われる艦載偵察機を発見」というものであった。

ただちに位置の確認が行われ、それから推定される敵艦隊のおおよその位置を割りだしてみた。

「今日の夕刻には、ぎりぎり攻撃圏に入る。さて、難しいところだな」

源田が、海図をにらんで腕組みをした。すると、いきなり大西が彼の肩を叩いて言った。

「最初から攻撃は一回と決めているのだ、夕刻薄暮攻撃、これにかけるのが一番だろう。となると、まず敵にこっちを発見してもらわねばならん。先手は敵に打たせるのが、今回の作戦の肝心な部分だからな」

源田が頰に苦笑を浮かべながらうなずいた。

「まあ、そういうことですね。悩むほうが馬鹿馬鹿しいのかもしれませんな」

大西がふっと肩の力を抜いて答えた。

「そうだ、ここで必要なのは開き直りだ。さっさと攻撃隊の準備をさせておけ。命令がいつ出ても対応できるようにしておくんだ」

『飛龍』の格納庫では、あわただしく攻撃隊の準備が始められた。

一方、米軍側でも当然日本の偵察機を発見したのであるから、色めきたっている。

「偵察の密度を上げるぞ！　とにかく片っぱしから発進させろ！」

ハルゼーが怒鳴りまくり、三隻の空母『サラトガ』『エセックス』『ワスプ』から合計二〇機の偵察機が発進した。

スル海海戦概略図
（昭和19年6月14日）
台湾
米第7艦隊
（W・ハルゼー司令長官）
空母『エセックス』
『サラトガ』
『ワスプ』（基幹）
海南島
ルソン島
日本第1航空艦隊
（大西瀧次郎司令長官）
空母『飛龍』
『龍驤』（基幹）
マニラ
フィリピン海
南シナ海
ミンダナオ島
ダバオ
ボルネオ島
スマトラ島
ジャワ島
ロンボク海峡
スラウェシ島
遣独帰還艦隊（HG18B）
サマール島
フィリピン海
南シナ海
シブヤン海
パナイ島
レイテ島
パラワン島
セブ島
ネグロス島
スリガオ海峡
スル海
ボホール島
邂逅後再び分離
（HG18Bと『龍驤』
が西へ変針）
バラバク海峡
ミンダナオ島
ダバオ
セレベス海
ボルネオ島

そして、これらの空母でもさっそく攻撃隊の準備が始まり、魚雷や爆弾の搭載が開始された。

空母『サラトガ』の格納庫を闊歩《かっぽ》しながら、ハルゼーは飛行長のワイリー大佐に言った。

「波状攻撃など必要なかろう。一回の攻撃で充分だ」

敵の勢力はもうつかんでいる。機動部隊の編成はたいしたことはないし、輸送船団の護衛は駆逐艦だけであった。ということは、簡単に葬れるという図式がハルゼーの頭の中にできあがっていた。

「そうですね。三隻からほぼ全力で仕掛ければ、まず敵を仕留めるのはたやすい。狙いはやはり空母ですか」

ワイリーの問いかけに、ハルゼーがうなずいた。

「あたりまえだ」

もっと真剣に考えるべきだったろう。彼らは、目の前にぶら下がった獲物にしか目が行っていなかった。それは、彼らに追撃を指示したニミッツの司令部も同様だったし、さらに上位のキンメルの司令部や、海軍長官のキングですら気づいていないことであった。

なぜ日本海軍は壊滅寸前の状況なのに、こんな場所まで捨て身の護衛を送ってきたか、そんな単純なことさえアメリカ海軍は考察できなくなっていたのである。勝ちつづけるものは、やはり正常な判断力を失するという典型であろう。

結局、ヨーロッパからの情報、つまり輸送船団はたいした積荷を持っていないという操作情報にアメリカはころっとだまされ、その後の情報追跡を怠ったツケである。

この戦場においても、最終指示は誤認にもとづき発せられた。

かくて、日本側の欺瞞工作は結実を見たのであった。

午後二時少し前、日本側の偵察機がアメリカ艦隊の位置を確認した。その一二分後にアメリカ側も日本艦隊の位置を確認した。

「空母が一隻しか見えないだと？」

情報にハルゼーは眉をひそめた。しかし見つけたのは間違いなく、硫黄島南方海域での決戦に現れることのなかった空母『飛龍』であった。

相手が正規空母である以上、たとえ一隻であってもその戦力は馬鹿にならない。

ハルゼーは、日本側がいかなる作戦を編んでいるのか量れぬまま思案した。

「全力出撃は待つべきかもしれん。敵はもう一隻の空母を遊軍としてこちらに接近させている可能性がある」

ハルゼーはそう考えたし、彼の参謀スタッフたちもまったく同じ意見を述べてきた。

これは、日中戦争の際に日本の空母が沿岸攻撃に際し、小型空母の『鳳翔《ほうしょう》』を思いきり海岸近くまで前進させたという作戦が、分析情報として彼らの頭にインプットされていたからだ。

これまで空母が戦場で活躍した例は少ない。『硫黄島南方沖海戦』で日米の空母がぶつかったのが、歴史的には初めての空母同士の決戦となった。それ以外の戦訓は日本が対中国戦で行ったものと、英国がドイツ海軍相手に行ったものしかない。

それらすべての戦法は、米軍の空母運用スタッフの頭の中に叩きこまれているのであった。

「警戒用に一編成ずつ各空母に残したほうがいいかもしれないな」

敵は予想したよりかなり近い位置にいた。しかも発見した空母の甲板にはずらっと攻撃機が並んでいたという。これもハルゼーに判断を誤らせる原因になった。

緊急に協議した結果、ハルゼーは用意していた攻撃機の三分の二だけを発進させることにした。総数一一六機という編成である。戦闘機三六、艦爆四二、艦攻三八という内容だ。

三隻の空母に残ったのは、元々の警戒用を含めて戦闘機が三九機、雷撃機が三〇機、艦爆が四七機である。このほかに現在飛行中と待機中の偵察機が一八機あり、三隻の搭載機総数は何と二五〇機に達していた。

これに対して、日本側の『飛龍』の搭載機は昭和一八年に行った改修で増えたとはいえ、常用七二機、補用一六機の八八機。分派した『龍驤』に至っては合計で五〇機でしかない。

つまり航空戦力比で見た場合、空母二対三以上にその格差は開いているのだった。

米軍に発見された時、『飛龍』が準備していた攻撃隊は、戦闘機一八機、艦爆四五機という内容だった。前述のように、今回艦攻は連れてきていない。ところで『飛龍』と『龍驤』が搭載してきた艦爆は全部で五五機、そのうちの四五機がここに並んでいる。ということは、残りは一〇機だけ。それが『龍驤』に搭載されているとして、では『龍驤』の残りの搭載機はどうなっているのか。

実は、その残りの搭載機すべてがこの時発進準備を終え、出撃の号令を待っていたのである。

だが、その『龍驤』の一〇機の役目は、ハルゼーが懸念したように遊軍として米艦隊を襲うというものではなかったのである。

話を『飛龍』の甲板に戻そう。

攻撃隊は、すでに暖機運転を終えていた。

「よし、敵はもう出撃した頃だろう。うちも行くぞ」

『飛龍』攻撃隊の飛行隊長を務める北崎少佐が、腕時計を見て叫んだ。艦橋の下、飛行指揮所には大西と源田も立っている。艦長の菊池朝三大佐は、戦闘艦橋にどっしり座っている。艦の操舵はすべて彼の責任である。

飛行士たちがいっせいに司令長官に敬礼をすると、居並んだ長官と参謀たちは、うむと返礼を送った。

「しっかり頼むぞ。といっても絶対に無理をするなよ」

何となく、気勢をそぐような声を大西がかけると、源田も続けた。

「そのとおりだ、無茶したら許さんぞ。一発だけでいいんだからな、命中させるのは」

北崎が、飛行帽の上からぽりぽりと頭をかいた。

「その指示のほうが無茶であります、航空参謀。当てる以上は、全部当てるつもりでいきます。その代わり、危なかったら逃げる。これでよろしいですな」

源田がこくりとうなずいた。

「そういうことだ。貴様らの艦爆の発動機は、今持てる整備の最高の技と素材をぶち込んである。逃げ足に関しては、『零戦』を置いてけぼりにできるはずだ。攻撃が終わったら、本当に全力で逃げるんだぞ、いいな」

「了解です！　では行ってまいります！」

搭乗員たちはいっせいに乗機に乗りこんでいった。

全機発進にかかった時間、何とわずかに三九分。驚くべき早業である。カタパルトのない飛行甲板で、日本のパイロットたちは待機間隔ゼロで連続発進を成功させたのである。これは技量だけでなく、機体の整備が本当に万全である証拠であった。

そもそも空母『飛龍』の搭乗員は、飛行士だけでなく整備に関しても海軍で随一の腕を誇っていたのだ。そこにこの作戦開始にあたり、日本中から腕利きの整備士を引きぬいてきたのだから、これはもうすべての飛行機が持てる性能を全力で振り絞れる状態に作りあげられているといって過言ではなかった。

『零戦』五四型と『彗星』三二型の連合編隊は、かなりの速度で東に向けて飛びさっていった。

一方、米軍の編隊は日本側の予想どおり、彼らより二〇分ほど早く発進を終えていた。

彼らは空中集合せず、飛行隊単位で日本の空母をめざした。

日本海軍では、空母に搭載する飛行隊はその空母固有の部隊である。だが、米海軍では機種ごとに飛行隊を編成し、それを組みあわせて空母に搭載している。これがローテーションで任務をこなすので、空母が任地を変えたら母艦を代わったり、休息で陸上基地に在籍したりもするのだ。

作戦もこの飛行隊単位で与えられるから、空中で大きな編隊を組むのはまれなのだ。

こうして向かってくる攻撃機には、各空母の戦闘機隊がぴったりと寄り添う。戦闘機隊の任務だけは明確だ。味方の護衛と、敵機の駆逐。だから敵艦隊に到達するまでは、攻撃隊に足並みをそろえるのだ。

結局、米軍は各空母ごとに編隊がまとまり、大きく三群に分かれたのだが、『ワスプ』の攻撃隊だけがおよそ一〇分遅れただけで、ほかの二群は互いに視認できる距離で進撃を続けた。この米軍の編隊は、発進から一時間二〇分後に空中で日本軍の攻撃隊とすれ違うことになった。

だが、双方の戦闘機隊は攻撃を行わなかった。これはそれぞれの任務が攻撃機の護衛だからだ。双方の艦隊には、この敵攻撃機を狩るための別働の戦闘機隊が待機しているのだ。

だが、相互の攻撃隊発見報告は空を飛び、日米両艦隊に連絡された。

「よし、いい頃合いだ。戦闘機隊全機発進だ！」

大西が大声で命じた。『飛龍』の甲板から、すぐに残っていた戦闘機が上がっていく。

すると、艦橋に報告が上がってきた。

「電探室より報告、西から別編隊接近。『龍驤』戦闘機隊と思われます」

大西が満足そうにうなずいた。時間ぴったりだという顔だ。

「できる準備はすべて行った。あとは、腕と度胸と、運だな」

護衛の艦艇の高角砲や対空機銃がいっせいに試射を開始した。日本艦隊の防御態勢は完成したようであった。

一方、当然のように米軍も準備を怠りなく進める。敵が来るとわかっているのに、のほほんとしている奴などいない。

だが、どこかに小さな慢心があったのかもしれない。それは、実際に戦闘が始まった時に結果になって現れるのであった。

攻撃隊の艦隊への到達は、日本側のほうが五分ほど早かった。発進が遅かったにもかかわらず、速度が敵より大幅に速かったことが、この結果につながった。米側はおよそ時速三五〇キロで進撃していたのだが、日本側は四〇〇キロ程度で突きすすんできたのだ。これがつまり雷撃機を切り捨てた結果なのである。

「敵戦闘機確認、制空戦に入る」

雑音の多い機上無線を通し、戦闘機隊を率いる『飛龍』航空隊の鴛淵《おしぶち》大尉の声が響いた。すぐに『零戦』隊のおよそ三分の二が、艦隊上空で旋回する約二〇機の敵グラマン戦闘機の群れへ突っこんでいった。残り六機は伏兵の警戒のため攻撃隊の尻に食いついたままだ。

一二対二〇、かなり不利だが敵機を攻撃隊に接近させないことが目的の突撃だ。戦闘機乗りも心得たもので、敵の攻撃をかわすことを最大の目標に絶対に無理な突っこみを見せなかった。

この間に、艦爆隊は最大速度で敵艦隊の中央上空をめざす。彼らの目標はただ一つ、敵の空母であった。

激しい対空砲火が始まった。

北崎がごくりとつばを飲みこみ、操縦桿を握る手に力をこめた。

「一回こっきりの見せ場だ、はずせねえな、絶対に」

敵空母確認。対空砲弾の破裂でびりびりと機体が震える。だが、北崎はかまわずに全機に突撃を命じた。戦闘機は襲ってこない。快速艦爆隊は、一気に敵艦隊へと襲いかかっていった。

同じ頃、米編隊の先頭も日本艦隊を確認できる位置に到達していた。

まず敵艦隊を確認したのは『エセックス』の艦爆隊であった。『エセックス』の部隊は、新鋭のカーチス・SB2C『ヘルダイバー』装備の部隊であった。米軍の空母部隊のおよそ七割がまだダグラス・SBD『ドーントレス』の装備であるが、今回ハルゼーの率いてきた第七艦隊の三隻の空母は、すべてこの『ヘルダイバー』と『アベンジャー』雷撃機の装備となっている。

この『ヘルダイバー』は、一九四二年初頭には試験飛行を開始していたのだが、あまりにも問題が多すぎ、これの解決に二年近い時間がかかってしまった。もっと早く戦争が始まってでもいたら対策が講じられたかもしれないが、『ドーントレス』が必要充分な性能を有しているという判断で、この改良にじっくり時間がかけられることになったのだ。だがそのおかげで、一九四四年一月に正式採用となり配備が始まった機体は、防御や速度面でかなり納得のいく機体に仕上がっていた。非常にスピードが速く、操縦士が引き起こしの際に失神しやすいという欠点は、飛行服に空気圧を使い太股の動脈を押さえこんで、血流を一時的に遅くすることで貧血を防ぐという方法が採用され克服された。

同じ悩みを日本側も『彗星』に機種変換してからかかえていたが、こちらは首に空気圧でふくらむ袋を嚙ませて克服した。基本的には同じ理論なのだが、米軍のほうがより安全性の高い構造になっているのは国民性の違いであろう。

とにかく、敵艦隊を発見した米軍機はただちに編隊密度を開き攻撃態勢に移行した。

その時、彼らのおよそ五〇〇メートル上空に、日本戦闘機が現れた。

「日本の戦闘機だ。護衛戦闘機隊、急行してくれ！」

『エセックス』の艦爆攻撃隊、海軍第二二四攻撃飛行隊を率いるジム・ストラブス中佐が、大声で無線に怒鳴った。これを聞いて駆けつけたのは、『エセックス』の戦闘機隊長ウィリアム・ケルソー少佐率いるグラマン・F6F『ヘルキャット』一二機であった。

だが、彼らはすぐに応援を要請することになった。

「敵戦闘機は二〇機以上いる！　ほかの戦闘機隊も来てくれ！」

ケルソーの悲痛な叫びに返ってきたのは、『サラトガ』の戦闘機隊長であるトム・マッカモン少佐の怒鳴り声であった。

「こっちもすでに戦闘状態に入っている！　こっちもほぼ同数の敵戦闘機がいる。完全に劣勢だ！　『ワスプ』の戦闘機隊はまだなのか？」

だがこの時まだ『ワスプ』の護衛戦闘機隊は戦場空域にあと一〇分の位置にいた。

日本側の戦闘機の数は、米側の予想よりはるかに多かったのだ。

米側は各空母から一二機ずつ。合計三六機の戦闘機を発進させたのだが、日本側は『龍驤』から三四機、『飛龍』から一二機の合計四六機が上がり、彼らを待ち受けていたのだ。

艦攻の抜けた穴、それを大西は戦闘機と艦爆で埋めたわけだが、『龍驤』に関してはほぼ戦闘機だけ増強した編成でやってきていたのである。

この場合、編隊をまとめていなかったことが米軍にとって徒《あだ》となった。

少数で倍近い敵機に挑んでいった結果、完全に攻撃隊の護衛ができなくなり、編隊もあっという間にバラバラにされてしまったのだ。

これを確認すると、日本の戦闘機隊は小隊単位、つまり三機一組になる数編成が敵の攻撃機に挑んでいった。

これによって敵の攻撃隊も足並みを乱されることになり、充分に観測ができないまま、日本の艦隊へ攻撃を仕掛けていくはめになった。

日本側は、高角砲と対空噴進弾を激しく撃ちあげ、弾幕を張る。米軍機はとにかく一刻も早く敵戦闘機から逃れるため、まず攻撃を仕掛けようと躍起になった。

一方、その頃には米艦隊に攻撃を仕掛けた日本側攻撃機は、爆撃の最終段階に突入していた。

「くそ、一隻残っちまったぞ。誰でもいい、あのひと回り小さい奴を狙え！」

相変わらず雑音まじりの無線に怒鳴っているのは、すでに自分は投弾を終えたのにまだ戦場にとどまっている北崎少佐であった。

彼の眼下では、白く丸い航跡を描き退避する三隻の米空母の姿が映っていた。

だが、そのうちの二隻は甲板から激しい黒煙を吹きあげていた。

そう、『彗星』艦爆が投下した二五番、つまり二五〇キロ爆弾がその甲板を直撃していたのだ。

燃えているのは、『エセックス』と『サラトガ』だ。『エセックス』には二発、サラトガには三発の命中弾が出た。このうち『エセックス』への一発は中央エレベーター付近に直撃し、飛行甲板がどまん中で大きくめくれ上がって使用不能になった。

『サラトガ』への命中弾の一発は、飛行甲板最後部付近に当たり、これまた飛行甲板の復旧は、大きく手間取りそうな雰囲気である。しかも『サラトガ』の命中弾残り二発のうち一発は、艦橋の航空管制所を直撃したので、サラトガは母艦機能のほとんどすべてを消失してしまった。

命中弾を受けた二隻は、的確なダメージコントロールで誘爆を防ぎ、沈没の危険はなかった。だが日本側からしてみれば、これは百点満点に近い戦果だった。何しろ北崎の攻撃隊に託された任務は、敵空母飛行甲板を使用不能にすることだったのだ。

だが、敵にはまだ無傷の空母が一隻残っている。これを仕留めないと、任務は達成できたとはいえない。しかし北崎は、大西と源田から無茶だけはするなと厳命されている。このまま最後の一隻に損害を与えられなくても、彼は引きかえすしかないのであった。

北崎が視線をめぐらせると、戦場の上空に残った『彗星』は彼の機を含めもう三機に減っていた。投弾を終えた機体は、全速で母艦に戻るよう指示されていたのだ。

後方では、まだ戦闘機体が激しい空戦を繰りひろげている。すでに敵機七機を撃墜していたが、味方も六機が撃ち落とされ、攻撃隊の護衛に残っていた六機も遅ればせながら空戦に参加していた。

最後の小隊、どうやら一機が敵の対空砲火で撃墜されたらしいその編隊の二機が攻撃態勢に入った。むろん目標は無傷の空母『ワスプ』だ。

北崎は、天に祈る気持ちでその攻撃を見守った。

一機目は、やや浅めの角度で突っこんでいった。確実に命中させようという意図で、角度を浅く取ったのだろう。だがこれは裏目に出た。爆弾は敵空母の転舵により、大きく左舷にはずれてしまったのだ。

「くそ！」

北崎が拳でスロットルレバーを叩いた。

そして、最後の一機が急降下を開始した。今度は通常の降下角度を保っている。しかも、敵の針路の頭を押さえる位置からの降下だ。この角度だと、敵が左右に転舵しても少しの操作でこれに食いつける。

「いい角度に入ったぞ！」

北崎が息を飲んだ。だが次の瞬間、北崎は激しい絶望感に襲われた。降下していた『彗星』の主翼付近から大きな炎が上がったのだ。

「高角砲にやられたか……」

北崎がぐっと拳を握り、悔しさに顔を歪めた。ところが、最後の『彗星』は攻撃をやめなかった。

激しい炎はついに機体に移り、エンジンやコックピットまでも舐めはじめている。だが『彗星』は降下を続け、ついにその爆弾倉から二五番を放ったのである。

「おお！」

爆弾は、敵空母の飛行甲板の先端付近に吸いこまれていった。

だが、この投下直後に引き起こしをかけた『彗星』は、ついに力尽き、その場で空中分解を起こしてしまった。

バラバラになった機体が四散する。その直下で二五番は激しい火柱を吹きあげた。

「最後に攻撃したのは誰だ？」

北崎が無線に吼える。ややあって、先ほど投弾に失敗した機が返答してきた。

「『龍驤』艦爆隊、第一分隊の若槻一飛曹と青田二飛曹のペアであります……」

報告してきたのは、『龍驤』艦爆隊長の関行雄大尉だ。彼は、自分の列機の戦果と壮絶なる最期をしっかり見届けていた。

「軍神に価する快挙だ。帰還したら長官に特別報告する。関よ、いい部下を持ったな」

北崎が言うと、無線の向こうから関が低い声で返答してきた。

「ですが、死なせてしまったのは痛恨です。やはり生きて帰ることが、艦爆乗りの務めですから……」

敵艦隊上空から全速退避しながら、二機の『彗星』は翼を並べた。北崎は関に返す言葉がなく、風防越しに彼を見つめ黙って敬礼を送った。

関もうなずき、前方を指差した。早く戻りましょうという合図だ。

攻撃時間わずか二七分。日本軍の攻撃隊は、敵空母三隻の飛行甲板すべてにダメージを与え、退避していった。被撃墜、戦闘機六、艦爆一一。少ない数ではない。だが、彼らは任務を果たし、その半数以上が生きて帰った。それが彼らの職務であるから。

一方、米軍の攻撃はどうなったかというと……。

「くそ、完全試合を逃したな。消火急げ！」

怒鳴っているのは、『飛龍』の菊池艦長だ。

『飛龍』の艦首付近で激しい火災が発生していた。これまで巧みな操舵で敵の爆弾と魚雷をすべてはずしてきたのだが、ついに爆弾一発が艦首の飛行甲板右端付近に命中してしまったのだ。

現在攻撃をしているのは、敵の編隊の中で一番遅れてきた『ワスプ』の攻撃隊であった。しかし、これももう爆弾をかかえた機体が少数残っているだけになっていた。

『飛龍』への命中弾も、この『ワスプ』の艦爆隊が与えたものであった。

爆弾が命中したのは、航行には影響がないが航空機の発進に支障が出る位置だ。すぐに甲板士官が被害状況の確認に走る。

電話連絡が艦橋に入り、航空機の収容には支障がないと言ってきた。これを聞いて菊池はやや安堵の表情を戻し、連絡士官に告げた。

「長官がやきもきしているはずだ、被害状況を報告してやれ、火災もすぐに鎮火できる見こみだとな」

『飛龍』はまだ激しく転舵を繰りかえしている。だが、どうやら残っている敵は数機だけ。その敵機に日本の戦闘機が襲いかかっていくのが見えた。

敵戦闘機隊のうち『エセックス』と『サラトガ』のそれは、すでに燃料の問題で引きあげてしまっている。残りの戦闘機は、数にして倍以上の日本機に押さえこまれている。

というわけで、もはや『ワスプ』の攻撃隊も攻撃の継続は不可能となったようである。

これまで『エセックス』と『サラトガ』の攻撃隊は、日本の戦闘機の圧力に翻弄され、有効な攻撃をまったく与えられず、駆逐艦一隻を魚雷で仕留めただけであったが、遅れてきた『ワスプ』の攻撃隊は巧みに日本の戦闘機の網をかいくぐり、的確な攻撃を仕掛けてきたのである。

『飛龍』に関していえば、何とか雷撃はかわしたのだが、先ほどついに爆弾の直撃を受けた。

ほかに『飛龍』の護衛に残っていた重巡二隻のうち、『鳥海』が爆弾二発を受け、後部第四砲塔壊滅、カタパルト全壊の中破という被害を受けた。しかし、全体の被害として見た場合、実に軽微で、攻撃をしのぎきったといえるだろう。

ついに最後の敵機は、戦闘機の追尾に爆弾を捨て逃亡を開始した。

「よし、終わったな……」

菊池が戦闘帽を脱ぎ汗をふくと、戦闘艦橋に源田が上がってきた。

「朝さん、まだ攻撃隊の報告聞いてないでしょう」

源田はニヤニヤとしている。その表情から菊池は戦果を予想できた。

「やったのか？」

源田がうなずいた。

「敵空母三隻の飛行甲板に全部直撃です。大西長官は、下で狂喜乱舞しとりますよ。攻撃隊を収容したら、全速で逃げに移ります。大丈夫、ここまで来たら絶対に生きて逃げきれますよ」

正直、ここまでうまく作戦が機能するとは源田も思ってはいなかった。だが、多くの偶然や敵の慢心に助けられ、作戦はほぼ満点の出来となった。

被害は少なくない。防空戦闘でも、『零戦』一一機が撃墜された。だが、敵戦闘機九機撃墜、爆撃機六機、雷撃機一二機撃墜は立派な戦果だ。対空戦闘でも、敵爆撃機二機と雷撃機三機を撃破している。

痛かったのは、八隻しかいない駆逐艦のうち一隻が沈められたことだが、全体から見れば少ない被害だ。『飛龍』は被弾したが、『龍驤』も輸送船団も敵に発見すらされなかった。その意味では、作戦は完全に成功といえた。

「さてさて、その逃げる航路の選択も大事だな。頼むよ、参謀」

菊池が源田の肩を叩いて言った。すると、源田は苦笑した。

「私の受け持ちは空だけですよ」

「おお、そうだったな」

菊池は「わはは」と笑った。どうやら勝利したという安心が、気分を軽くしているようだった。

だが、アメリカ側はそうはいかない。

ハルゼーは自分の司令部のスタッフの全員に、例外なく癇癪《かんしゃく》をぶつけていた。

「何というぶざまさだ！　なぜ敵の目的に気づかなかった！　奴らは、この空母の機能をつぶすことだけが唯一の目的だったのだ！　それをまんまと成功させおって！　この大まぬけどもめ！」

ハルゼーは本気で部下の尻を蹴りあげ、ついには司令部の壁をガンガンとへこむほどに蹴りあげた。

「巡洋艦と駆逐艦を全速で差しむけろ、こうなったら夜戦でも何でも敵を叩け！」

ハルゼーは怒鳴る。だが、この命令は間もなくグアムの西太平洋方面艦隊司令部から取り消すよう指示が来た。沈没艦はなかったものの、空母三隻の母艦機能に損傷が出たことは、ニミッツに少なからぬ衝撃を与えたらしく、三隻の空母はただちに奄美大島に後退し、ここに移動させた巨大な洋上ドックで修理をするようにという命令をハルゼーに出したのだ。当然、護衛艦隊もそっくりこれに従うことが義務づけられ、日本艦隊の追跡は完全に断念されたのであった。

そもそも生き残りの小規模な艦隊なのだ、むきになって火傷を大きくすることはない。今なら、敵駆逐艦撃沈の戦果で、何とか体面は保てる。ニミッツはそう判断し、ハルゼーに深追いをやめさせた。そう、ニミッツの判断では、水雷部隊の夜戦になった場合、明らかに日本側が有利。しかも日本には無傷の空母が一隻残ったことも、作戦中止の決定的要因となった。

ハルゼーは、かろうじて甲板の八割が使用できる『ワスプ』で攻撃隊の収容を行うと、憮然とした表情で艦隊に反転を指示した。

こうして、HG18B救出作戦は成功したのである。大西の艦隊が台湾の高雄軍港に入港したのは、それから四日後のことであった。そこには、戦争指導委員会が苦労して集めた伊号潜水艦一一隻が待機しており、船団の積荷の約四割がこれに積みかえられ、内地へと運ばれていった。その後潜水艦は、ピストン輸送で積荷を運び、およそ一ヶ月間ですべての荷物が日本国内に無事輸送された。

空母『飛龍』と『龍驤』、そして残りの軍艦はバラバラになって敵の目を避け、一〇日後までに全艦が朝鮮半島に帰還した。

青木の艦隊も、すべてがこれに従い、連合艦隊残存部隊はまたしても大陸と日本本土の物資輸送護衛任務にと戻った。

だが、この間に九州の戦線は大きく変動していたのであった。
もはやそれは、簡単に海上輸送すらできぬほどの状況の変化を戦線に与えていた。
どうやら本土決戦は真の持久戦へと移行したようであった。

第五章　明日を信じるものたちへ

1

山本典子は、胸の痛みを押さえながら必死に走っていた。彼女の後ろには、同じ挺身隊員の諏訪沙織と浅田文子も駆けていた。三人は、闇の中、枝の繁った山道を走っているのだった。

「典子さん、大丈夫なんですか。少し休んだほうがいいんじゃないの」

後ろから沙織が心配そうに声をかけた。だが、典子はきっぱり首を振った。

「だめよ。あと一時間以内に戻らないと、怪しまれるわ」

彼女たちは、すでに米軍に占領された地域にひそむ国民挺身隊員であった。彼女たちがひそむ集落には、三日前に米軍がやってきて、すべての家屋を調査していったが、そこに日本兵の姿はなく、怪しいものも発見されなかった。このため、米兵はすぐに前線に移動していった。

だが昨日になり、兵站《へいたん》を担う輸送部隊の一部がこの集落に補給の中継地点を設営したのである。

この集落に陣取っていた三〇一一挺身隊の隊長である田中大介は、この状況に興奮した。それはそうだ。獲物のほうからやってきてくれたようなものなのだ。

田中はこの補給基地の爆破を計画し、近くにいる別の挺身隊の応援を頼むことにした。

決行は明日の予定だ。というわけで、深夜のうちに典子たち三人が伝令に向かったのである。

深夜の行動は小柄な女性のほうが見つかりにくいし、万一発見された場合も怪しまれないだろうという判断だ。それでも身に危険が及んだ場合を考慮して、単独ではなく三人での行動を田中は命じた。

前線から戻ってきた時、田中は典子から預かっていたお守りを返しながらこう言った。

「きっと、これからは君のほうがこれを必要とすると思う。僕は最後は敵と刺し違える覚悟ができている。でも、君たちは明日の日本を作るために必要な人たちなんだ。元気な子供を産んで、日本を支えるのは女性なんだ。だからこのお守りは、君に返します。ありがとう」

田中が生きて帰ってきてくれたことは嬉しかった。だが、自分も含めた挺身隊員が味方である日本軍の戦線から取り残され、敵地の中に孤立しているのだという状況が、彼女の心を強く刺激していた。

典子もまた死を覚悟している。だがそれは心に秘め、決して田中には明かさなかった。

「わかりました。大介さんも、絶対に無茶をしないでください。私たちの役目は、この国を守り敵を翻弄することです。死に急ぐことなどではありません」

言いながら、自分の心境と矛盾している、典子はそう感じ、少し空虚な感覚を覚えた。

どうせ余命いくばくもない身なのだ。せめて国の役に立ちたい。それが典子の考えなのだ。彼女は肺病に冒《おか》されていた。

それを知っているのは、今後ろを走っている沙織だけだった。

息が苦しい。でも足を止めるわけにはいかない。典子が枝をかき分けて進んでいた時だった。

突然、三人の耳に女性のくぐもった悲鳴が聞こえた。三人は即座に足を止めた。

「聞こえた？」

典子が沙織に聞いた。

「あっちの方向……」

沙織が左手のほうを示した。典子は、身ぶりでついてくるように二人に指示し、肩から下げていたカバンの中から、小さな自動拳銃を取りだした。挺身隊の女性隊員に支給されている、ドイツ製のワルサーPPKという小型拳銃だ。威力は小さいが、女性の手にぴったりのサイズだし連射がきくので、接近戦闘ではかなりの効果が期待できる。そして、何より小さいので隠し場所に事欠かない。米軍が集落を捜索した時も、発見されることはなかった。

三人が足音を忍ばせて進んでいくと、急に視界が開けた。どうやら、谷沿いの一軒家らしく小さな畑が開墾《かいこん》されていた。

その畑の隅で数名の人影が蠢《うごめ》いている。

闇を走ってきた三人は、すでに視界が闇に順応しているので、その光景をはっきり見ることができた。

三人の米兵が、三〇代半ばの日本人女性を襲っているのであった。米兵の一人はズボンをずり下げている。女性は必死で抵抗しているが、残りの二人に腕をがっちり押さえられている。

さらに目を凝らすと、小さな家の前に四〇歳くらいの男性の死体が転がっていた。

「ここの家は、疎開を拒否した家族がいたのね。許せない……」

三人には事情がすぐに飲みこめた。典子が拳を握り、ぶるぶると震えた。死んでいるのはこの家の主人だろう。米兵は最初から略奪と暴行目的でこの一軒家を襲ったのだ。

集落でこういった行為をすると問題になるが、目立たぬ一軒家なら証拠が残らないと思ったのだ。

「だめよ、典子さん。相手は三人よ、かなうわけがない」

文子が典子の肩をつかんで止めた。だが、典子はそれを振り払った。

「あなたたちは援護して！」

次の瞬間、典子は飛びだしていった。彼女は両手で拳銃を構えながら叫んでいた。

「このけだもの！」

ＰＰＫはダブルアクション式の拳銃であった。薬室に弾が入っていれば、安全のために撃鉄が下りていても、引き金を引くだけで弾丸が発射される。

いきなりの叫びに、女性を押さえていた米兵たちがびくっと動きを止め、典子のほうを見た。そして、その手に拳銃が握られているのを見ると、口々に何かを叫び、あわてて銃を握ろうとした。

だが、その前に典子の指は引き金を引いていた。

続けて三発の銃声が起き、女にのしかかっていた米兵の後頭部と右の肩口から、ぱっと赤い血が飛び散った。

米兵はそのまま女の上に覆いかぶさり絶命した。重い死体に乗りかかられた女性は、ちぎれんばかりの悲鳴を上げた。

仲間が倒され、ほかの二人は大あわてで転がりながら、自分の小銃に手を伸ばす。

典子がさらに引き金を引くが、今度はなかなか当たらない。

そうしているうちに、米兵の一人がM1『ガーランド』ライフルをつかみ、典子に狙いをつけようとした。

だが、その米兵はいきなり喉から鮮血を吹き、きりきりと倒れていった。

茂みの中から激しい銃声が起こり、もう一人の米兵の周囲に土埃が立つ。沙織と文子も援護射撃を始めたのだ。

最後の米兵は自分が複数の銃に狙われているとわかると、自分の銃をつかむのをあきらめ小屋のほうに走って逃げようとした。

すると、典子がその米兵めがけ突進しながら、両手を前に突きだして叫んだ。

「この侵略者め！」

続けて二度引き金を引くと、弾倉が空になった。スライドがオープンしたまま戻らなくなる。

だが、典子の撃った弾は米兵の胸を射抜いていた。

米兵は二、三歩進んでからバタッと倒れた。口からピンク色の泡が出ている。肺を射抜かれたのだ。

米兵が三人とも倒れたので、沙織と文子も茂みから出てきた。そして、米兵の下敷きになっていた女性を助けだした。

服を引き裂かれ、下半身を剝かれていた女性は、恐怖で全身が硬直していたが、助けてくれたのが日本人、それも女性であることを確かめると、わっと泣きだした。

「あの人と子供が……」

文子が女性を抱きしめると、それだけ言ってまた泣き伏した。

典子が新しい弾倉を拳銃にこめ、小屋の中を探す。すると、入り口に転がっていた男性のほかに、家の中には五歳くらいの男の子の死体が横たわっていた。

典子はそれを目の当たりにすると、前身が硬直し動けなくなってしまった。

その様子を不審に思い、沙織が近づいてきて、彼女も惨劇を目の当たりにした。

「こんな小さい子まで……」

沙織は口を押さえてその場にしゃがみ込んでしまった。

典子の瞳に、ふつふつと怒りの色が湧いてきた。典子は拳銃を握りなおすと、さっき彼女が撃った米兵のところに近寄った。

肺を撃たれた米兵は、水面に上がった金魚のように口をパクパクさせていた。どう見てもまだ二〇歳《はたち》そこその若い男だった。顔にはにきびの跡が残っている。

典子は黙って銃口をその米兵の顔に向けた。顔には憎悪の色だけが宿っていた。

「悪魔……」

典子は引き金を引いた。銃声が響き、若い米兵は眉間を撃ち抜かれて絶命した。

文子は黙って典子の動きを見ていた。典子は家の中に戻り、もんぺを見つけるとそれを持ち、泣きつづける女性のもとに戻った。

「ごめんなさい、あたしたちにできるのはここまで。ご主人も坊やももう死んでいたわ。この山を上がっていくと、日本軍の秘密の陣地がある。地元の人ならわかるでしょう、二俣滝の上よ。そこまで行って保護してもらって。ここにいたら、この米兵を殺した容疑で連行されてしまうわ」

衣服を着せてやりながら典子が言った。しかし、泣きつづける女性は、ぶるぶると首を振るばかりだった。

「困ったわね、一人では放っておけそうもないわよ」

だが、典子は首を振った。

「ここが危険なら、とりあえず森の中に連れていって置いていくわ。この人を連れていくわけにはいかない。あたしたちには任務があるのよ」

山本典子は、おそらくこの時点で、誰よりも優秀なゲリラ兵士であったろう。彼女がこののち行った数多くのゲリラ戦の、これが最初の戦闘であったが、この時から彼女の的確な判断と大胆な行動が何度も仲間を救うことになる。

実際、沙織と文子に手伝わせて、襲われていた女性を連れだした三〇分後には、銃声を聞いた米軍の偵察隊がこの一軒家を捜索し、米兵と日本人家族の死体を発見していた。もし、女性を残したままにしていたら、米軍は逆上し彼女を射殺していたろう。

三人の女性ゲリラ兵士は、明け方前に集落に戻った。そこで隊長の田中にことの顚末《てんまつ》と本来の任務であった連携攻撃の手順を説明した。

話を聞いた田中は、心底驚いた顔で典子を見つめた。

「何て無茶なことをするんだ……」

だが、典子は毅然とした表情で答えた。

「暴行を受けていたのが挺身隊員だったら、仲間の安全のために見捨てたかもしれない。でも、私はどうしてもあのアメリカ兵が許せなかった。ごめんなさい、女性としての感情をどうしても押さえられなかったの」

田中は、ちょっと困った顔で首を振った。

「三人とも無事で帰ったんだから、もういいよ。とにかく、ご苦労さん。昼間は、じっと息をひそめていてくれよ。この付近では、まだ米兵の秩序がましだとはいえ、若い女性を見ると何をするかわからないのは変わりないんだから」

典子はこくりとうなずき、自分たちにあてがわれている建物の奥に引っこんでいった。

その後ろ姿を見ながら、田中は少なからぬ不安を覚えていた。

「何かが彼女の中で変わったような気がする……」

だが、それは自分も同じであることに田中は気づいていなかった。彼らは、特殊な環境に放りこまれたことで、無意識のうちに戦士としての本能を身につけ始めていた。それが、ある種危険な体臭となってにじみ出しているのであった。

この日、米軍は戦線後方での米兵殺害事件の報告に、占領地域での警備強化の必要性が論じられたが、具体的方針はまだ決まらなかった。だが、これが後手となり、彼らは大いに悔やむことになった。

そう、翌未明に米軍は補給施設の一つにゲリラ攻撃を受け、ここが壊滅的被害を記録したのだ。

この攻撃を行ったのは、田中の率いる国民挺身隊第三〇一一部隊と、泉山という男の率いる国民挺身隊第三〇二四部隊の合同部隊であった。

攻撃後、そこには二人のゲリラ兵士の死体が残されていた。一人はまだ学生のような風貌の男子、もう一人は四〇過ぎの農夫のような風体の男であった。

米軍は、この非正規軍の攻撃に、占領地での治安維持という側面で必要以上に態度を硬化させることになった。

だが、これがのちに彼らの首を締めることになる。

米軍は一般住人も含めて日本人を一ヶ所に集め、収容所を作ることを決定したのだ。

実はこれが米軍本土にまで飛び火し、後々まで移民国家であるアメリカにとって大きな禍根《かこん》となる。ここでも彼らは大きな判断ミスを犯したのだ。

さらに治安強化の名目で行うことになるパトロール、その内容にも多々問題が発生することになる。

しかし、この時点でそんな先のことを予想できるものなどいるはずもなかったし、戦場という一種の極限状況に極度に緊張した米軍の兵士と指揮官たちは、かつて日本軍が中国大陸で経験したのと同じ感覚の麻痺という魔物に襲われることになるのであった。

それが「決して許されざることである」と自分たちが指摘していたはずの略奪、暴行、そして最終的にはさらなるエスカレートを彼らは見せることになる。

とにかく、住民に対する監視がきつくなったことが判明すると、国民挺身隊の多くの指揮官たちは、部下を連れ、九州各地の山中へとひそんでいった。そこには、後方の前線まで続く地下道が多く残されていたし、米軍に発見されにくい箇所に多くの食糧や弾薬などが備蓄されていたのであった。

さらに、その最前線に向けて深夜に前線を越え物資を運ぶのも、挺身隊員の役目となっていた。

多くの武器は、空襲の合間に操業している小倉の陸軍工廠や、海軍工廠、それに八幡製鉄や新日鉄の工場などから、直接九州防衛軍に納入され、前線へと運ばれている。新たに車両の生産を始めたこれらの工場からは、トラックや自走砲、突撃砲などが、自走して前線へと向かっていくのだった。その荷台には、やはり新品の兵器を積み、まず中部方面に展開する部隊の段列で大まかに割りふりが行われ、最前線へと送られる。

大阪工廠からは、多くの銃器と弾薬が、鉄道を使い九州まで運ばれていく。これも米軍の空襲をかいくぐってであるから、命がけの輸送になる。鉄道連隊も工兵部隊も、空襲のたびに神業ともいえる速さで線路を復旧し、物資の輸送を支えた。

一方、名古屋工廠や東京工廠、さらに平壌工廠で作られる兵器類はどうなっているのかといえば、一部の航空機を除き、ほとんどが首都防衛軍と、九州の兵站を支える中国方面の部隊への供給に回されていた。

さらに多くの民間工場が軍に接収され、兵器生産の新たなる拠点になった。ほとんどの中小都市には新たな兵器や軍装品工場が作られ、九州から強制疎開させられた人々の多くが、これらの工場に労働力として導入されていった。これは、本州方面の農業人口を減らしたくない、むしろ疎開人口を使って新たな開墾地を作りたいという政府、つまり戦争指導委員会の意向にもとづく措置だ。

どうも気象機関の予想では、この年の梅雨はかなり長びく模様で、農作物の作況に大きく影響しそうな雰囲気なのだった。満州における食糧増産が、やや軌道に乗っているので、これの輸送さえ確保できれば当面の問題はなさそうなのだが、備蓄食糧が不足した場合、兵站を支えるのが難しくなる。そこで、新しい開墾地を緊急に作っているのだ。

大陸方面からの輸送は、決して順調とはいえないから、やはり食糧は自活するのが最大目標だ。

戦争指導委員会は、農業振興会を設立し、農務大臣の堀内氏を最高顧問に、東京帝大の矢端《やばた》・牧野両博士に、寒冷地での栽培に適した農作物の選定や、貧土壌で生育可能な野菜類の普及を研究してもらい、同時に東京女子大の栄養学教授上月《こうづき》女史に、こういった普及野菜を中心にした家庭用献立などを作ってもらい、全国にこれを配布するなど、食糧問題に真正面から取り組んでいた。

この食糧に関して、指導委員会は一部解除していた統制品の流通を再び差し止め、配給制に戻す決定をすでに下していたが、その実施は九月以降の米の収穫期を過ぎてからにする予定だった。

理由は、やはり国内経済の再編成である。これまでは、諸外国に秘密裏にいわば裏の政府予算を作る政策を続けてきたのだが、これが現状では取りかえしのつかないほどのインフレを生み、流通経済を根底から破壊しかねないほどの物価高騰を招いた。一部の地方集落などでは、通貨価値の下落にともない物物交換が定着してしまったほど、円はその市場価値を下げた。

国際的にも円の信用は底を打っている。ちなみに日本政府が作った裏金はすべて英ポンドに両替され、各種の兵器や物資購入にあてられた。

すでに説明してあるように、こうして買い集めた資材は、満州に一時的に保管され、海軍の手でひそかに日本本土に運ばれているのだった。

これらの物資が運ばれるのは、舞鶴や新潟といった港だ。特に新潟には、東京方面の工廠に運ぶための資材が陸揚げされ、かなりの活況を見せていた。

軍は新たに新潟東港を開設、ここに軍専用の荷揚げ埠頭を設けたのである。

この日も、朝鮮半島からやってきた輸送船団が入港、沖には護衛の駆逐艦が四隻、対空砲を上に向け停泊していた。

この輸送船団を率いてきたのは、海軍の井坂義則大佐であったが、彼は新潟新港（東港）の埠頭で、陸軍の田中新一中将と面会していた。

「間一髪だったな。一昨日、このへんも敵の爆撃を受けた。被害は、市内と旧港に集中したから、偽装済みの集積所は無事だったがね」

田中が井坂にタバコを勧めながら言った。この日も、信越北陸方面はどんよりとした曇り空。もう三日もこんな天気だ。九州では相変わらず断続的に雨が降っているが、その悪天候をものともせず奄美大島からやってくる米軍の大型機の爆撃は、北九州を襲っていた。

しかし、二日前に新潟を襲ったのは、大型機の編隊ではなかった。というか、現在米軍の装備しているB24やB17では、ここまで足は伸びない。

つまり、ここを攻撃してきたのは敵の艦載機だったのだ。

「敵はそのまま北に抜けたようですね」

井坂が訊くと、田中がうなずいた。

「ああ。悔しいかな追跡できる軍艦がない、と山本海軍大臣が嘆いていた。どうやら間宮海峡あたりから北太平洋に抜ける気のようだ。こっちが北千島方面にまともな航空戦力を持っていないのをお見通しといった感じだな」

田中が、やや憤慨した表情で言った。

五日前に、九州南方の大規模な艦隊から分派されたこの空母をともなう一群は、日本本土の攻撃を行いながら北上し、そのまま米本土に帰還。最終的には大西洋に入ることになっている。指揮官はスプルーアンス。所属は第五艦隊。日本の情報部はすでにそこまで探りあてている。

だが、敵の素性がわかっていても、これに挑んでいく戦力がない。いや、首都周辺に展開する部隊をかき集めて北に送りこめば、敵にひと泡吹かせるくらいの波状攻撃はできる。だが指導委員会は、この北上する敵への攻撃を極力行わないように各部隊に通達したのだ。

理由は単純明快。このまま米本土に戻ってもらえば、それだけ日本沿岸にとどまる敵戦力が目減りするからである。

というわけで、じっと息をひそめて敵の攻撃に耐えながら、日本軍はこのスプルーアンスの率いる艦隊が通りすぎるのを待ったのである。それは毎年襲ってくる台風に耐えるのにも似た、日本人だからこそできる忍耐であったかもしれない。

井坂の艦隊は、このスプルーアンス艦隊が去った直後にこの新潟に入ってきた。あと少しタイミングが早ければ、敵に発見されていたことだろう。

「今はまだ辛抱ですね。何とか、大急ぎで戦力をそろえる。いずれ大きく反撃する日が来るのだと、大陸のみなは思っておりますよ」

井坂が言うと、田中は難しそうな顔をした。

「確かに、今我が軍は戦力の再編に躍起になっている。だが、はたして真の意味での大反攻が行えるのかどうか私には疑問だ。しかし、もし敵がこの本州にまで触手を伸ばしてきたら、とてつもない対価を払うことになるのは確かだな」

田中はそう言って、井坂の艦隊が運んできて今まさに荷揚げ最中の資材に目をやった。埠頭には、半分梱包された野砲が大量に数百門も並んでいた。だが、それは見慣れぬ形の代物だった。それも道理、これはドイツ製でも日本製でもない、何とソ連軍の七六・二ミリ野砲M１９３６（F22）なのであった。ソ連軍の中核を担ってきたこの野砲は、対戦車戦闘でもそこそこの能力を持っている。現在、ソ連では同じ口径でより安価に量産できる新野砲ZＩS３に転換中で、大量にある在庫を極秘裏に日本に、いや正確には甘粕正彦《あまかすまさひこ》率いる大満州貿易公司に売却したのである。

この事実を、連合軍はまだ知らない。そもそも米国も英国も、日本とソ連の間に結ばれている秘密協定の存在すらつかんでいないのだから、これはもう情報機関の怠慢としかいえまい。

「この野砲も、首都防衛軍にまわされるのですか」

井坂が聞くと、田中はうなずいた。

「おそらく半分以上は、簡易自走砲に使われるだろう。三式中戦車の車台に載せる開放式自走砲だ。こいつは製作時間が短くてすむからな」

日本軍が、高くついても完成品の兵器を購入するのには理由がある。それは兵器を製作するのに必要となる時間であった。

たとえば陸軍の小銃を見ると、三八式歩兵銃一丁を作るのにかかる製作工程時間は九七時間。これが九九式だと一一一時間に達する。兵器が大きくなれば、時間はより長くかかる。井坂が運んできたソ連製野砲にほぼ相当する日本軍の九〇式野砲の場合、製作期間と試験期間、それに引き渡し後の検査を含めると、一門ができあがるのに何と一五〇日もの日数が必要となる。これには、製作に必要な材料の準備期間は含まれていないから、実際にはもっと長い時間が必要となる。砲身の鋳造と内径の削りだしだけで一ヶ月近い時間がかかる場合もあるのだ。

製造ラインをフルに使っても、これではそろえられる砲の数に限界があるのが理解できるだろう。だから、こうした完成品の輸入に全力をあげているのだ。

その一方で、兵器の簡素化も進めている。挺身隊員に配布する機関短銃は、製造時間が五〇時間まで短縮されている。ほとんどが溶接だけで作られた簡易な構造になっているからで、この四式機関短銃は母体となった一〇〇式機関短銃とはかなり見た目も違った代物に仕上がっていた。

その一方で、打撃力のある小型兵器も大量生産を開始している。以前、田中が前線の山下に試作成功を報じた『パンツァーファウスト』などがその一例で、ほかにも簡易型の携帯噴進砲や吸着爆雷など対装甲車両用兵器各種、車輪移動式の簡易砲架を使った高射機関砲なども大量生産に入っている。この新高射機関砲は従来の二〇ミリではなく四〇ミリと口径を大きくし、射程距離を延伸させている。

だが、軍が開発しているのは、むろんこういった簡易兵器だけではない。

新潟に田中が出向いていたこの日、横須賀に数隻の潜水艦が到着していたのだが、実はこれらの艦に搭載されていたのは、青木大佐が苦労してドイツから運んできたある新兵器の基本部品なのであった。

この荷物の中身を受け取った中島知久平は、その現物を見た後に武者震いが止まらなくなったと回顧している。

そう、それはまさに戦況を変化させるに足る潜在能力を持った兵器だったのだ。

ともあれ、九州の戦線が刻一刻と圧迫されていく中でも、日本は継戦のための最大限の努力を払っていたのであった。

2

山下奉文は、かなり顔色が悪かった。当然だろう、敵が上陸してはや一〇日が過ぎようとしているが、その間の平均睡眠時間が三時間も取れていないのだ。

戦況表示板の南九州戦域は、その大半が敵に占領されたことを意味する記号で埋まっていた。

「鹿屋の最前線の様子はどうなっている」

山下が参謀の一人に聞くと、渋い返事が戻ってきた。

「おそらく本日中には敵は飛行場に突入するでしょう。今朝から、知覧の飛行場を飛び立った敵の単発機が空襲を開始してます」

山下は、「むっ」と唸《うな》って腕組みをした。

米軍の機械力は、日本の予想をはるかに上まわっていた。特に土木機械の分野で、その差は大きかった。

日本軍は、あらかじめ知覧の飛行場を使用不能にしていた。滑走路に大きな穴を穿ち、これを偽装して無傷を装ったり、大量の地雷を仕掛けておいた。

ところが、米軍は戦車を利用した地雷処理車であっさりこれを処分し、装甲を施した土木機械、ブルドーザーや大きなローラー車を使い、占領から三日間で滑走路を整備した。そして、その翌日には大量の鉄板を運びこみ、全面に敷きつめたのである。

この鉄板の効果は絶大だった。日本軍が再開した夜間爆撃、数機で編隊を組んだ精密爆撃で、滑走路に確実に命中弾を与えているのだが、この鉄板がめくれ上がることで多くの爆弾のエネルギーが消費され、深い穴を穿つことができないのだ。米軍はブルドーザーで穴を埋め、すぐに鉄板を敷けば滑走路の修理が完了するのである。こうして一昨日には最初の敵機が知覧に降りた。

そして、ついに今朝から、この基地を拠点に周辺の日本軍陣地への爆撃が始まったのだ。米軍は、念願の沈まない航空基地を最前線に得ることができたのであった。

南九州の戦線はますます苦しい状態に置かれたことになる。

難しい顔をする山下のもとに、無精髭の目立つ長《ちょう》大佐が近づいてきた。

「午後の列車で九州を出ます。広島の司令部に顔を出してから、東京に戻り、委員会に戦況報告を行ってきますよ」

長大佐も相当に疲れた顔色である。無理もない、彼はこの一〇日間で、細かいものを含め一〇〇以上の作戦指示の策定を行っていた。大きなものは連隊の移動から、小さなものはそれこそ小隊単位での奇襲作戦まで、前線からの報告にもとづき、彼の考えられるありとあらゆる敵への前進遅延工作と攻撃を指示しつづけたのだ。

だが、それも限界に達した。現在、南九州軍区で要塞地帯以外で戦線を支えているのは二ヶ所しか残っていないのだ。一つは宮崎平野の北端部。もう一つは鹿屋の海軍飛行場である。それ以外の戦線を示すと以下のようになる。

まず大隅半島をめぐる攻防では、志布志湾方面から撤収した近衛師団が、大隅山地方面の山岳要塞の複郭陣地に頑張り、砲兵部隊との連携で敵の侵入を完全に止めている。このため、志布志に上がった敵部隊は、依然として日南方面へ進撃できず、結果的に日向方面の敵との連絡はまだできあがっていない。

一方半島の南側に関しては、米軍が圧倒的に有利に展開している。すでに半島東岸部分の海岸線の半分以上を米軍は確保。山岳地帯にこもった歩兵第三二師団を圧迫している。

平野部もこの第三二師団の担当区域だったのだが、ここで米軍は戦車を中心にした圧迫で、じりじりと前進を続け、ついに鹿屋飛行場の外縁部にまで迫った。ここを突破されれば、大隅の山岳要塞も薩摩半島同様に孤立することになる。現在、まさにその最後の攻防の最中ということになる。

そして、すでに半島の三分の二が敵の手に渡った薩摩方面の戦況だが、元々山岳地帯の要塞は規模も小さく、抵抗が難しかったので、現在はほぼ二個大隊程度の歩兵が潜伏しているだけだ。米軍は鹿児島市内を占拠。ここに頑張っていた歩兵第四五連隊は、義勇軍とともに八重山方面の要塞地帯に後退したが、この要塞はすでに全周の三分の二を敵に包囲されている。後背地を占拠されないために、歩兵第二三師団では九州中部方面軍からの積極援護を受け、入来付近の連絡路を強固に確保していた。しかし、敵はすでにこの要塞の攻略を後まわしにして、川内《せんだい》方面から一気に熊本をめざす動きを見せていた。その証拠に、敵は吹上浜付近に串木野に続くこの方面二ヶ所めの揚陸拠点を築きはじめ、新たに一個師団以上の兵力が上陸を果たしていた。

これは、奄美に残っていた予備の海兵師団であるらしかった。これらの移動に関する報告も奄美に残った挺身隊員から届いていた。

予想以上に頑張っているのが宮崎方面の部隊であった。というか、敵は志布志の部隊とこの宮崎方面の部隊の連携が取れないと本格的内陸侵攻ができないため、この方面で積極的に戦線を延伸しようとしていなかったのだ。敵は、どうやら鹿屋の攻略を優先し、これが成ったら一気に日南に転進し、岩壺《いわつぼ》山方面の山岳陣地攻略に南北から乗りだすつもりのようであった。知覧に続き、鹿屋の飛行場も使用可能になれば、航空支援は事実上無尽蔵に行えるようになるからだ。

現在宮崎平野のほぼ八割を占拠した状態で、米軍は各種の攻撃準備を整えている。特にこの方面への戦車の補充が多いのが、偵察の結果判明していた。やはり、平野部分が広い箇所では戦車の威力が必要だと米軍は判断したのだろう。だが、これは日本側も心得ている。現在、用意できる対戦車戦闘兵力の半分強をこの方面に移動させるべく手配が行われている。

この手配の指示を最後に、長大佐は東京の戦争指導委員会に戻ることになった。委員会が近々に大きな会議を招集することになり、無事輸送船団護衛を果たした大西と源田も朝鮮から呼び戻されることになった。

どうやら、南九州全域が敵の手に渡った状況を想定しての新たなる戦争指導方針を策定する会議のようであった。

山下も、この話を東京からの直通電話で田中新一中将から聞いた。そこで、彼にこう忠告していた。

「余力があることを敵に見せてはいけない。油断こそ、最大の好手なのだ。敵には、こちらがいっぱいいっぱいであると判断させるに限る」

田中も素直にこれにうなずいた。

「今は大きな手を打てるわけでもありませんし、敵に慢心してもらうのは確かに必要でしょう。まあ、だからといって、好き放題させるわけにもいきません。按配《あんばい》が難しいところですな」

すると、山下はふっとため息をついてこう答えた。

「その按配を適切に決めるのが貴様らの役目だ。私は前線のお守りで手いっぱいだからな。よろしく頼むぞ」

田中はおそらく、電話の向こうで首を大きく振っていたはずだ。

「難しい選択が続出するのがわかっていたから、閣下は辞職されたのでしょう。まったくもってずるいお方だ」

山下は、ふんと鼻で笑ってこう答えた。

「その腹芸でここまで生きのびた。クーデター騒ぎやソ連との手打ち騒動で首が飛ばなかったのも、まずそうな局面でいつも逃げてこられたからだ。この先も、この方法で軍の中を渡り歩くさ。もっとも国が滅びたらそうもいかんだろうがな」

「そうですよ、我々は滅びないために戦っているんです。しっかり、こっちの意を汲んで戦ってくださいよ」

とまあ、そんな感じで会話がかわされ、山下はあらためて戦闘の状況を見つめ直す気になったのだ。

そうして司令部に出てきてみれば、敵の攻撃が厚くなったという報告が待っていた。何とも重い気分になるのも致し方ないことであろう。

「もう大規模な戦術単位での戦闘は、下火になるだろうな。この先は、とにかく陣地を削りあうような戦闘になる。厳しいことだ」

山下は胡麻塩《ごましお》頭をかきながら、自分の椅子に腰を下ろした。

と、まさにその時だった。作戦室にブザーが鳴り響いた。

「敵編隊、第一警戒線突破。中部軍区に侵入。艦載機の一群です」

いつもの空襲警報ではない。大型機の侵入の場合は、奄美を発った時点でだいたい捕捉できるので、警戒部隊は即座に防御体制が敷ける。だが、こうした艦載機の場合、敵の艦隊位置を正確に把握するのが難しくなってきているので、まさに急転直下の爆撃となる場合が多いのだ。

今日も意表を突かれ、阿蘇の司令部に設置した電探に捉えられて、初めてその存在が露呈したという次第であった。

山下が、むっとした顔で指示板をにらんだ。

「規模は？」

オペレーターの一人が、大声で山下に怒鳴りかえした。

「およそ三〇機であります。爆撃機中心の模様。目標はいまだ不明」

山下が敵機の位置を見ながら思案する。

「相手が艦載機なら、あるいは……」

山下が考えこんでいると、おっとり刀で自分の執務室から駆けつけてきた佐竹作戦参謀が、山下に進言した。

「今日はやりましょう！　ちょうど『羅刹』隊が準備できてます。迎撃指示を願います！」

山下もうなずいた。戦争は駆け引きだ。やられてばかりいては、敵をつけ上がらせるだけだ。時には「がつんと一発」を味わわせる必要がある。

ただちに総司令部から、芦屋《あしや》基地に待機中の第一〇四独立重戦闘機大隊に迎撃指示が飛んだ。

飛行隊長の後藤優少佐は、ただちに準備万端整っていた重戦闘機『羅刹』一二機を率い、敵艦載機の進撃方向に向け離陸していった。

この日、米艦載機が目標にしていたのは、九州中部の電力をまかなっている五木《いつき》川《がわ》ダムの発電所であった。

敵の進行方向からそれを割りだした総司令部は、このダム周辺に展開している独立高射第六連隊に緊急警戒を指示した。

ダムサイトの周囲に陣を敷いていたのは、矢端少佐率いる第二大隊の高射砲群であった。

第二大隊の将兵は、ついに自分たちの出番がきたと緊張した面持ちで、偽装網を取り払い、高射機関砲を大急ぎで空に向ける。

その様子を見ながら、大あわてで駆けだしていく影があった。

このダムサイト守備の日本軍を自主的に補助していた、近くの疎開住民収容所の連絡役、元郵便局長の三郷《みさと》という男であった。

三郷は全速力で疎開村に駆けこむと、力の限り叫んだ。

「敵機が来るぞ！　ダムが狙われとる！」

この報せを聞くと、収容所内にいた男たちはいっせいにわっと駆けだした。彼らは一目散にダムへと駆けていった。

先頭を走る男が叫ぶ。

「熊本まで火薬をギンバイに行って、この日を待ったんじゃ。やったるで！」

この様子を遠くから見た矢端少佐は、驚いて飛びあがった。

「な、何だ、あいつら、何をする気だ？」

以前、彼らが押しかけてきた時は部下の赤座中尉に対応を命じたが、その時彼らが何か協力するというのを、適当に許可した覚えがあった。だが、実際に戦闘が始まろうという時に、いきなり民間人に大量に押しかけられては、これは間違いなく迷惑だ。

矢端はあわてて赤座を呼びだした。

「赤座中尉、あれは何だ？　あいつら、いったい何をしようとしている？」

呼びだされた赤座の顔はかなり引きつっていた。というのも、彼も一般人たちが協力するという話に適当に相槌を打っていただけで、その詳しい内容までは把握していなかったからだ。

「も、申し訳ありません！　今から確認してきます！」

赤座があわてて飛びだすと、ちょうどダムサイトの入り口に疎開村の村長の谷が汗びっしょりになってたどりついたところであった。すでに、そこには一〇〇人近い男たちが集まっていた。

「そ、村長、危険です。避難してください！」

赤座は、谷を見つけると大声で叫んだ。だが谷はにやっと笑うと、親指を突きだしてこう言った。

「まあ見ててくれや、薩摩っぽの荒業で敵ばやっつけちゃる」

赤座がびっくりして目を剝いた。

「い、いったい、何をする気なんですか」

すると、これには風呂屋の親父の松野が答えた。

「うちの疎開村には、花火屋が大勢おったから、これに手伝ってもらって、一週間の間に一〇〇個以上の仕掛けを作ったとよ。これを敵機にぶっつけちゃるんや」

赤座の目がますます見開かれた。

「し、仕掛けって、いったい……」

村長が笑った。

「この前の実験で、仮設住宅が一軒、屋根ば吹き飛ばしたが、そのおかげで完全なものができたですたい。まあ、とにかく見てやってくれや」

すると、ほかのものも叫ぶ。

「まあ、見ててくれ！　あんたらの邪魔にはならんはずだ」

そう言うと、初老の男たちは村長の命令一下、わっと走りだし、ダムの周辺の山の中へと駆けこんでいった。

赤座は呆然とそれを見送ったが、指揮所にこもりっきりの矢端の目からは赤座が民間人を退去させたくらいにしか見えなかった。

「ふう、やっと行ってくれたか。対空電探を始動させるぞ。各小隊、指示を聞き逃すな！」

九州でも特に重要施設をまかされている高射砲部隊は、日本陸軍でも最新の設備を誇る部隊で固められていた。

この五木川ダムを守る部隊も、最新の小型対空電探を装備し、四式九センチ高射砲とエ式二〇ミリ高射機関砲という、いずれもドイツ製の最新高射砲と機関砲を擁する部隊だ。

尾根の上に設置されていた電探が始動すると、画面には二群の航空機が浮かびあがった。

「味方戦闘機隊が敵機捕捉に向かっています！」

この報告に矢端は、うまくいけば敵機の攻撃は失敗に終わるかと期待した。だが、直後にその望みは断たれた。

「敵機は二手に分かれました。どうやら戦闘機隊と爆撃機に分かれた模様。味方戦闘機は、敵戦闘機隊に挑みます」

いかに重武装重装甲の『羅刹』でも、敵攻撃機を襲っているところを背後から突かれればやられてしまう。『羅刹』隊を率いる後藤はとにかくまず敵戦闘機の駆逐に全力をあげることに決めたようだ。

『羅刹』隊は集団機動を崩さず、まっすぐに敵機に突っこんでいった。敵戦闘機は、艦載機のＦ６Ｆ『ヘルキャット』一二機。数は同数、そのまま真正面からの「ど突きあい」となった。

両者ともに二〇〇〇馬力級のエンジンを備え、操縦席は厚い防弾板に囲まれている。だが決定的に違ったのはその武装であった。

『羅刹』の二〇ミリ機関砲は、敵機に命中した瞬間その構造材まで吹き飛ばす威力を秘めていた。

初撃でグラマン三機撃墜。『羅刹』隊も数機が被弾していたが、航過時点で脱落機なし。日米両編隊は、行きすぎるとただちに上昇反転、一気に巴《ともえ》戦へと突入していった。

だが、その間に米軍の爆撃機はダムへの突入を開始した。

機種はすべてダグラスＳＢＤ『ドーントレス』。全機が五〇〇ポンドの対装甲用爆弾をかかえていた。つまり、最初から目標はダムサイトとその下にある発電所であったというわけだ。

敵爆撃機の侵入を探知した電探部隊は、すぐに迎撃指示を出した。

たちまち四式高射砲の八八ミリ砲弾が、空に黒い爆散煙を無数に出現させる。

従来の高射砲より格段に進歩したその算定盤連動式の信管調停器により、その爆発のタイミングはかなり精度が高かった。

しかし単発機を相手にするには、やはりこのクラスの砲では荷が重い。急旋回などに対応できないからだ。

それでも三分ほどの射撃で、敵機一機が至近弾を受け墜落した。大型弾は直撃にならずとも破片による威力が大きいのだ。

しかし残った敵機一七機は、そのままダムの湖上方向から爆撃侵入を試みようとした。急降下爆撃ではなく、どうやらこの部隊は跳躍爆撃《スキップ・ボミング》を試みる気のようであった。

こちら側には、対空機関砲が多数装備されており、たちまち湖面は飛びかう曳光弾の残像でまっ赤に染まった。

最初に侵入してきた敵機は、この機銃掃射に翼を撃ちぬかれそのまま湖面に激突して激しい水柱を上げた。

そして、二機目が侵入してきた時に、それは始まった。

「いくぞ！」

谷村長の合図によって、まず湖の南側の斜面からそれは撃ちだされた。

ロケット弾。

米軍パイロットの目にはそう映ったはずだ。

だがそれは、日本軍が誇る噴進弾ではなかった。何と飛びだしたのは、竹の筒だったのだ。

竹の筒には荒縄がぐるぐるに巻かれている。そしてその竹の筒は、もうもうたる黒煙とまっ赤な炎を噴きだし空中高くに舞いあがっていった。

原始的なロケット、いやむしろ花火に近い構造だ。だが、押し固めた黒色火薬による推進力は馬鹿にできない。竹筒ロケットは、一気に五〇〇メートル近い高度まで駆けあがったのだ。これらの竹筒ロケットは、いわゆる龍勢《りゅうせい》花火といわれるものの拡大版だ。黒色火薬をぎっしり詰めこんだ花火は、通常でも高度五～六〇〇メートルまで昇る。今上がっているものは、飛距離も長く、軽く人工湖の対岸に届く能力を持っていた。

しかも、これが連続して数十本も湖の両岸から撃ちだされたのだから、米兵は驚いた。

しかし、いずれのロケット弾も、彼らの操縦する『ドーントレス』の頭上を飛びこえていってしまう軌道を描いていた。というか、操縦席からの視線ではっきりそれが追えるのだから、明らかにタイミングが早い発射である。

「いったい、日本軍は何をしようというのだ?」

この時爆撃を試みていた米軍の二番機は、飛翔したロケット弾の本体にばかり気を取られ、それがいかなる目的で撃たれたのかまったく理解できなかったのだ。

しかし、この撃ちあがったロケット弾の軌跡を見守っていた一般人たちは、いっせいに拳を握り雄叫びを上げていた。

「成功や!」

米兵は見逃していた。撃ちあがった無数のロケット弾、その尻にはすべてごく細いワイヤーロープが結ばれていたのだ。クエ釣りなどに使う、軽くて細いが、とても切れにくい代物だ。

放物線を描いたロケット弾は、対岸方向に落ちていく。そしてその尻に張られたワイヤーはピンと伸びきり、ゆっくり湖面に落下する。それは、ちょうど攻撃位置に入った米軍機の真上にあたっていたのである。

悲劇は突如襲ってきた。米軍のパイロットは、はっと気づいた時には数本のワイヤーロープを機体にからめられていた。そして、そのうちの一本がプロペラにからんだからたまらない。機体はたちまちバランスを失い、湖面へと突っこんでいってしまったのだ。

「やった、やった！　万歳！　万歳！」

村長も郵便局長も、もろ手を上げて万歳を叫ぶ。当然だ、民間人の手作り花火が敵機を撃墜したのだ。これはまったくもって快挙といわざるをえまい。もっともこの花火の火薬は、熊本の陸軍部隊から盗まれたものであることが、のちに露見するのだが、軍は成果を重視して「おとがめなし」となった。

とにかくこれには、守備側の日本軍も驚いた。

「すげえ……」

兵士たちは呆気に取られ、矢端も赤座も開いた口がふさがらなかった。

しかし、敵は攻撃の手をゆるめたりはしなかった。

続けざまに三番機、四番機が爆撃針路に入る。一般人たちはあわてて次のロケット弾を発射する。

米軍のパイロットはこれを認めて、あわててブレークし爆撃を中止しようとした。

だがそこに今度は機関砲弾が連続して炸裂、二機はたちまち火だるまになり爆散した。これぞまさに民間と軍の協同撃墜である。

またしても、そこら中から歓声が上がる。

立てつづけに四機を撃墜された米軍は焦った。このまま湖上から爆撃を行ったのではは効果があがらないと判断し、飛行隊長は急降下によるダムサイトへのピンポイント爆撃に切りかえる指示を行った。

しかし、そのためには米軍機は一度大きく高度を上げる必要があった。すると、それまで死角になって射撃を行えなかった別の大隊の火砲も、敵機へ攻撃を仕掛けられるようになる。

再び厚い弾幕が敵編隊を包みまたも一機が火を吹いて落下していった。

その直後だった、電探部隊から指示が飛んだ。

「攻撃中止！」

対空砲はいっせいに動きを止めた。敵機がいるのに攻撃をやめる理由はただ一つだ。

「日本の戦闘機や！　日の丸や!!」

風呂屋の松野が空を指差して大声で叫んだ。

『羅刹』隊である。後藤は残りの敵戦闘機を一〇分で撃退していた。敵戦闘機全機撃墜、味方被害は二機のみ。

一〇機の『羅刹』は、まだ爆弾をかかえたままの『ドーントレス』に猛禽類《もうきん》よりすばやく襲いかかっていった。

敵機は、あっという間に火だるまになっていく。最高速度時速六六〇キロを誇る三式重戦闘機の前に、敵の艦爆は単なる標的、ネギを背負った鴨でしかなかった。

空戦七分、敵機は爆弾を捨てた二機が逃亡しただけ。ほかは全機撃墜。久しぶりに日本軍機があげた大戦果であった。

そして、ダムを守った高射砲部隊と、民間人の快挙であった。

報告を聞いた山下は、この敢闘に感動し、『羅刹』隊と高射砲部隊、そして谷村長以下の民間人に感状を贈る手配を行った。

そう、五木川ダム近くの疎開村の住民たちはこの戦争において初めて感状を授与された民間人となったのであった。

その賞状には、杉山首相の直筆により墨痕《ぼっこん》鮮やかにこう書かれていた。

『類稀《たぐいまれ》なる創意工夫で、敵機一機撃墜、同一機協同撃墜の快挙は、日本国民をして、国土防衛の本分を成しえようという叡智《えいち》の結実である。日本国政府を代表し、この快挙を成し遂げた村民全員を表彰し、広く全国にその名を誇るべし』

国民総参加の戦い。戦争指導委員会のめざす理想にとって、谷村長たちの活躍は、まさに願ったりかなったりの宣伝材料となったのであった。

3

首都防衛を任じられた今村均は数名の参謀を引き連れ、神奈川県の江の島にやってきていた。

今村は内火艇で島の裏側の岩礁に乗りつけ、そこから高い垂直な岸壁を見あげていた。

「まさにうってつけの位置だ。しかし、本当にそんな短時間に工事が可能なのか？」

今村が質問をぶつけているのは、陸軍の技術士官で、今回の戦争では陣地構築に多大な貢献をしている山田謙一少佐であった。いや、間もなく七月一日付けで中佐への進級が内定していた。

その山田は自信たっぷりにうなずいた。

「まかせてください。敵の四〇センチ砲弾の直撃にも耐える堅牢無比の要塞陣地を造ってみせます。それも約束どおり四ヶ月以内に」

今村は満足そうにうなずいた。

「よし、ではここに予定どおり、例のものを据えつけるとしよう。これで、湘南方面の要塞陣地選定は終わりだな。明日からは問題の九十九里だ」

今村はそう言うと、後ろ手でゆっくり歩きはじめた。そして、参謀の一人に聞いた。

「関野《せきの》大佐、君は知っているかな。この島に誰が祀られているか」

聞かれた参謀は首を傾げた。すると、今村はふっという笑みを漏らして答えた。

「この島には、児玉神社があるのだ。日露戦争の英傑、児玉源太郎《こだまげんたろう》大将の御霊《みたま》が祀ってあるのだよ」

一同がえっという感じで島の山稜を振りかえった。

「きっとここに要塞を築けば、児玉閣下の威光が守ってくれるだろう」

一同が大きくうなずいた。

「ところで閣下、この要塞に据えることになる例のものは、いつ頃完成予定なのですか？」

関野が今村に聞いたのは、むろんこの地に築く要塞に設置する大型砲のことだ。

だがどうやら、それは途方もない代物であるらしいことが、次に今村の口から出た言葉で推理できた。

「海軍では陸上での試射は以前行っているそうなのだが、何ぶんにも運ぶのさえひと騒動の代物だ。とりあえず砲身だけは予備を含めて一二門完成させているのだが、まったく新設計の基部を製作するそうなので、やはり四ヶ月みっちりかかるそうだ。据えつけに関しては、山田少佐が考案した新しい起重機の配置で対応できると海軍でも確認してくれた」

関野がうなずいた。

「そうですか、これが完成すれば、敵の戦艦も恐るるに足りませんね。文字どおり沈まない戦艦のようなものですから、この島は」

今村もうなずいた。

「うむ、だが、理想をいえば三六〇度の射界が欲しい。現状では一六〇度が精いっぱいだからな」

すると山田が口をはさんだ。

「横手の死角に関しては、稲村ヶ崎の砲座と、内陸の片瀬山に設置する砲座、それに西側の平塚方面のトーチカ群で充分補えます。この砲座は、文字どおり敵戦艦一撃必殺の切り札として機能させることだけを考えてください」

今村は、うむと力強くうなずいた。

「この方面への敵上陸は、敵にとってまさに地獄絵となるだろうな。砲兵力だけで、志布志湾の三倍の密度が用意できる見こみだ。歩兵もおそらく、波打ち際に三個師団は展開できる。うまくすべての仕掛けができあがっていれば、敵の撃退も理論的には可能なだけの準備をしているのだ。少なくとも、この地で負ける気は私にはせんよ」

だが、今村の表情は晴れない。

そう、関東近辺で大規模な上陸が可能な個所となると、この湘南方面ともう一ヶ所、房総半島九十九里の長大な海岸線があるのだ。

この湘南の守りに関して、今村は持てる切り札のほぼ全部を使いきり、完璧な防備網を計画した。

しかし、九十九里ではそうはいかないのだ。

まず何より要塞陣地の構築が難しい。

この状況は、先の敵軍九州上陸での日向海岸に似ている。だが、こちらの海岸線のほうがより長大で、守るべき面積があまりに広すぎるのだ。

山田もこのへんの事情がわかっているので、今村の表情を読み、新たに言葉を継いだ。

「閣下の心配は、やはり房総半島ということになりますか」

今村が、肩をすくめながら山田を振りかえった。

「貴官に、何かいい考えでもあるのかな」

だが、山田は「申し訳ありません」と小声で言うと首を振った。

「残念ながら、障害物の設置で敵の侵入経路を絞りこむ以外の手だては思いつきません」

今村は前を向き直り、またゆっくりと内火艇に向かって歩きはじめた。

「まあ、何とか方法を考えなければな。場合によったら、大規模な機動戦が必要かもしれん。しかし、戦車や航空機をそろえられるかどうかは微妙だな」

一行が、内火艇に乗りこもうとした時だった。彼らの耳に聞きなれない爆音が届いてきた。

キーンという金属音。全員思わず空を振りあおいだ。

そこにオレンジ色も鮮やかな機体がまっすぐ沖に向けて飛んでいく姿がはっきりと見えた。高度は一〇〇〇程度、雲の下を飛んでいる。

翼の日の丸も、機体のオレンジ色同様に明るく見えるのは、それが試作機で、まさにピカピカの塗りたてである証拠だろう。

「あれは？」

まったくもって見慣れぬ機体に、今村が首を傾げ参謀たちに聞いた。

「ああ、あれでしたら、例のドイツ土産《みやげ》でしょう。海軍が昨日組み立てを完了し、厚木飛行場で実験を開始したと報告がありましたから」

金子という情報参謀少佐が空を見あげたまま答えた。

「すると、あれがジェット機か。かなりやかましい代物だな」

今村が、やはり空を見あげたまま言った。

なるほど彼らが見あげている機体には、プロペラがなかった。

試験飛行を行っているのは、ドイツ製のジェット戦闘機ハインケルHe280であった。

この機体は、世界で最初のジェット機開発に成功したハインケル社が作った二番目のジェット機であった。

二基のジェットエンジンを主翼の下に吊った双発のジェット機で、尾翼は双垂直尾翼が特徴であった。

一九四一年には試験飛行を成功させ、ドイツ空軍の新型戦闘機として素直に採用されるものと誰もが思った。

ところが、ヒトラーとハインケル社との確執が原因となり、この機体は制式採用を取り消されてしまった。

ふつうなら、ここで開発は中止となる。だが、ハインケル社では独自に改良を続け、制式採用をあきらめなかったのだ。

相次いで増加試作を行い、完成度を増した機体は、ついにドイツ空軍の爆撃機として採用が決定し、三〇〇機の発注がなされた。それだけ、機体の性能は満足いくものだったというわけだ。

ところが、またしてもこの発注は取り消され、ハインケルＨｅ２８０の制式機への道は完全に閉ざされてしまった。

このドイツ空軍の仕打ちに怒った社長のハインケル博士は、何とすでに生産の始まっていたこのＨｅ２８０を、強引に一〇〇機完成させてしまった。こうなったら、実物を盾に無理やりにでも買ってもらおうと考えたのだ。

しかし、それでもドイツ軍は首を縦にしなかった。だが、ハインケル社にとって思わぬ救世主が現れた。

それが日本だったのである。

このHe280は、日本から購入する空母二隻分の代金の一部に割りあてるという案が、空軍の内部から出て、結果的にこれが通ったのだ。

というわけで、ハインケル社は完成した機体一〇〇機と、エンジン二〇〇機分計四〇〇基をドイツ政府に買いあげてもらい、ドイツ政府はこれを日本にそっくり譲渡したというわけだ。

完成したジェット機は再び分解され、梱包され、日本へ戻る輸送船団、すなわち青木大佐の率いていたHG18Bに搭載され、地球を半周してきたのであった。

大西たちの活躍で、無事に台湾に到着した輸送船は、ここで積荷を潜水艦に載せかえた。こうして無事に横須賀にたどりついた潜水艦から、積荷はそのまま厚木飛行場に運ばれ、中島飛行機と空技廠の技官たちの手によってさっそく組み立てられた。

すでにドイツで完成機として試験を終えていただけに、一号機はあっさりと空に舞いあがった。

この操縦桿を握ったのは、空技廠実験部の菅野直《かんのなおし》大尉であった。

「こりゃすげえ、どこまでも速度が伸びるぞ！　安定感も予想以上だ。だてにでかい尻尾をつけてるわけじゃねえな！」

約束では、スロットルは半分までとなっていた。だが、菅野は最初の試験飛行で、いきなり速度七〇〇キロを叩きだした。

この日本が購入したHe280は、エンジンをハインケル製のHeS8aから、Jumo004に換装したタイプのものであった。推力が上がったので、尾翼も大型化した改良版だ。このため、ドイツ本国の試験では最高速度七八〇キロを記録している。おそらく、きちんと整備すれば日本でも同等の性能が発揮できると、技術者たちは確信した。

今村たちがたまたま仰ぎ見たのは、まさにその菅野大尉が日本人として前人未到であった時速七〇〇キロの世界に飛びこんでいった瞬間であったのだ。

第一陣として潜水艦で運んできた機体は、一〇機分であった。まずエンジンを優先して運べという指示があったからだ。

このエンジンのうち四〇基ほどは、そのまま群馬の中島飛行機本社工場に運ばれていった。中島飛行機では、すでにドイツからJumo004エンジンのライセンス権を取得しており、到着していた図面であらかじめ開発を始めていたのだが、現物の到着によって、この解析と量産化に向けての本格的な準備が始まったのだ。

中島知久平は、すでにこのエンジンを使った各種航空機の設計にも着手させており、その中にはかなり意表をついた代物も含まれているようであった。

というわけで、日本軍にとって、首都防衛のための真の切り札となる決戦号機の正体とは、ドイツ製のジェット戦闘機だったわけである。だが、これと同時にもう一つ、別の機体が名古屋の三菱工場に運ばれていた。実は、決戦号の本命はＨｅ２８０ではなく、このもう一機種のほうだったのだが、今村たちはそれを知らなかった。

この日本が、ジェット戦闘機を受け取ったちょうど同じ頃、ドイツ上空においても、ジェット戦闘機隊が初陣を飾っていた。

ただし、こちらはメッサーシュミット社製の双発戦闘機、Ｍｅ２６２であった。

なるほど、そのデザインを見ると、ハインケル社のものよりいくぶん進んでいる。主翼は大きな後退角を持ち、胴体も絞りこみの強い空力を考えた構造になっている。

だが、その性能自体はハインケルのそれと大差がないものであった。結局は、設計そのものというより、ヒトラーに対する貢献度、お気に入り度などが要因となり制式採用の可否が決定したようなものだった。

とにかくアメリカ軍の参戦により本格化した戦略爆撃であるが、ドイツ軍はついにこの迎撃に虎の子のジェット戦闘機を投入したのである。

合計一八機のＭｅ２６２戦闘機が、Ｆｗ１９０Ｄなどとともに、ベルリン爆撃に向かってきたアメリカ第八空軍所属のＢ17Ｇ型およそ一二〇機を迎撃した。

このジェット戦闘機の初陣で、ベルリンの防空を任じられていたルフトバッフェ《ドイツ空軍》でも最精鋭の部隊ＪＧ52に所属するＭｅ２６２戦闘機は、合計で一一機の米軍爆撃機を撃墜するという戦果を記録した。迎撃を受けた米第八空軍の航空兵たちにとって、プロペラを持たぬ飛行機は、文字どおり脅威に映ったに違いない。

米軍は、快速で飛ぶこのプロペラのない戦闘機についに一発の命中弾も与えることができなかった。まさに、ワンサイドゲームのデビュー戦となったわけである。

そして、このドイツ軍のジェット戦闘機隊が、華々しいデビューを飾ったのと同じ日、アメリカおよびイギリス軍は、さらなる衝撃を受けることになったのである。

報告は、ただちにワシントンに運ばれ、大統領以下の全員がその頬を凍らせることになったのであった。

「壊滅だと!?　いったい壊滅というのはどういう状態なのだ！」

声を荒げ、補佐官に詰めよっているのは、マーシャル米合衆国大統領であった。
補佐官は、思わず一歩退きながら答えた。
「ですから、すべての艦船が、その、沈められたか拿捕《だほ》されたということでありま
す……」
マーシャルの顔が、まるで赤銅《しゃくどう》のように赤くなった。
「何ということだ！　何のために護衛空母までつけていたのだ！　ドイツ海軍は、
空母の運用に長けていないから、まったく心配ないなどと言ったのはどこのどいつ
だ！」
マーシャルは癇癪を爆発させ、執務室のゴミ箱を力いっぱい蹴りあげた。中身の
書類クズが部屋に散乱した。補佐官はひっと首をすくめることしかできなかった。
彼をここまで激怒させた報告とは、アメリカを発って英国に向かっていた米軍の
輸送船団の一つが、ドイツ海軍の二隻の空母を擁する艦隊に襲われ、壊滅したとい
うものだった。
輸送船団には、一隻の護衛空母と七隻の駆逐艦が随伴していたのだが、これを含
めすべての艦艇、輸送船一〇隻と戦車輸送艦二隻、そしてタンカー二隻が、敵の攻
撃により沈むか拿捕されたという。

この襲撃の模様は無線でただちに報ぜられ、近くにいた別の船団の護衛空母が救援に向かったのだが、敵はすでに捕捉できなくなっていた。彼らが発見したのは、沈んだ多数の船の残骸と、おびただしい数の漂流者だけであった。

ドイツ軍の襲撃の手順を記すと以下のようになる。

まず、いきなり空母搭載機が襲ってきた。救助されたアメリカ軍の兵士は、見たことのない急降下爆撃機と雷撃機であったと証言している。

艦隊はレーダーでこの敵機の接近を察知し、護衛空母が一二機のF4F『ワイルドキャット』戦闘機を発進させたのだが、敵は二〇機以上の戦闘機を同行しており、たちまちこれに駆逐されてしまった。

ドイツ軍は、およそ四〇機の急降下爆撃機と二〇機の雷撃機を送りこんできていた。

実は、これらの機体はドイツ製ではなく、日本製のものだったのだ。日本軍は、二隻の空母に艦載機を満載の状態でドイツに売却していたのだった。米英の情報機関は、この事実をまったくつかむことができなかったのである。

急降下爆撃機はむろん『彗星』だ。面白いのは、その発動機が元々はドイツのダイムラー・ベンツDB601Bをコピーしたアツタエンジンであることだ。ドイツでは、この『彗星』をもとに、ライセンス化することが決しており、これはアラドAr209と呼ばれることになっていた。むろん、この機体に搭載されるのはオリジナルのDB601エンジンである。

そして、雷撃機。これも日本製の『天山改』であったが、ドイツはこれをコピーすることはせず、現在ブローム・ウント・フォス社に新型雷撃機の開発を命じている。かつて、フィーゼラーに試作させた機体では、すべての面で日本製の雷撃機に及ばないことが判明したからである。

ちなみに、護衛に飛んできた戦闘機だけはドイツ製であった。これはメッサーシュミットMe109Gを改造したメッサーシュミットMe209Tであった。主な改造点は、主脚配置の変更と航続距離の延伸であった。同じ型式名を持つ速度記録用の実験機とは、まったく別の機体だ。

とにかく、この艦載機の攻撃で、まず護衛空母と輸送船のおよそ半数が沈められた。

輸送船団は、当然これで攻撃が終わったと判断し、沈没船の乗組員救助を開始した。沈んだ船のうち数隻は陸軍兵士を満載しており、これが洋上に放りだされていたからだ。

だが、これが徒となった。

何と、今度は独戦艦の『ティルピッツ』と『シャルンホルスト』が現れたのだ。

この二隻は、空母よりかなり先行してこの船団をめざしていたのである。

戦艦の攻撃の前に駆逐艦は無力であった。米軍の護衛部隊は一時間の砲戦で壊滅、さらなる砲撃で大半の艦が沈み、白旗を掲げた二隻の輸送艦には、ドイツ軍兵士が乗りこみ、その場でキングストン弁を抜いて退去していった。

こうして、輸送船団の艦艇はすべてが海の藻屑《もくず》と消えたのであった。

最終的な集計が出たのは三日後であったが、実に海軍将兵三八〇〇名と一般船員四六〇名、そして陸軍兵士三三〇〇名がこの艦隊と運命をともにし、不帰の客となった。

まだヨーロッパの地を見ぬうちに、米軍の精鋭兵士一個連隊以上が消えたのだ。

いやそれだけではない。英軍が待望している新型戦闘機や多数の戦車も、海の藻屑となった。

激怒したのはマーシャルだけではない。そのマーシャルに責任を追及されること必至のキング海軍長官も、報告に激怒しきっていた。

「舐めすぎなのだ、馬鹿者が！　何のための護衛なのだ。敵が遊弋しているのは最初からわかっていたのに、警戒を怠っていたとしか思えん。責任者は帰還次第更迭だ」

だが、このキングの吼える声を聞いた秘書官は、ゆっくり首を振った。

「船団を率いていたウェドマイヤー准将は、艦とともに沈んで戦死しております」

すると、キングはふんと鼻息を荒く吐いた。

「それは残念だった。ぜひ吊るしあげてやりたいところだったがな。こうなったら、もう容赦はしないぞ、ジェリーどもめ。スプルーアンスの艦隊がサンディエゴに到着したら、そのまま補給終了後パナマから直接大西洋に向かわせて、ドイツのくそ空母を探させるのだ！」

「休息はいっさいなしですね」

秘書官が確認すると、キングは大きくうなずいた。

「そうだ、まだ日本本土への攻撃が残っているようなら、すべてキャンセルさせろ！　すぐに太平洋を横断させるのだ」

というわけで、海軍長官の優先命令が太平洋を渡ったことで、まだ北海道への攻撃を残していたスプルーアンスの第五艦隊は攻撃をすべて中止して、一気に太平洋に出るため、何と津軽海峡を突破していったのであった。

この方面には大型の軍艦は一隻もなく、日本軍も、北海道の一般住民たちも、目の前を悠々と通りすぎていく敵の大艦隊を呆気に取られて見送ったのであった。

実は、この時北海道の工業地帯を攻撃しなかったことが、アメリカ軍にとって思わぬ禍根になるとは誰も想像できなかった。

アメリカがこの時つかんでいた情報では、北海道の工業基盤はたいしたものではなく、戦争に直接的影響が出ないと判断されていたのだ。

だからこそ、スプルーアンスも本国からの指示に素直に従ったのである。

だが、実際には大きく違っていたのである。

そのことをアメリカが知るのは、およそ六ヶ月後のことである。そう、冬が訪れた時、アメリカ軍は日本の戦線の状況がすっかり変わるのを目撃することになるのだった。

しかし、この頃の日本は、米英の人々の目に「瀕死の鳩」程度にしか映っていなかったはずだ。

アメリカ軍の関心は、輸送船団壊滅とジェット戦闘機出現という事態によって、ほぼ完全にヨーロッパに移ってしまった。

どう考えても、まだできあがっていない戦線より、現在展開中の前線のほうがより真剣に対応しなければならないのは、素人でもわかる。

それなのにアメリカ軍とアメリカ合衆国政府は、そのセオリーを完全に失念しようとしていた。

またしても、米軍は大きな失敗を犯そうとしていた。それも、ちょっとした油断から……。

4

戦争指導委員会の招集は、二週間ぶりであった。敵の上陸が行われてからの全体会議は初めてである。

だが、委員にはやはり欠席者が目立った。特に情報機関の関係者は、岩畔《いわくろ》を除き全員欠席であった。当然だ。藤原などはすでにヨーロッパに潜伏していたのである。

日本軍は、そこで大規模な情報組織を作りあげようとしている。それを支えるのは、膨大な隠し資金であった。阿片と国民からの搾取で作りあげた闇の金は、兵器の購入だけでなく、こうした情報戦へも使われていたのだ。

現在、アジア各地でも情報部員が活動している。アジアでの諜報は、陸軍の磯田《いそだ》三郎《さぶろう》中将が取り仕切っている。この下に、海軍の児玉誉士夫《こだまよしお》中佐の組織なども組みこまれ、各種の水面下工作や情報戦を仕掛けている。

磯田は、昭和一七年春までアメリカの駐在武官を務めていたから、米国関係の情報にはすこぶる明るい。その男は現在タイのバンコクにひそみ、東南アジア各国と太いパイプを作ろうとしていた。そこにも潤沢《じゅんたく》に資金が提供され、日本の情報機関は、アジア各国元首の望むものをなるべく提供できるよう努力していた。

さらに藤原らがヨーロッパで仕入れた情報も、惜しみなくこれらの国に提供していたのである。

そうした事情を、少なくともこの部屋に居並んだ人間たちは知っていた。

杉山はだからあえて欠席者に関する話はせず、ただちに開会を宣言した。

「戦況は、決して芳《かんば》しいものではない。しかし、前線の兵はよく頑張っているし、とりあえず今日まで戦線の破綻は起きていない。これは評価していいだろう。だが、すでに今朝の定期報告で聞いているとおり、敵は日南方面の本格攻勢を開始する見こみだ。おそらく、こうして会議を行っている今も、敵は最終的な準備をしているはずだ。南九州を受け持つ百武中将からの報告では、今日の正午がおそらく敵の作戦始動時間であろうと読んでいる」

陸軍大臣の寺内が、挙手をして発言を求めた。杉山が寺内を指名した。

「敵の主攻は、南側ではなく北側からになる見こみのようですね。鹿屋を陥とした敵戦車部隊は、一昨日のうちに一度洋上に出て補給を行い、日向海岸に移動したとの報告です」

最後まで頑張っていた、大隅半島平野部の戦線、つまり鹿屋基地の防衛線は三日前の夕刻ついに突破され、大隅山岳要塞は完全に孤立してしまった。

だが、この方面の日本軍はまだまだ活発であり、米軍は無理に力押しはせず、兵糧攻めにする作戦を取るようであった。しかし、そんなことは最初から予想済みの日本側は、この方面にかなりの食糧と弾薬を備蓄していた。

米軍は、この大隅要塞を後まわしにして、先に日南方面を打通し、志布志から宮崎方面の交通路を確保、これを利用して兵力を増強し、一気に大分方面をめざそうと考えているのだった。

だから、戦車を北側に集めたのだ。狭隘な道が多く、高低差もある半島部に戦車を投入するのが危険であることを身をもって知ったからだ。

この方面で日本軍の速射砲や自走砲の餌食になった戦車は、上陸からこっち八〇両に迫っているのだった。

だが、米軍はある大きな落とし穴を見逃していた。

それはともかく、寺内の問いに杉山は答えた。

「まずその観測に間違いないだろう。となると、やはりこの圧力を分散させるには、中部軍区の師団を充てるしかないということだな」

寺内が、そのとおりというようにうなずいた。

「中部軍区の下村中将から、一部反撃の許可申請が出されています。これを少し委員会として諮《はか》ってもらいたいのですが」

一同が視線を交錯させた。

読売新聞社社長の正力《しょうりき》が発言を求めた。

「陸軍は、大規模な反撃は行わないと言っておったのではないですかな」

寺内が一度うなずいてから、申請のあった攻撃の趣旨を説明した。

「この反撃は全面的な攻撃ではなく、敵のいわば出鼻をくじくことを目的とした限定攻撃です。このため攻撃は夜間のみ、そして攻撃後は再び内陸に引きあげるという前提での作戦です」

今度は海軍から質問が出た。挙手したのは源田実であった。

「敵機の空襲に対する警戒はどうなっています？」

数日ほど前からであった。突如米軍は夜間爆撃を開始した。大型機だけでなく、艦載機も夜間の攻撃に参加してきたのだ。どうも小型機に搭載可能な夜間用の暗視装置、ないしは電探を開発したようなのだ。

これに対し日本は、とりあえず電探を装備した双発戦闘機は用意してあったが、数が不充分で、あまり戦果はあがっていない。おまけに相手が単発機だったら、格闘戦にも持ちこめず、逃げるしかないのが実情だった。

「下村司令官の案では、最初から一気に混戦に持ちこむ肚のようだ。これなら、敵は精度の落ちる夜間空襲を行わないだろうというのが、参謀本部の読みだ。どうしても不安なら、海軍の夜戦を戦場に投入してはくれまいか」

寺内に聞かれ、源田は山本海軍大臣のほうに視線を向けた。

海軍は、数ヶ月前から単発の夜間戦闘機の研究を行っており、すでに『雷電改』を使ったこの単座夜戦を数十機準備していた。だが、まだ時期尚早として部隊は関西にとどまり九州への進出を見あわせていたのだ。

山本は、腕組みをして「ふむ」と首を傾げると、太い声で答えた。

「一晩限りなら、むしろ航空援護はせんほうが無難だろう。あまり、こちらの手の内を敵に見せるのは得策ではない」

というわけで、海軍は航空機を派遣しないことに決した。

「では、この攻撃を認めるという方向で話を持っていってよろしいですかな」

寺内が確認すると、一同は無言でうなずいた。続いて、杉山は今村を指名し発言を求めた。

「首都防衛に関する報告がまだ完全ではないが、どうなっておるのかな」

今村は、大きくため息をつきながら立ちあがった。

「申し訳ありません。どうにも九十九里方面の防備が難物でして、こちらの作戦がまったくまとまらないのが現状です。湘南の守りに関しては、ほぼ鉄壁のものができたと自負しておるのですが」

これを聞いて、杉山は顔をしかめた。

「東京を攻めようとした場合、どうしてもこの房総方面と湘南方面は、一対での防御を考える必要がある。そのうち、片方だけが完璧であっても何の意味も持たない。もう片方が手薄なら、東京の防衛は事実上破綻したのも同然ではないか」

しかし、この発言に寺内が反論した。

「そもそも、この方面は守るには適しておらん場所です。そうそう簡単に作戦が決するはずがありません。ここは、じっくり時間をかけて完全な防衛態勢を作るべきでしょう。焦らせてはいけません」

杉山が「すまん」とひと言呟いた。

「私も焦っているのかもしれんな。実際、日本の国土が戦場になっているという現実の前に、あれほど持久戦を戦うのだと叫んでおきながら、内心では何とか敵を追い落とせぬものかと模索している。こうした二律背反《にりつはいはん》が、指揮の混乱を招くのだな。ここは一同気を引きしめ直して、初心に返った作戦を考えてみるべきかもしれん。どうだろう、次回の会議まで、この場の全員が何らかの防衛策を考え、持ち寄るというのは」

一同が顔を見あわせ「いいですね」などと呟いた。こうして、作戦を策定しきれなかった今村は叱責をまぬがれた。

この日、会議では新たなる決戦兵器の製造配分や、新規に召集した兵の配分、そして大陸方面からの兵力移動などに関する話が延々と続いた。

そして、その会議の最中に、九州の前線から報告が寄せられたのであった。

「敵が日南の市街地に突入しました。同時に、宮崎市内方面から鰐塚陣地ならびに岩壷要塞方面への侵攻も開始されたとのことです」

報告を聞いて一同は時計に目をやった。午後零時三分。なるほど、百武中将の読みは当たったようだ。

「前線部隊には、奮戦を期待する旨の激励を打ち、そのうえで無謀な抗戦を避けることを忘れぬように、釘を刺してくれ」

杉山が連絡士官にそう告げた。

士官が去ると、杉山は呟いた。

「そろそろ、本当の意味での正念場になってきたかもしれんな。ここでもう一度敵を驚かせないと、一気に突き崩される危険もある。何とも難しいところに差しかかったものだ」

この呟きに、山本海軍大臣は、まるでひとり言のようにこう返していた。

「この先、毎週一度は山が来るでしょうな。全部乗りきらねばならんのが、何とも辛いところですが、これが宿命というものです」

戦争指導委員会からの激励は、すぐに九州の前線に飛んだ。

御在所岳のひときわ頑強な陣地に置かれた南九州軍区司令部では、この激励を受け取ると、あらためて攻撃を受けている各要塞陣地の兵に叱咤を飛ばした。

「夜までは持ちこたえろ。夜になったら、中部軍区から東京兵団が押し寄せてくる。

それまでの辛抱だ」

その頃、夜の反撃に備えて中部九州軍区の兵はすでに、小林から都城方面にかけ集結を開始していた。

中核になるのは歩兵第一師団と歩兵第三五師団、そして戦車第一師団である。

彼らは米軍の偵察機の目を避け、坑道や森の中を抜け、攻撃開始地点をめざす。

その総数、およそ二万五〇〇〇名。現在、日南方面へ攻撃中の敵総兵力は七万を超えているが、これら東京兵団が横腹を突こうとしている敵は、歩兵七個連隊に戦車二個連隊程度の兵力だ。日向方面の敵は、広大な占領地域を守るため一個師団半以上の戦力を分散して配置せざるをえなくなっていたのだ。つまり正面から激突する兵力では、日本軍のほうが優勢という、この戦争始まって以来初めての状況が現出しようとしていたのである。

正午に攻勢を開始した米軍は、まず砲撃で徹底的に陣地を攻め立てた。

激しい砲撃は大地を揺るがす。例によって、海からは海軍の軍艦も砲撃に協力するが、今回は戦艦の援護はなかった。

というより、ここ五日間ほど、米軍は戦艦を沿岸地域に接近させていなかった。

現在この海域にある戦艦は、すべて空母部隊の護衛に入っているのであった。

これはやはり、スプルーアンスの艦隊が抜けたことで、戦艦の手薄感が一気に強くなったためだ。

やはり上陸前の戦艦四隻損失は手痛かった。

それでも、日本の軍艦が出てくる懸念がないのであるから、必要とあれば戦艦による陸軍援護はいつでも行うとニミッツはマッカーサーに告げていた。

だが、現在のところその必要は感じない。上陸部隊指揮官のパッチ中将は、そうマッカーサーに報告している。だから今回は戦艦の姿がないのである。

［オレンジ］方面、つまり宮崎方面から攻勢を仕掛けているのは、陸軍第四一師団と第二五師団の一部である。それぞれの師団がかかえる戦車大隊は一時的にこの戦線に移った第一機甲師団の戦車連隊に組み入れられていた。というのも、第一機甲師団は、志布志から鹿屋に向かう戦闘でかなりの損害を被っており、すでに二個大隊相当の損害量を出していたのだ。

九州に上陸した米軍の機甲部隊は二個戦車連隊と一個支援連隊、そして一個工兵大隊で構成されていた。これは、便宜的に作られた臨時編成で欧州派遣軍ではまったく違う構成になっていた。

一個戦車連隊は三個戦車大隊でできており、一個大隊は中戦車三個中隊と軽戦車一個中隊で編成されていた。

師団付属の戦車大隊の場合は、これに管理中隊と大隊本部、突撃砲または自走砲小隊が付属するが機甲師団ではこれは支援連隊に含まれる。機甲部隊麾下の支援連隊には、自走砲大隊が配備されているのだ。

というわけで、現在宮崎方面から徐々に敵要塞に迫っている米戦車の内容は、中戦車が合計一六個中隊、実働車両は大隊本部、連隊本部を含めM4A3『シャーマン』一二四両、軽戦車が五個中隊、M24『チャーフィー』六八両という圧倒的な数であった。一部の戦車部隊は志布志方面に残っているので、このような数字となっている。

さて、この敵戦車部隊に挑もうとしているのが、日本陸軍の戦車第一師団であった。

斉藤師団長に率いられた戦車師団は、初めてそのすべての部隊が、同一作戦に投入されることになった。

戦車第一師団は四つの戦車連隊をたばねている。軍縮で再編成された時に強化されたのだ。各連隊の段列を除いた戦力を見てみよう。

戦車第一連隊は、四式突撃砲と三式中戦車を装備。現在、突撃砲が二二両と三式中戦車が四両の兵力だ。

戦車第二連隊は、四式中戦車と一式中戦車の編成。四式は二〇両、一式は八両残っている。

戦車第五連隊は、三式中戦車と四式軽戦車装備の部隊。まだ実戦を踏んでいないため、三式三三両、四式一二両の定数がそろっている。

戦車第六連隊は、四式突撃砲と四式軽戦車の編成。一部部隊が西大佐指揮下の第一戦車連隊の援護戦闘を行い損耗したため、四式突撃砲が三〇両、四式軽戦車が八両の戦力となっている。

数字的には、やはり日本軍が不利に見える。だが、戦車部隊の将兵たちは表情に余裕があった。というのも、自分たちの戦車が決して性能的に敵戦車に劣っていないことをみなが熟知しているからだ。

装甲が薄い一式や三式中戦車でも、敵の軽戦車を相手にすれば互角に戦える。そして、四式突撃砲も四式中戦車も確実に敵のM４戦車を仕留めることができるのだ。

彼らは夜が訪れるのをじっと待った。おそらく、これが帝国陸軍戦車部隊の歴史に残る一大決戦になることは間違いなかった。

自分たちは必ずこれを勝利のうちに終えてみせる。各連隊長はそう心に誓い、出撃の瞬間を心待ちにしているのであった。

そして夜の帳が下り、米軍にとっての悪夢の夜が訪れた。

日本側の反撃の最初の一撃は、柳岳の重砲部隊からの一斉砲撃であった。時刻は午後七時四〇分、日没直後の攻撃だ。

二〇センチクラスの砲弾が突如降り注いだことで日南方面の敵は一気に動きを止めた。

この砲撃を見て、逆に宮崎方面の米軍は攻勢の手を強めた。敵の圧力がこちらに向かう前に少しでも敵陣に食いこもうと考えたのだ。そこで戦車部隊が前面に立ち、じわじわと前進を開始した。

これに対し日本側は、当初は速射砲や噴進筒で対抗していたのだが、やがてそれが一気に手薄になった。

米軍は好機とばかりに、一気に戦車の速度を上げようとした。ところが先陣を切っていたM４戦車が数両立てつづけに炎を上げて擱座《かくざ》した。

最初米軍は、新たな連射砲陣地に遭遇したのかと思ったようだ。しかし、数十秒後に彼らは自分たちの直面した事態を理解した。

部隊の右手方面から、長い砲身を持つ敵戦車が突進してくるのが見えたのだ。

「敵の戦車だっ！　例の『タイプ4』らしい。警戒しろ！」

まっ先に敵に斬りこんだのは、島田大佐の率いる四式中戦車の部隊であった。

島田は、敵のM4の主砲では近距離射撃にならない限り自分の戦車の装甲が破れないのを熟知していた。そこで、まず敵の前面に飛びだし攪乱し突撃砲部隊が網を張る方向に敵戦車を誘導しようと試みたのであった。

「撃て、照準できたら片っぱしから撃っていけ！」

島田は無線に怒鳴る。

四式中戦車の主砲が吼えるたび、敵の戦車が一両、また一両と吹っ飛んでいく。やはり長砲身七五ミリ砲の威力は大きい。

「後退しろ、距離を開いて援護射撃を要請するんだ！」

米戦車部隊指揮官は敵戦車のほうが圧倒的に強いことを認識し、全部隊に後退を命じた。だが、この時にはもう島田の戦車隊はかなりの距離まで接近しており、砲兵の援護を受けられる状況ではなかった。

そこで、米側は敵の後ろに回りこむ作戦を考えた。見たところ、敵戦車はせいぜい二〇両程度。五〇両以上の中戦車が側方や後方からつるべ撃ちすれば、何とか倒せると考えたのだ。

四個中隊ほどの中戦車が一気に移動を開始した。いくら四式中戦車でも、これだけの数を一度に仕留めるのは不可能だ。

だがこの動きこそ、日本側が誘っていた動きそのものなのだった。

「鴨が来た。一気にやるぞ！」

双眼鏡をのぞいていた西大佐が叫び、砲手の頭を膝で蹴った。

西は突撃砲のハッチを開き、上半身を乗りだしていたのだ。

ほぼ同時に、三〇本以上の火箭がひらめいた。四式突撃砲が装備する七五ミリ速射砲の一斉射撃だ。

あっという間に、米軍のM４戦車一六両が吹き飛んだ。

「さあ、派手にぶっ飛ばそうか！」

西の号令一下、突撃砲は戦場に躍りでた。同時に、ほかの中戦車部隊も一気に戦場へ突入を開始した。

闇の中から躍りでてきた大量の戦車に、米軍の兵士たちは完全にパニック状態におちいった。

「敵の戦車の大軍だ！　助けてくれ！　援護頼む、援護頼む!!」

無線機はそこら中から悲鳴を運ぶ。もはや、米軍は組織的戦車戦闘ができる状況ではなかった。

米第一機甲師団は、日本陸軍の戦車第一師団の奇襲攻撃によりその指揮能力を一瞬で喪失してしまったのであった。

こうなると、もはや勝負の結果は明らかである。戦闘は深夜一時過ぎまで継続した。そこで斉藤師団長は全軍に退却を指示した。

これ以上の深追いは被害を増やすと判断したのだ。実際、この時点で日本側も少なからぬ被害を出していたのだから、この判断は正しかったろう。

夜が明けた時、日米両軍の兵士が見たのはまさに戦車の墓場であった。

この一夜の戦闘で、米軍は六五両の戦車を失った。Ｍ４が四一両、Ｍ24が二四両という内訳である。

日本側も、四式中戦車二両、四式突撃砲五両、一式中戦車四両、三式中戦車一一両、四式軽戦車三両を失った。

日米両軍合わせ一〇〇両近い戦車の残骸が、宮崎平野の片隅にばらまかれている。

生き残った米軍の戦車兵たちは、再度前線に出るのを大いにためらった。いつまた、あの敵戦車が現れるかわからないという恐怖心に襲われたのだ。

自分たちの撃った弾が敵の装甲で弾かれ、敵の撃った弾が味方戦車に吸いこまれ

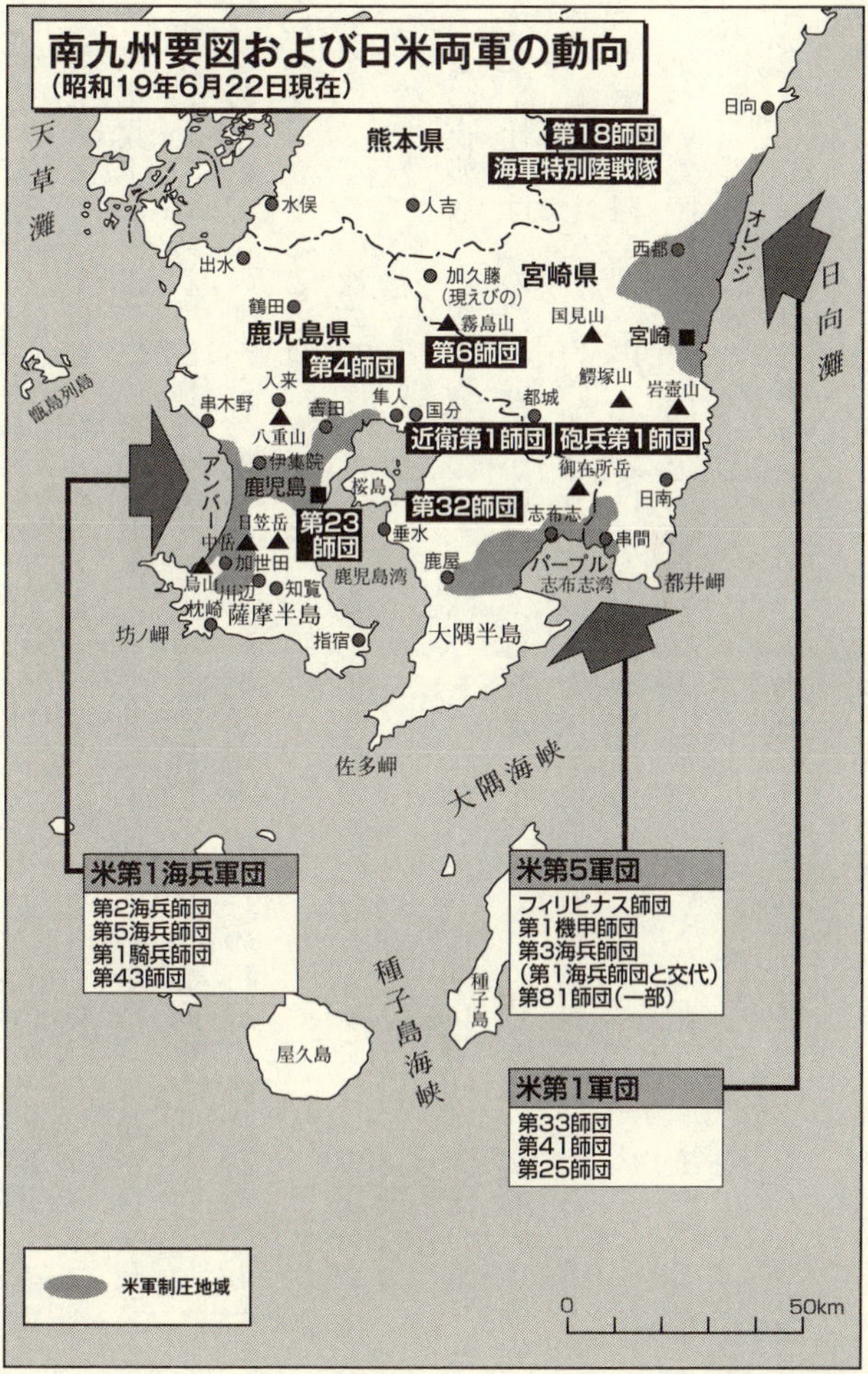
南九州要図および日米両軍の動向
(昭和19年6月22日現在)
天草灘
熊本県
第18師団
海軍特別陸戦隊
日向
水俣
人吉
西都
オレンジ
出水
加久藤
(現えびの)
宮崎県
日向灘
鶴田
霧島山
国見山
鹿児島県
第6師団
宮崎
第4師団
甑島列島
入来
鰐塚山
串木野
隼人
都城
岩壺山
八重山
吉田
国分
近衛第1師団
砲兵第1師団
伊集院
御在所岳
アンバー
鹿児島
桜島
日南
第32師団
志布志
日笠岳
第23師団
中岳
垂水
串間
加世田
鹿屋
パープル
烏山
川辺
知覧
鹿児島湾
志布志湾
都井岬
枕崎
薩摩半島
坊ノ岬
指宿
大隅半島
佐多岬
大隅海峡
米第1海兵軍団
第2海兵師団
第5海兵師団
第1騎兵師団
第43師団
米第5軍団
フィリピナス師団
第1機甲師団
第3海兵師団
(第1海兵師団と交代)
第81師団(一部)
種子島海峡
種子島
屋久島
米第1軍団
第33師団
第41師団
第25師団
米軍制圧地域
0
50km

て爆発する光景を彼らはまざまざと見せつけられたのだ。こういった心理になっても誰も責めることはできないだろう。

米軍兵士は、まさに一夜の悪夢のような敵戦車部隊の襲撃に、少なからず戦意を喪失したのである。これは味方戦車の惨敗を目撃した歩兵も同様であった。

このため、この朝からの攻勢は、上陸部隊司令部からの再三の督戦命令にもかかわらずはかどることはなかった。

そして、この次の夜、今度は日本軍の歩兵部隊が敵陣へと斬りこみ攻撃をかけてきたのであった。

この夜襲も、米側の警戒の裏をかいたものになった。東京兵団は日南側の敵に総攻撃を仕掛けたのだ。戦線がほぼ一キロ後退したところで、日本軍は突如引き潮のように退却していった。米軍兵士は、ただ呆気に取られてそれを見つめることしかできず、戦線を押し戻すことはできなかった。

気づいた時には、要塞陣地の敵兵が後退し放棄していた陣地をしっかり取り戻し、抵抗線を再構築していた。

こうして、米軍は日南方面への攻勢を失敗のうちに停止せざるをえなくなったのであった。

だが、このわずか四日後、米軍は再度の総攻撃を開始。今度は日本側も反撃することができず、岩壷要塞は六月二八日に至りついに陥落した。結局、あの大規模な反攻も、戦争の大局を左右するたぐいものではなかった。ということである。

米軍はこうして鹿児島から宮崎のほぼ全海岸線をその手中におさめたのであった。

だが、その戦線の後方でも、日本軍は、そして日本のゲリラ兵士たちは、抵抗の戦いを続けているのだった。

それは、必ずいつか、自分たちの戦いが報われる。そう信じる、祖国を守る戦士たちの抵抗なのであった。

米軍は、まだその愛国者たちの真の恐ろしさを知らなかった。

彼らが、その恐怖に震えることになるのは、上陸軍司令官のアレキサンダー・パッチ中将が、南九州の制圧を宣言した昭和一九年七月一日以降のことであった。

確かに、大規模な戦闘は、この日を境に下火になった。

だが、日本国民にとっての真の戦いは、まだまだ始まったばかりなのであった。

第六章　戦場断片

1

しのつく雨が阿蘇の山並みを覆いつくしていた。秋の長雨をもたらす前線が、九州中部付近に停滞しているのだ。

その雨の中、低い砲声が断続的にこだましている。

難攻不落をうたう阿蘇南西麓に広がる山岳要塞の一角に、米軍が砲撃を続けている。ここを突破すれば、阿蘇のカルデラ内にある日本軍の要衝陣地を一気に席巻《せっけん》できるのだ。

この地点への攻撃は、すでに二週間も続いていた。

だが、山岳地帯に突入した米軍は、日本軍の戦線をいまだに突破することはできなかった。

それでも米軍に焦りはない。それは、すでに平野部の戦線が戦略的に充分足る前進をこなしているからだろう。

九州東岸の戦線では、陸軍部隊が国東《くにさき》半島まであと一歩という位置まで進出していたし、西岸でも海兵隊が熊本市内へ突入を成功させていた。鹿児島方面から山岳部に踏み入った部隊も、じわじわとだが前進を続けている。

平野部の侵攻で日本の主力部隊を北九州に追いこめば、頑強な中部山岳地帯の要塞群を両面攻撃から、やがては完全包囲攻撃できる見こみなのだ。

そうなれば、退路を断たれた阿蘇および五木周辺の日本軍は、現在陥落目前の霧島要塞同様日干しになるだろう。

米軍は焦って重厚な陣地に突きすすむ必要はないのだ。必要なのは確実に敵を圧倒する戦力での重包囲なのである。

必然的に歩兵の攻撃より砲撃や爆撃の頻度が上がる。

現在も砲撃の続く前線を見あげる位置にある歩兵の塹壕線。そのさらに後方に、従軍記者たちの視察場所が設けられていた。

最前線近くにこうした施設を設けられるのも、敵を押しつづけているがゆえの余裕ということであろう。

なるほど、この位置からなら砲撃にさらされる敵陣地の大半が見わたせた。

現在その前線の見学場所には軍の報道官のほかに、数人の新聞記者やカメラマンが詰め、米軍による激しい砲撃の様子を視察していた。

「たぶん、北九州一番乗りは、クルーガーの軍団じゃないかな。海兵隊はけっこうもたついているよ。みなは、ここにじっとしていていいのかな？」

レインコートのフードの奥から、よく見えぬ雨の向こうを見すかしながら居並んだ一同に訊いたのは、従軍記者のアーニー・パイルであった。

米国でもっとも著名なコラムニスト。ヨーロッパでの戦争が始まると英国に飛んでいき、その実情を米国民に伝え参戦意欲を高めてくれた、マーシャル大統領にとってみれば参戦意識を国民に与えてくれた実にありがたい人物であった。

アーニー・パイルの書く文章は、アメリカの一般家庭に戦争に従事する兵士たちの実生活をきちんと伝えてくれるので、銃後の家族を不安から解放してくれると評判であった。それは、彼の書く文章がきちんと兵隊の視線に立っていて、余分な緊張感を与えずに戦場の実像を描きだしているからだ。

息子を戦場に送りだした母たちは、アーニーの文章に出てくる兵士たちに自分の愛すべき息子の姿を重ね、国のために戦っていることに安堵する、というわけである。

こうした効果を持つアーニーの文章を、最大限に利用するのが戦争省の務めだ。激戦の場にまずは彼を送り、死んでいった兵士たちが決して無駄死になんかじゃなかったと市民に納得してもらう記事を書かせるのだ。

アーニーの筆は、実に叙情豊かに、倒れていった兵士たちの貢献を称え、戦場を彼らの晴舞台として描いてくれた。米軍にとって、アーニーは実に格好の宣伝媒体なのである。

というわけで、彼がこの対日戦争の戦場に送りこまれたのは、彼の筆でこの「望まざる戦争」を米国民にとって「必要な戦争」であったと認識転換させる手助けをしてほしかったからだ。ちなみに、この望まざる戦争というスタンスは、米国議会と軍部が作りあげた対日戦争の偽りの標榜《ひょうぼう》である。

現実は米国こそがこの戦争の開始を強く望んでいたのは、説明するまでもない。

しかし、売られた喧嘩というスタンスは、あまりに無理がある。そこで政府のゼネラルスタッフが知恵を絞って作ったのが、この「気が乗らぬまま」出ていった戦争が、実はアメリカが進める世界平和にとって「必要不可欠な」戦争だったのだというシナリオなのだった。

むろん、これはアメリカ政府の一方的なシナリオであり現実は逆だ。この戦争はアメリカにとってまったく必要ないものであり、アメリカ兵が日本にいる必要など微塵もないのだ。アーニー・パイルにしても、その背景は熟知している。

だが彼はこれまでのところ、米国政府を皮肉るような筆をとってはいなかった。彼は以前と変わらず淡々と戦場の兵士の横顔だけを描いている。米軍首脳部にしてみれば、アーニーは良い仕事をしているという評価になるわけである。

だが、本人が納得してこの仕事をこなしているのかは謎である。アーニー自身が、軍人それも士官を相手にすると極端に寡黙《かもく》になるからだ。前線の宣伝担当士官は、誰一人アーニーとは懇意になれない。

彼はむしろ兵士や一般市民と話すことを好んだ。それと同じ従軍記者たちも。彼が本当に操り人形なのかどうか、記者仲間も見ぬけない。いつも愛想良く笑う男は、決して本心をのぞかせない男でもあるようだった。

そのアーニーが発した北九州一番乗りは誰かの質問に、少しの間を置いて一つの答えが返ってきた。

「誰が一番でも関係ないですよ。常にその最前線に自分がいることが重要です。もし東側が前進したなら、ジープを飛ばしてそこに行くまでのことですよ。もっとも劇的な写真、それさえ撮れれば目的は達成できるのですからね」

答えたのは、従軍カメラマンのロバート・キャパであった。

彼は戦場が遠すぎるので、戦場ではなく近くの塹壕にうずくまる兵士を撮っただけでカメラをしまい込んでいた。ヘルメットからしたたる雨を気にせず、じっとかすんだ景色を見つめる瞳は獣のように険しい。

その獣のような瞳の男に、アーニーは小さく首を傾げてささやいた。

「望みがかなってアメリカ人になった今でも、君は貪欲でありつづけているね。なぜ常に被写体を探しつづけ、危険な場所に飛びこむのかね君は？」

アーニーの問いかけにキャパは「さあ」といって曖昧に笑った。

「君はもう充分に名誉を手に入れた。そうじゃないのかね？」

なおもアーニーに言われると、キャパはふっとため息を漏らした。

「私が手にしたのは名誉ではなく、おそらく虚栄でしょう。私は、まだ階段を一歩昇ったにすぎない。だから戦場を駆けているのでしょうね。もっとも本物の名誉とやらを手に入れても、私の性格が変わるとも思えない」

アーニーが、解せないねといった感じで眉を寄せた。

「私には君のことがよくわからないよ、ボブ。間違いなくカメラマンとしての経歴そして実績では、ここにいるものの中で抜きんでている。それなのに、君は一番の新人のように常にガッガツと被写体を追う。だが、君が金のために写真を撮っているのでないことを私は知っている。君という人間の根底にあるのは、いったいどんな欲求なのかね？」

キャパは、アーニー・パイルを振りかえりながら遠慮がちに言った。

「戦場カメラマン、ロバート・キャパは、常に勇敢なるアメリカ人カメラマンでなければならなかった。それだけのことですよ。このキャパという『創られた男』の皮を一枚はがせば、そこには卑屈で見栄っぱりなハンガリー人がいるだけです。故郷を愛しながら、祖国を憎む哀れな男でもあるかな。そいつが、言うのですよ。キャパは、こういう男だ。だから、お前はこうしなければならないってね」

何となく、キャパという男の哀愁が見えた気がして、アーニーは肩をすくめた。

「この戦争を撮ることに、君はどんな意義を感じているのか興味があるな。ヨーロッパにいるなら、君はナチという憎むべき素材をにらみすえられるだろうが、日本という辺鄙《へんぴ》な場所に、君は戦争の意義を見つけているのかね？」

キャパは、アーニーの質問に少し唇の端を歪めながら答えた。何となく、哲学的な答えを期待された気がした。だが、キャパはストレートに思うことだけを答えた。

「意義、さあ、そんなものを感じたことがかつてありましたかね。私は、真実というものを戦場から切りぬいて、安穏《あんのん》と暮らす無知な人々のもとに送り届けているだけですからね。私は、戦争を撮るためにここにいるだけですよ。これがヨーロッパであっても、基本は変えないつもりですよ」

アーニーはゆっくり首を振った。

「それは、君自身にとっては正直な答えなのかもしれない。だが、真実はきっと違う。最近、自分の撮った写真を見たかね？」

雨がざっと激しくなった。キャパは、静かに肩をすくめた。

「フィルムごと送ってるんですよ。新聞に載ったやつなら、何日か遅れてここにやってきますが、ネガはもう数週間見てないですね」

アーニーは、塹壕の中でじっと前線を凝視する兵士たちの背中を見つめながらキャパに言った。

「その新聞に載ったやつでいい。君のここ一ヶ月ほどの写真は、ずっと何かを訴えつづけているように私には見える」

「訴える？　何をです？　私の写真にあるのは、戦場という名のメッセージだけですよ」

アーニーは、レインコートの懐に手を入れ、一折の新聞を取りだした。本国から送られてきたNYタイムズだ。アーニーはそのトップページをキャパに突きつけた。

「先週、君が撮った写真だろう。私はこれを見て、ある感慨を持った」

アーニーが差しだしたページには、確かにキャパが撮った写真が載せられていた。その写真は、この九州の戦場であまり人気《ひとけ》のない集落に火をかけている米海兵隊員の姿であった。

キャプションは「日本の非道な軍事行為を防ぐため、集落を焼き払う海兵隊員」となっている。

ゲリラに悩まされつづけている米軍は、こういったゲリラの基地化の懸念される集落を焦土化する作戦を実行していた。

この写真の隅には、暗い目をした数人の日本人の少年が路傍《ろぼう》に座りこみ、うつろに米兵を見あげている姿が写っていた。

アーニーは、キャパの目をのぞきながら静かに言った。ほかの人間に聞こえないよう極力小声で。

「君も本心では、この戦争が我々の戦争でないことを理解している。違うかね？」

キャパが急に笑いだした。いきなりささやかれたその言葉が、彼にしてみればあまりに意外だったのだろう。

「まさか、あなたの口からそんな言葉が出るなんて！　驚いた。アメリカ政府の先棒《さきぼう》かつぎだとばかり思ってましたよ！」

アーニーは苦笑しながら首を振り、もう一度言った。

「この戦争はまやかしだ。だが、俺は金が欲しい。だから仕事はする。ところがね、少々疲れてしまった。そんな時、君の写真を見て、虚栄のプロパガンダに嫌気を覚えてしまった。君も、この戦争がアメリカにとって不必要だと充分理解しているのだろう。この写真は無意識にそれを体現している」

キャパは、急に真顔になって周囲を見た。誰も二人には注目していないようだ。ちょうど砲撃が小やみになり、それぞれ談笑に夢中なようだ。

キャパは、やはり声を低くしてアーニーに言った。

「私は、やはりアメリカ人になりきることはできないようですね。これで二度目ですよ、その言葉を聞いたのは。だが、いまだに私はその示唆することすらつかめずにいる」

答えながらキャパは何度も頭を振ってみせた。

「誰に聞いたのかね、同じ台詞《せりふ》を」

アーニーが意外そうな顔でキャパに訊いた。

「パパですよ。三日前に占領統制官が前線視察しに来たでしょう。あの時、ミスター・ヘミングウェイが同行してきて私に漏らしました。少し不機嫌そうな感じでね」

キャパの言葉に、アーニーはすぐ問いかえした。彼の目が大きく見開かれていた。

「君は、その言葉をどう受け取ったのかね？」

キャパは少し考えながら答えた。

「彼はアメリカ政府にとっていい宣伝屋ですから、いろいろ優遇されてますが、それでもいろいろ気に入らないことがあるのだと、その時は受け取りましたよ」

アーニーは真顔で首を振った。

「パパは本気で怒っているのだろう。私にはわかる。若い兵士が無意味に死んでいくのを何より嫌う人だからな」

「怒っているのですか……」

キャパはちょっと首を傾げてみせた。だが、アーニーは彼の感情を読みきっている様子であった。

アーニーはキャパにぐっと顔を寄せて言った。

「前線にいると、よくわかるはずだ。兵士たちの間に流れている空気がね。パパは、すでにこの戦争が自分たちの戦争ではないことを理解している。これは、まぎれもなくまやかしの戦争だ。いや、ワシントンの連中のためにだけ行われている戦争だ」

アーニーの言葉にキャパは露骨に眉をひそめた。

「難しい話だ。私にはこれ以上理解したいという意欲が湧かない。戦争と政治が表裏一体というのは理解できますが、アメリカの政治家の心中まで考えるのは、私の趣味ではない」

この言葉に、アーニーは明らかに表情を曇らせた。

「君は……」

何かを強く言おうとして、アーニーは途中でそれを止めた。そして、ゆっくりと首を振りキャパの肩を叩いた。

「すまなかった。君は君なりに、いろいろなものを背負っているのを忘れていたよ。今の話は忘れてくれ」

キャパは、頬をつたう雨を指先でぬぐいながらアーニーに言った。

「もし『何かが間違っている』、それを自分で確信できた時、私はアメリカ人になったことを後悔するかもしれませんね。でも、これだけは言えます。どの国の兵士たちも、自分から望んで人を殺しているわけではないってことはね」

アーニーは大きくうなずいた。

「そのとおりだ」

砲声が急に激しくなった。どうやら観測射撃が終わり、一斉砲撃に移ったらしい。談笑していたほかの記者たちもあわてて視線を戦場に戻していった。

「あの下にはいたくないものだ」

アーニーはそう呟くと、レインコートの前ポケットに両手を突っこみ、キャパに別れを言って歩きだした。戦闘が激しくなれば、もう自分の見るべきものはない――暗に態度でそう示していた。

ほかの記者が動かぬ中、アーニーは一人観測所の下手にある車だまりへと歩いていった。

アーニーは、ぬかるんだ道端に停まったジープの助手席に潜りこんだ。

運転席には、やはり従軍記者のピーター・ローランドが乗りこんでいた。彼は最初から観測所には上がっていなかったのだ。

「取材は終わりかい、アーニー」

「見るものなんぞありはしない。蒼ざめた若い兵隊の顔はどこに行っても同じだ。この砲撃の音だけで取材は十二分だ」

ローランドは首をすくめた。

「確かに、こんな砲撃にさらされている日本兵には同情するね。しかし、政府は何を考えているんだろう。このまま九州の戦線を強化していけば、九州全域の占領だってそう遠い話じゃない。それなのに新規作戦の準備を急いでいるってのは、どういう魂胆なんだろう」

ローランドがゆっくりジープを進めはじめた。

「ヨーロッパさ。ワシントンの連中には、ヨーロッパしか目に入っていない。そのヨーロッパ反撃の第一歩が思うように進まない。その焦りを覆い隠したいから、この日本で大きめの花火を仕掛け、国民の目をそらせたいのさ」

アーニーが説明すると、ローランドがなるほどとうなずいた。

「ありそうな話だ。じゃあ、シチリア上陸は本当に延期になったのかい？」

するとアーニーは大きく首を振ってみせた。

「さすがにそんな情報、生《ナマ》では聞けないさ。だが噂を総合すればそうなる。これは推論だ」

ローランドがにやっと笑った。

「真実はすべて闇の中。どうも最近のワシントンは隠しごとが多すぎるようだ。大西洋でもずいぶんドイツ軍が暴れているようだが、そのへんの情報もまったく入ってこない」

アーニーは、うむとうなずいた。

「太平洋から乗りこんでいったスプルーアンスも、苦戦しているようだね。ドイツ海軍は超一流の逃げ足を持っているらしい。日本は厄介な代物を彼らにくれてやったようだ。そのへんの事情に関して、面白い話が舞いこんできたよ。読んでやろう」

アーニーはそう言うと、自分のレインコートのポケットから一冊の手帳を取りだした。

彼はその手帳の間から一枚のはがきをつまみ出し、ローランドに読んで聞かせた。

「親愛なるアーニー、先月の事件のことはすでに聞いているだろう。ワシントンポストのカーライルがイギリスへ向かう船団に乗りあわせ、例の二匹の鉤十字の鷹に襲われて漂流する羽目になった件だ。幸いにして彼は英軍の駆逐艦に救助されたが、その後リバプールに缶詰になり、社との連絡が取れるまで二週間もかかったそうだ。軍は我々記者の筆に必要以上に敏感になっているようだね。

ちなみに、どこの社も戦場から送られる原稿には筆を入れていない。すでに、軍の検閲官が、ていねいに誤字まで直して送ってくるからだ。まあ君の辛辣なる筆先までは変えていない点は、誉めていいのかもしれんな。

だが気をつけることだ。よけいなことを書けば、すぐにでも君は戦場から引きあげさせられるだろう。そのへんに関し、いろいろ噂が聞こえてきたので忠告までに。

君の友、G・ヘンダーソン」

ローランドが大きく首を振った。

「日本製の空母は、本当にやりたい放題やっているようだな。以前のポケット戦艦騒ぎどころじゃないだろうね、大西洋は。しかし、合衆国政府も報道に対する圧力だけは、ナチと変わらんな。ああ、もちろん英国も荷担しておるのだろうがね」

するとアーニーが苦々しそうに言った。

「面白い話を聞かせてやるよ。昨日、占領統制委員のライシャワーという若造に聞いたんだが、日本の流しているニュースはかなり正確に戦況を伝えているそうだ」

これを聞いて、ローランドがギアを落としジープの速度をゆるめながら呟いた。

「ますますもってこの戦争の雲行きが怪しくなってきた。やはり間違いだったんじゃないかね。我々がここに来たのは……」

すかさずアーニーが訂正を入れた。

「アメリカ軍が、だよ」

ジープは渋滞につかまった。ぬかるみの道に何十台ものトラックが詰まっていた。

「何事だよ、まったく」

ローランドが車を停めて雨で視界の悪い前方をすかして見ると、かなりの数のMPがあわただしく動いているのが見えた。

ローランドは、近くでたたずんでいた補給部隊のドライバーの一人に声をかけてみた。

「何があったんだ？」

若いドライバー、一等兵の袖章もまぶしい男は、肩をすくめながら答えた。

「またゲリラらしいです。先頭の一台がいきなり爆発でひっくり返りました。MPが、犯人らしい奴を捕まえたとかで騒いでます」

ローランドはアーニーを見て訊いた。

「取材に行くか？」

だがアーニーは首を振った。

「いいよ、どうせ日常茶飯のことだ。放っておこう」

五分後、ようやく車は動きだした。

二人のジープが現場を通りすぎると、なるほど一台のGM製のトラックが横転しており、その横で一人の若い日本人の男が、MPに両腕を押さえられていた。MPは、その男の頭にコルト45オートマチック拳銃を押しつけている。

日本人の男は何か大声で叫んだ。

ジープが通りすぎた直後、バンという短いオートマチックピストルの銃声が聞こえた。

二人の新聞記者は振りかえりもせず、その場を走りさっていった。

「いやな戦争だ」

アーニー・パイルはそう言うと、ジープの助手席にぐっと背を押しつけ、両腕をレインコートのポケットにねじ込んだ。

雨は間もなく上がるようで、西の空には明るい日差しが見えていた。

2

米軍は、ゲリラ戦術を展開し戦線の後方を撹乱する日本軍に対し、徹底した焦土化作戦を断行していた。

夏の終わりが見えはじめた頃から、この作戦は本格化していた。

米軍は、占領地域の一般の日本人をなるべく一ヶ所に集める政策を敷いた。これはむろんゲリラを選別するための方法だ。

だが、この米軍の監視下にあるはずの集落にさえ、日本軍はゲリラを侵入させていた。

というより、事実上占領地域に残った人間の半数以上が最初からゲリラ戦を叩きこまれたものたち、つまり正真正銘のゲリラ戦士だったのだ。

この事態を米軍はまだ正確に理解していない。だからこそ、躍起になって焦土化作戦を行っているのだ。彼らの認識では、ゲリラは占領地内を縦横に走るトンネルと緑深い山の中に潜んでいるのだ。あくまでアメリカ軍の認識では……。

この日も、いまだ占領しきれぬ大隅半島の日本軍要塞を間近に見すえる低い丘陵地帯に米軍兵士が並び、火炎放射器で山林を燃やしつくそうとしていた。

「これが本当に有効な作戦だと思っているのかね。今後の治水などを考えれば、山林を焼きつくすのは絶対に得策ではない」

現場指揮官にかんかんになって抗議しているのは、八月になってからこの九州の地を踏んだ、米国政府派遣の日本占領管理部のシビリアンメンバーのライシャワー教授であった。

指揮官はフィレメンスという陸軍少佐であった。

「教授、あなたはこの国になにがしかの思い入れがあるのかもしれませんがね。私は、自分の部下をすでに五人も日本のゲリラに殺されているんです。それも、本来は安全なはずの自軍の陣地の中でね。あなたも名前くらいは聞いたことがあるでしょう。イエローフォックス。手口から見て奴の仕業に間違いないのです」

『イエローフォックス』は、米軍がある日本人ゲリラにつけたコードネームだ。

このイエローフォックスは、米軍が九州に上陸し鹿児島の大半を占領した六月下旬頃から米軍の占領地内に出没し、すでに二〇名以上の米兵がまるで辻斬りにあったかのように殺戮されていたのだ。

殺された米兵は、致命傷とは別に必ずその眉間を撃ち貫かれており、その手口から同一犯の犯行とMP司令部は見ていた。

「奴は、一昨日もこの近くで仲間を殺しました。私はこのままあの殺し屋を放置するわけにはいかないのです。この作戦は、マッカーサー将軍も認めている正式な掃討作戦なのです。ですから、口出しは無用に願います」

ライシャワーは顔をしかめながら食いさがった。

「君の心情は理解する。だがゲリラを見つけだすために、このような無益な破壊行為はやめてほしいのだ。あそこに脅えている女性たちを見なさい。彼女たちは、乏しい食糧を補うため、この山林で山菜を採って飢えをしのいでいるのだ。その貴重な食糧すら、君らは奪うことになるのだよ」

ライシャワーはそう言って路傍で肩を寄せあい、脅えたような顔をしている二人の日本人女性を指した。泥で汚れたモンペ姿の若い女性。二人が肩からかけた鞄には、なるほどキノコが詰まっているようであった。

しかしフィレメンスは頑固に首を振る。

「命令である以上中止するわけにはいきません。日本の民間人の食糧が不足していようとも、それと我々の任務に関係はありません。もし、本当に日本人が飢えているというなら、それはむしろあなたがた占領管理部の仕事でしょう。どうしても抗議したいなら、上級司令部か占領統制官にどうぞ」

フィレメンスはそう言うと、ライシャワーに背を向けてしまった。

ライシャワーは悲しそうな顔で首を振ると、日本人女性のほうに歩み寄った。そして彼女たちにたどたどしい日本語で語りかけた。

「ここは危険です。私が避難民キャンプまで送りましょう」

女性たちは、ちょっと顔を見あわせてからこくりとうなずいた。

「お願いします」

この時、ライシャワーは彼女たちに何かしらの違和感を覚えたのだが、それが何であるか、この時の彼の知識ではわからなかった。

彼は自分の乗ってきた車に二人の日本人女性を乗せ、掃討作戦の現場から離れていった。

この時、彼が車に乗せた女性の一人。それがまさか米上陸軍が躍起になって探している『イエローフォックス』本人であろうとは思いもよらなかった。

彼が乗せた二人の女性、山本典子と浅田文子は、ともに日本の戦争指導委員会が作りあげたゲリラ組織、国民挺身隊の第三〇一部隊の隊員で、中でも典子は敵の侵攻以来数多くのゲリラ戦を戦い、多くの米兵を殺害した名うての暗殺者なのであった。

「民間人の安全は占領管理部が責任を持ちます。食糧もできるだけ援助できるように本国に要請します。安心してください」

車を運転しながら、ライシャワーは日本語で懸命に彼女たちに語りかけた。歴史学者として戦前の日本に滞在し日本の歩みを研究してきた彼にとって、日本が戦場になり一般の日本人がその戦火に飲まれるのは実に心の痛むことであった。だから自分で何とか日本人を救ってやりたいという一心で、アメリカ政府が日本占領委員会設立を決めた時に参画を決めたのだ。

しかし現実に戦場となった日本に乗りこんでみて、シビリアンとしての限界に直面し彼はずっと挫折を味わっていた。

だが、きっと自分の力で日本の民衆を救ってみせる。彼の若い情熱はそう決意を固め、日々軍部と衝突を繰りかえしていたのであった。

ライシャワーのたどたどしい日本語を聞きながら、典子は文子にささやいた。

「この人、利用できるかもしれない……」

文子がびっくりして典子の顔を見た。

「何をする気なの?」

典子は曖昧に微笑んだ。

「いずれわかるわ。私は戦いつづけるためには手段を選ばない……」

典子はその先に、私には時間がないと言いたかったが、それはぐっと飲みこんだ。

あのことは同じ隊の諏訪沙織しか知らないことだ。文子には言っていない。

ライシャワーがバックミラーを見ながら二人に聞いた。

「どうかしましたか？」

典子がいかにも遠慮がちに答えた。

「あの、バス以外の自動車に乗ったのは初めてなんで、びっくりしてたんです」

ライシャワーが微笑んだ。彼は日本がモータリゼーションにほど遠い国であることをよく知っていた。

「これからは日本にもたくさん車が走りますよ。アメリカでは、ごくふつうに自動車を使っています。これからの日本もきっとそうなる」

ライシャワーの意識の中では、アメリカの資本が日本の経済をリードしていけば、日本人の所得も上がり、一般家庭に自動車が普及する日も遠くはない——その程度に考えていた。彼はこのまま遠からず日本全体がアメリカの軍門に降り、自分たちは日本全体の経済管理をまかされると本気で考えていたのだ。

典子は、ちょっと視線を下げがちにしてライシャワーに言った。

「アメリカ人はお金持ちなんですね」

ライシャワーは笑った。

「そんなことはないです。日本もすぐに同じようになりますよ」

この時、ライシャワーがもっと日本語に堪能だったら、あるいは典子たちの正体に気づいていたかもしれない。

彼が最初に感じた違和感。それは彼女たちの言葉に鹿児島独特の薩摩訛《なまり》がないことだったのだ。彼女たちは九州防衛に自ら志願してきた戦士であり、その半数近くがこの九州に縁のない人間なのだった。典子も文子も出身は中部地方であるから、九州の方言はほとんどしゃべれなかった。

車はやがて鹿屋の町はずれにある難民収容キャンプに到着した。

占領当初、日本の民間人はこのキャンプに強制収容されていたのだが、本国から戦争省の事務次官であるストラブスを団長とする占領統制委員会が乗りこんできて、ストラブスが占領統制官に就任し委員たちが占領管理部を立ちあげると、この隔離方針は撤回された。それでも日本人が自由に動きまわることは不可能に近く、特に男性はその行動が著しく制限された。そこで食糧確保や、生活物資の確保は女性の仕事となった。焼け跡を歩いている日本人の大半は女性であった。

だが多くの集落や市街地は戦災で焦土化しており、六割近い民間人がこのキャンプでの生活を余儀なくされていた。

しかし米軍はこのキャンプそのものが、ゲリラの巣窟になっている事実まではつかんでいなかった。彼らは、ゲリラが隊から離脱した日本兵であるという認識にもとづいて行動していたのだ。

すでに一部では民間人に変装したゲリラの存在も指摘され、女性ゲリラの存在も疑われていた。明らかに非軍人のゲリラ部隊と実際に交戦、射殺した例があるにもかかわらず、米軍はこの基本スタンスを変えていなかったのである。

これがどんな結果を招くか誰一人考えていなかったことが、飛躍的に損害を増やすことに直結した。彼らが対ゲリラ戦術を根本的に見直すにはまだまだ時間が必要だった。

ライシャワーは車を停め、乗せてきた二人の女性を自ら手を貸して降ろしてやった。

「さあ、どうぞ」

車を降りながら、典子が言った。

「あ、あの……」

「何でしょう?」

ライシャワーがにこやかな笑顔で聞きかえした。

「あの、また、あなたに会いに来てもよろしいですか?」

ライシャワーが、えっという感じで動きを止めた。

典子はわざともじもじしたふうを装いこう告げた。

「今日のお礼をちゃんとしたいですし、車、とってもうれしかったですから……。もし兵隊さんのところに残されていたら、とても怖かったです」

ライシャワーは、思わずドキッとした表情で彼女を見た。

「そ、そうですか。戦場は女性には危険です。できるなら、あまり出歩かないことをお勧めします」

しかし、典子は首を振りながら彼に言った。

「でも、ここは私たちの国です」

ライシャワーは、典子に対して何も言えなくなってしまった。

彼が黙って立ちつくしていると、典子は彼の右手をそっと握り、優しく握手をかわした。

「本当にありがとうございました。ご無理を言ってすみませんでした。もう二度とお邪魔はしません……」

この言葉を聞くと、ライシャワーはあわててブルブルと首を振った。

「いいえ、いつでも来てください！　衛兵に私がいるかどうか聞けばいいです。いれば、いつでもオフィスに入ってください」

典子は微笑を浮かべた顔の下で会心の笑みを浮かべた。成功だ。これで大きな隠れ蓑《みの》を彼女は手に入れたも同然だ。

典子は文子を振りかえり告げた。

「さあ、ふーちゃん、行きましょう」

二人はまるで少女のような無邪気な表情でライシャワーに別れを告げ、歩みさっていった。

そして誰もいないところまで来ると、典子は文子に言った。

「いずれ、ここを起点にした破壊活動を引き起こすわ。見ていなさい、今まで以上にアメリカ兵を殺してやるから。でも、あの人だけは殺さないでおきたいわね。いい人みたいだから……」

典子の持つ二面性。破壊者としての顔と、まだあどけなさの消えぬ乙女の心が、いびつに融和した瞬間であった。

文子はそんな典子の横顔を見つめながら、小さく呟いた。

「のりさん、本当に変わっちゃったのね……」

二人の日本人女性は、そのまま何事もなかったように占領軍司令部にほど近い鹿屋の難民キャンプへと向かっていった。

まさか米軍も、戦線後方にいる兵士を震撼させている『イエローフォックス』が、その難民キャンプにおり、しかも妙齢の女性であるなどとは思っていない。

典子の戦いは、より激しい憎悪を吹き荒らすことになる。彼女はまるで壁に向かって突進する機関車のように荒く、そして激しく破滅への道を突きすすんでいるように見えた。

3

山下奉文は明らかに憔悴《しょうすい》していた。

ここ二週間、彼の詰めている九州防衛軍司令部に敵の砲爆撃が間断なく続いているせいもあるが、それ以上に彼を苦しめているのは日ごとに多くなる戦場後方、つまり銃後の被害報告だ。

「まだ海軍の新鋭機部隊は、実戦に使えないのか？」

山下は率直な疑問を参謀の一人にぶつけてみた。

すると、その秋山という参謀はやや眉をひそめながら答えた。

「首都防衛隊の戦闘機各隊は、ほとんどが員数もそろい出撃できるそうです。少なくとも今週から『雷電改』と『疾風』の部隊は戦線に投入する様子です。あとは、頼みの新決戦号機の量産が軌道に乗るのを待つばかりということでしょう。しかし九州防衛隊にまわす機材に関しては、やはり生産が間にあわないということで、当面は中国管区の我が陸軍航空隊だけが北九州防空の唯一の切り札ということになります。その他の軍区も出撃可能になるには、最低でも数日はかかる見こみだそうです」

山下は大きく首を振った。

「富永が満州へ逃げだしたのも当然だな。この界隈では、その陸軍航空隊でまともに動く戦闘機を探すほうが難しいのが現状だ。満州の情勢が怪しくなってきていなければ、もう少し大陸からの援護が期待できるのだが、現状では高望みはできんな。朝鮮半島の各基地への空爆も激化している。航空情勢は完全に八方ふさがりになりつつある。もっともこの二ヶ月、制空権は事実上米軍が握っているわけだが」

富永恭次《きょうじ》大将は、陸軍航空隊の事実上の最高指揮官だ。その富永大将は、先月戦争指導委員会の指示で急遽満州にその司令部を移した。満州の情勢に変化が起こったのと、本土でのパイロット教育訓練が難しくなってきたことがその主な理由だ。

要するに、もはや日本本土はその全域が戦場であり、銃後といえるのは北海道と満州くらいしかなくなってしまっているのだ。

だが、その満州の国境がきな臭くなってきていた。国民党軍が越境攻撃に向けて兵力を集結しはじめているという情報が入ってきているのだ。むろん、その背後にアメリカがいるのは間違いない。

そういう理由から、首都防衛に満州防衛の主力である関東軍の精鋭部隊を取り崩すという案も現在凍結されている。

首都防衛責任者になった今村均中将は、予定の一二個師団のうち五個師団しか手元にない状況で苦しいやりくりを迫られている。

それでも、まだ敵の押し寄せていない地域だから問題は切実ではない。

現在戦闘が継続中の九州中部と北西部では、深刻な兵力不足が頭をもたげてきているのであった。

山下の手にはすでに予備兵力はない。中国と四国の防衛部隊を取り崩すわけにはいかず、新規の兵力調達は遅々として進んでいないのである。戦線の維持は、現有兵力と国民義勇軍さらに国民挺身隊といった民間の力を借りて成り立っている部分も多い。

現在の入り組んだ戦線を支えるため、陸軍戦力はほとんどが細分化されてしまった。戦車部隊も著しくは小隊単位にまでばらされて各戦線に投入され、事実上トーチカとして使用しているありさまだ。

現在米軍の侵攻状況は、西側は熊本平野の南半分が制圧され、前線は田原坂《たばる》から菊池に伸びる線付近でかろうじて維持されている。

それ以外の拮抗《きっこう》線は、山裾に沿って大きく湾曲している。

敵は損耗の激しくなる山間部への侵攻を遅らせ、平野部を中心に九州を沿岸から占拠していく作戦をとっているようだ。

このため、上陸地点でもっとも北側であった宮崎方面に上がった部隊は、そのまま大分を席巻し、現在国東半島の付け根付近が最前線になっている。米軍の一部は別府から湯布院に迂回ルートを取り、日田方面から福岡をめざす動きを見せている。

しかし、日本側が九重《くじゅう》山周辺に強力な要塞陣地を持っているため、大分付近から内陸への侵攻はこちらも見あわせている。

また宮崎方面でも高千穂など山間の入り組んだ方面は、日本軍の陣地が多数あり、米軍は九州中央山地への進撃は現状では踏みきれていない。このため、九州の海岸線のほぼ半分を占領しているにもかかわらず、実際の占領面積は四〇パーセントに届いていない。

それでも九州の南半分の平地は事実上米軍が押さえているわけで、制空権だけでなく、物資の補給蓄積などを行う大きな後方陣地を米軍は多数整備し山岳地域への圧力も次第に強くなってきていた。

日本側は、陸軍と国民挺身隊へ武器弾薬の補給をまっとうできなくなっており、各地で抵抗むなしく降伏を余儀なくされた孤立陣地が後を断たない状況となった。

だがしかし、そもそもゲリラ戦を指示されていた部隊は陣地の陥落と同時に少数の兵に分散して山間部へと流れていった。米軍はこのゲリラ化した日本軍を狩りだすために山林を焼き払うなどの無茶な作戦に出てきていた。

山下はこの報告に正直心を痛めていた。それも当然だろう。彼の任務は祖国の防衛である。敵は、その祖国の国土を焦土化しているのだ。

このような横暴が許されてしかるべきなのだろうか。山下は、何とかこの米軍の

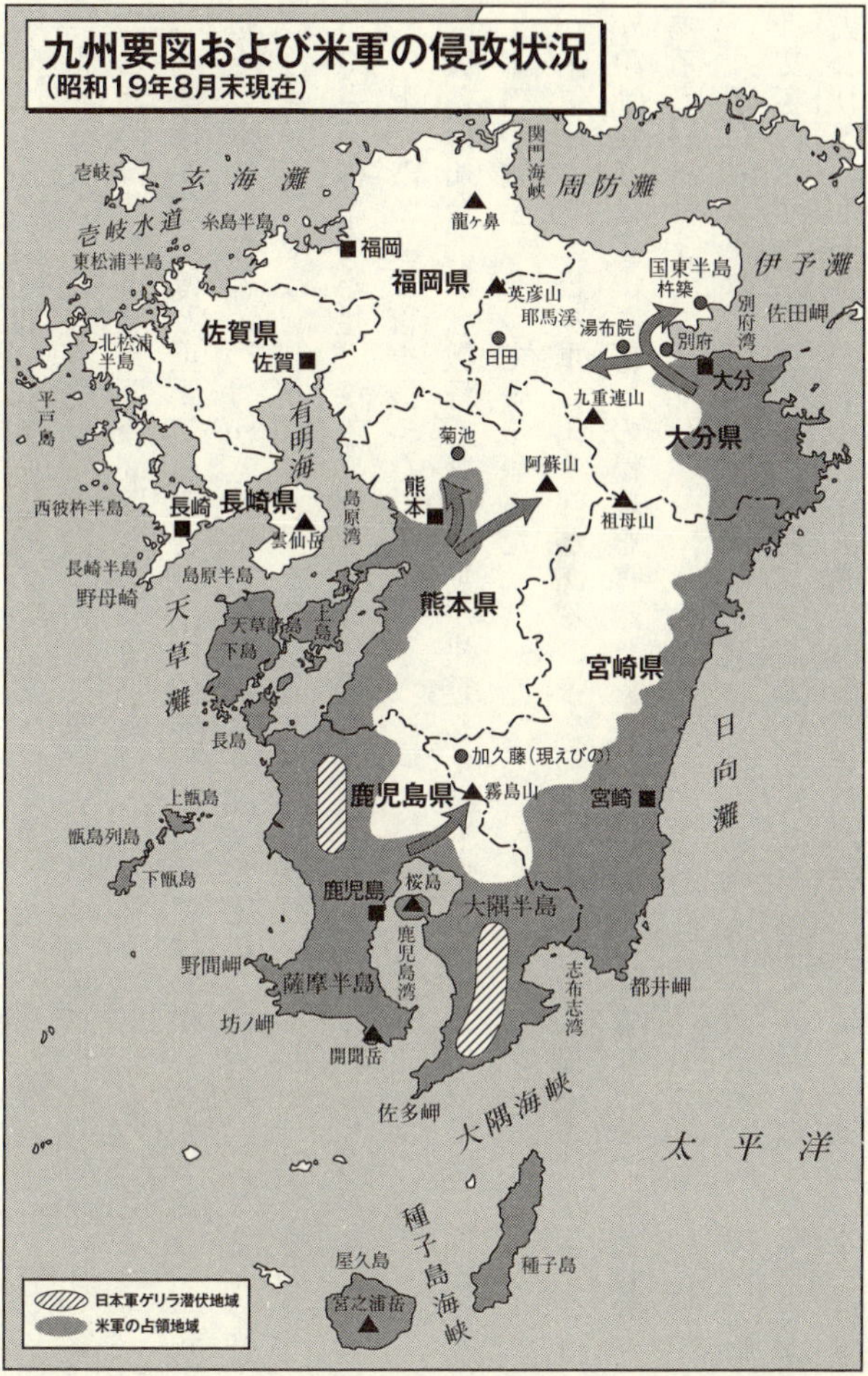

九州要図および米軍の侵攻状況
（昭和19年8月末現在）

行っている蛮行を世界に知らしめたいと考えていた。

だがそんなことより先に、間近に迫って来ている敵の前線にどう対処するか。そのことのほうがより重要な問題となっていた。

「制空権がこれほど重要であるとは、中国の戦訓だけではわからなかったな。予想以上に戦線への締めつけがきついのは、やはり輸送が困難なためだ。トンネルを使った輸送だけでは、どうしても根本的な資材不足の解消は不可能か。そもそも、ここでさえ弾薬の不足が深刻になっているのだからな」

山下が渋い顔で首を振った。

彼らの司令部は、数日うちの移動が決定した。もはや、米軍の攻撃を正面から支えるのが難しくなっているからだ。

米軍はここに日本軍の司令部があることを突きとめ、戦力を集中させてきた。ほかの地点では、山間部への侵攻を躊躇しているだけに実に露骨なまでの一点攻撃である。

すでに日本軍は、新たな総司令部を竜ケ鼻《りゅうがはな》付近の山中に建設を終えている。これは文字どおり北九州防衛の最終拠点。ここが陥落した時は、九州全域の戦略拠点が失われたことを意味するという位置である。それだけに山下は、一気にここには下がらず、別の場所に仮司令部を作らせるべく準備中で、現在はそのための時間稼ぎの段階であった。

北九州周辺では敵の爆撃によりさすがに工業地帯は壊滅しているが、開戦前に移築した地下施設で細々ながら兵器生産は続いている。

竜ヶ鼻の最終要塞の一部では、八幡製鉄所から移動させた四基のキューポラと、ドイツから輸入した圧延機によってずっと鋼板の生産が続いていたのだが、肝心の組み立てラインの多くが被害を被ったため、三基のキューポラが火を落としている状況だ。

敵はこの施設の存在を感知していない様子で、これまで爆撃を受けていなかったのに、結局鋼板の供給先の工場が壊滅したのでは生産を続けても意味がないというわけだ。

もし軍がここにこもった場合、この溶鉱炉を使って弾丸の製造だけでも続けようと、現在中央銃砲火薬工業の火薬生産施設の移築が進められている。

まさに極限の籠城を想定した要塞が、この陣地といえるだろう。

それだけに、山下は総司令部のここへの撤退をぎりぎりまで引き伸ばしたいと考えていた。すべての準備が整うまでという意味と、ここにこもった時はまさに九州防衛軍の最後であるという意識からだ。

それに総司令部の後退は全軍の士気に与える影響が大きい。総司令部は万策尽きやむをえぬ場合を除いて動くべからず、という考えが山下には強かった。

だからこそ、敵の直接攻撃が始まってもこの陣地を動いていなかったのだ。

しかしそれも限界にきた。山下は、一時的に司令部を耶馬渓《やばけい》付近に移すつもりであった。ここなら内陸に入ってもさほど後退したという印象は受けないはずだ。

「そういえば、今朝、百武中将から連絡がありました。南九州軍区司令部は、加久藤付近に移動したとのことです。一両日中に霧島の山岳陣地から転出する予定だそうです」

山下がうなずいた。

「やはり包囲されている状況での抗戦は難しいか。これで南九州軍区の軍団は完全にゲリラ化することになるな。あの軍区に残っている兵力はどんなものだ」

秋山が渋い顔で答えた。

「おそらく全戦域合計で一個師団強でしょう。連隊規模で残っている戦力は皆無です。かろうじて、独立歩兵の一部が大隊単位で戦線維持をしていますが、それ以外はもう再編成による統合部隊しかないありさまです」

山下はぐっと拳を握った。

「つらい戦いだ。増強すべき戦力がないわけではないのに、前線に兵を送れないのだからな……」

どうやら九州防衛軍には、上位司令部から何らかの指示が出ているらしい。山下は、その指示によって苦戦を強いられている。そんな雰囲気であった。

このへんの状況は、やはり首都防衛計画と密接に関係があるらしい。陸軍だけでなく海軍の動きもここ数週間鈍くなっている。明らかに何らかの準備が進んでいるからなのだが、その詳細は最前線に聞こえてこない。軍中央の防諜意識が非常に強く、九州の総司令部に詳細が伝わることはまれになっていたのだ。

戦争指導委員会からは、一方的な指示や命令が来るだけなのだが、山下はそれでも不平を言わずこれに従った。自分が委員の席を蹴ってきたという引け目があるのかもしれない。

「いずれにしろ、あと最低二ヶ月、戦線の極端な後退は許されない。少々ふんどしの引き締めにかかるしかなかろう。もう一度、指導委員会に資材の要求を出してみる。とにかく負けないために必要なぶんの武器と弾薬だけは、きっちりまわしてもらわねばな」

山下はそう言うと、机の上に置かれた薬瓶に手を伸ばした。それは、ここ一ヶ月手放すことのできなくなった胃痛の薬であった。

敵が九州に上陸してからこっち、山下はずっとこの司令部にこもっていたのだが、出歩かないにもかかわらず彼の体重はぐっと落ちていた。

やはり神経がすり減るぶん、体調は悪化する。必然的に食も細るというものだ。

司令部ではまだ食糧だけは足りていた。だが前線では、そろそろ食糧の備蓄が尽きかけている。米軍の進攻速度を見誤り、地下の備蓄倉庫を手つかずのまま放棄しなければならない事態が再三発生したためだ。

おまけに夏に雨が多かったことで、作物の不作がはっきりとしてきた。米の収穫量も激減する見こみだ。とにかく東北地方が冷夏となったことが大きい。むろん、この九州での収穫は絶望的だ。何しろ、その平野部の六割が戦場になってしまい、あげくにそのほとんどが敵の占領下に置かれてしまったからだ。

軍は、この先食糧の確保と輸送にも相当頭を痛めることになるだろう。

戦線の向こう側でゲリラになった者たちの一部は、米軍の施しのおかげで食糧が確保できるようになっているというのも、兵にとってみれば何とも皮肉な話であった。

「苦しいな。何もかも……」

水なしで薬を飲みこみながら山下が呟いた。

九州戦線に大きな変動はない。しかし毎日が苦戦。それが、ここ数日の状況であった。

しかし戦争は少しずつ、だが確実に様相を変えてきている。山下にも、それはわかっていた。だからこそここは我慢のしどころなのだ。

米軍が気づくその前に、彼らを地獄の奥まで誘わねばならないのだ。

間もなく夏が過ぎていこうとしている。いったい自分にどれだけの時間が残されているのか、山下はそれが知りたかった。だが、どこを見てもその答えはありそうもなかった。

未来をのぞき見ても、ただそこには終わりのない戦いの日々だけが延々と横たわっているのみであった。

第七章　不可避交点

1

東京が最初に爆撃に見舞われたのは八月も末のことであった。南九州の飛行場が本格的に整備され、さらに種子島と屋久島が米軍の手に落ちたことがこの爆撃を後押しすることになったのだ。

つまり、米軍は最前線である九州に戦闘機用の飛行場を開設し、この後方の種子島と屋久島に爆撃機用基地として複数の飛行場を建設したというわけだ。

日本軍が使用していた鹿屋と知覧の飛行場は、それこそあっという間に今までの倍以上の規模に拡張されてしまったし、何もなかった二つの島には合計四ヶ所の飛行場ができあがった。奄美大島の時といい、機械化された土木工事の能力は驚くべきものがあった。日本軍の一〇倍近い速度で基地は完成するのだ。

鹿屋には従来より長い滑走路が三本、知覧にも二本が設けられた。ここに、奄美大島から続々と双発の爆撃機や重爆の護衛用の陸軍戦闘機が飛来した。

米軍は、九州の飛行場が完成するまでは、北九州および関西方面への大型機による爆撃は基本的に夜間にしか行っていなかった。戦闘機の護衛をつけるにしても飛行場の数が足りず、満足な数をそろえるのが難しかったからだ。

戦闘機の護衛が少ない以上、夜間爆撃が主流になるのは当然だ。これは航空作戦の基本というより、ごくごく常識的判断にもとづいた作戦である。敵の戦闘機が少数ながらもいまだに健在で、散発的ながらも敵の迎撃があった時はまとまった損害が出ているのだ。

こういった状況では、昼間の精密爆撃に固執した場合の損害率が高くなるのは自明の理だ。日本は確実に反撃能力がそろった時だけ迎撃を行っているという統計が出ている。

ならば、こちらも敵の迎撃が難しい夜間に戦闘機の護衛なしで飛んだほうが安全度は高くなる。爆撃機側にしてみれば、味方戦闘機への誤射の心配もなくなる。

いってみれば、対日戦争をまかされた陸軍航空隊の司令部は石橋を叩く方法を選択したのだ。

だがこの裏には、もう一つの理由が存在した。

米軍はヨーロッパ戦線に出動した第八航空軍が昼間爆撃戦法を採択し、予想以上の被害を被っていたのだ。

第八航空軍では昼間爆撃のほうが絶対に戦果があがるし集中防御で被害も少なくてすむという主張にもとづいて、この危険な昼間爆撃を強行しつづけた。その結果、正視に耐えぬ悲惨なる損害がそこに現出したのであった。

被害は、航空軍司令部が立てた予想の実に二・五倍に達した。この報告が、対日戦争の正面に展開する第二一航空軍司令部にも伝わっていたのである。

実はこの欧州派遣軍の昼間爆撃の選択をめぐっては、米陸軍内部に一つの逸話が残っていた。

米国陸軍航空隊が英国に展開した直後のこと。

ロンドンに置かれた米陸軍航空隊の欧州および地中海方面を統括する総司令部で、偶然に英国空軍との協議に訪れていた陸軍航空隊の爆撃隊最高顧問を務めるチャールズ・リンドバーグ中将が、対独爆撃の責任者であるM・アレン少将と鉢あわせした。

その場でアレン少将に昼間爆撃を行うことを決定したと聞かされたリンドバーグ

中将は、文字どおり血相を変えて彼の胸ぐらをつかんだというのである。リンドバーグの意見では、昼間爆撃の選択は戦略的慧眼を持たぬ短絡的思考の持ち主の選択であるという。

彼に言わせると、昼間の戦略爆撃をきっちり軌道に乗せるのには、周到な事前爆撃で周辺都市の交通機能と反撃能力を奪わねば危険であるし無意味なのだ。これまで英軍の行ってきた程度の爆撃では、ドイツの被っている損害はまだまだこのレベルには達していないというのが、リンドバーグの見解だった。

だが、アレンはこれにまっこうから反発した。理論的に米軍の補給と整備能力があれば戦果のほうが損害を凌駕するはずだし、英軍の爆撃は充分にドイツの交通網を寸断しているとリンドバーグに怒鳴りかえしたのだ。

その場の争いは、通りかかった英空軍のダウニング中将の仲裁でおさまった。

しかし結局アレンは、リンドバーグの忠告を無視するかたちで昼間爆撃を断行した。

英派遣航空部隊の総司令官であるスパーツ大将が、アレンの案に黙ってサインをしたからである。

スパーツもまた名声を欲しいままにして今の地位に上りつめたリンドバーグに少なからぬ反発心を持った人物であることは衆目一致するところであろう。

こうして対独昼間爆撃は始まった。

そして当初こそは戦術目標の破壊の成功など、アレンのもくろみが当たったかにも見えた。

しかしドイツ軍が新鋭機を続々投入してくると事情は一変した。米軍は、あっという間に予想の倍以上の被害を受けるようになり、爆撃の精度も急落したのだ。

そして出撃ごとの未帰還機は文字どおりうなぎのぼりに増えていったのである。

確かに損害率は総合すると予想の二・五倍だ。しかし、ここ最近の出撃における未帰還率は常に三割を下まわらない。これは、もう連続出撃をさせられる数字ではない。

結局、リンドバーグの説が正しかったことが証明されたように見えるが、軍内部の確執のゆえか第八航空軍はいまだにこの昼間爆撃に固執している。

爆撃隊のクルーは、出撃リストに自分の乗機の名があるたびに死刑宣告を受けたような蒼い顔を見せる始末であった。

アレン少将は、爆撃隊の将兵からは「首斬り役人」と仇名《あだな》される始末である。

米国でも、スパーツとアレンの責任を問う声が上がってきており、そろそろ作戦転換を真剣に考えねばならぬ時期に来ているのかもしれなかった。

それでも主義を曲げぬのは、やはり意固地のなせる業《わざ》なのだろうが、それが原因で殺される兵士はたまったものではない。

一方、対日爆撃の総指揮をまかされた第二一航空軍麾下の第一五爆撃軍司令ハンセン准将は、リンドバーグ派の指揮官であった。

このへんの事情が対日作戦では夜間爆撃から作戦が開始されたことの背景にあることは間違いない。

ハンセンに言わせると、日本とヨーロッパでは、その戦略爆撃目標が大きく違う。だから、より安全性の高い夜間爆撃によって日本の反撃能力をまず徹底的に削ることこそ重要なのだということになる。

日本にはヨーロッパのような純粋な工業地帯など存在しない。日本の工場群の規模は、精密爆撃など必要としない民間住宅地と隣接したちょっとした空間でしかないのだ。アメリカの工場群の規模に比較すれば、どの都市でもおおむね十分の一程度の面積しかない。

これは、絨毯《じゅうたん》爆撃してしまえばそれで充分という規模の目標だ。これに住宅地を巻きこんだかたちで火災を起こせば、工場機能は充分に奪える。

すべては、こうした冷徹な計算にもとづく攻撃であった。ハンセンは、忠実にリンドバーグの描いた青写真を日本にあてはめてみせたのだ。

さらにつけ加えるなら、この日本の戦場はアメリカ軍にとっては実験場もかねているのであった。

新型の対地上レーダー装備爆撃機の実験には、この夜間爆撃は格好の場であったのだ。

実際、夜間爆撃を試みてみると、日本軍機の反撃は微々たるものでしかなかった。やはり、日本はまともな反撃能力を喪失しつつある。いや、そもそもこういった夜間戦闘などの分野では、アメリカは自分たちの技術のほうが確実に進んでいると思いこんでいた。

アメリカは対日戦争前、イギリスを支援する過程で多くのこうした技術を学び、新兵器を開発してきていた。

これが功を奏し、日本は米軍の爆撃の前に間もなく屈服する。彼らの目には現状がそう映っていたのである。

しかし、実は日本の工業基盤は信じられないほどの短時間に大きく変革していた。

確かに北九州や中国圏の市街地などの戦果判定では、戦前に収集した情報にもとづく小規模工場の建ち並ぶ工業地帯の多くが灰燼《かいじん》に帰していた。

これで日本の工業の基幹生産能力は極端に低下したはずだ。工場さえ叩けば、戦闘機も戦車も戦場に投入などできっこない。

写真判定を行った作戦部員たちは、あっさりそう結論した。

さらに試験的に行った昼間爆撃でも、日本の戦闘機の反撃は予想以下であった。

日本軍は本当に組織的反撃能力を低下させている。米軍の参謀たちは確信した。

これらの表面的な結果を見て、種子島の基地が使えるようになった段階で、工業地帯への爆撃は昼間爆撃に切りかえて問題ないだろうと、ハンセンは決断するに至った。

その頃には、日本軍はもっと疲弊するはずだ。

もし、それでもまだ懸念する人間がいるなら、その昼間爆撃を開始する前に、夜間爆撃で残りの市街地を焼いてしまえばいい。

ハンセンはそう豪語し、命令を下した。

この命令が出た時点では、二週間程度の工事で種子島と屋久島の基地は使用可能になる見こみであった。

こうして奄美を基地にした米爆撃機による各地への夜間爆撃は激化した。結果被害は西日本全域に広がった。

そして、種子島と屋久島両島の飛行場が使えるようになった八月末に至り、予定どおり重爆撃隊はここに前進移動して来た。

さらに新規の爆撃隊もマリアナから到着し、その陣容は巨大なものになった。

重爆隊の移動と同時に、関東方面への本格的偵察飛行も開始された。

この時、自分たちが焼き払った九州や中国方面の各都市には、もう生産能力など微塵も残っていない。ハンセンはそう思いこみ疑いもしなかった。

だが現実は違った。彼は、それをかなり後まで知ることができなかった。

それはともかく、日本の戦闘機がまともに姿を見せないことがこの関東方面の偵察でも明らかになると、ハンセンは一気に爆撃範囲の拡大をマッカーサーに上申し、即日これが認められた。

機は熟した。誰の目にもそう映っていた。

こうして、ようやくのこと、対日戦における全面的な昼間爆撃が始まった。戦略爆撃は、ついに最終的な仕上げの段階に入ったと、米本国の新聞は書きたてた。

それと同時に、九州北部方面の爆撃も鹿屋と知覧に進出した中型爆撃機による昼間爆撃に切りかわった。この爆撃には基本的に戦闘機は同行しない。

つまり、この方面の日本の反撃能力は駆逐された。そう判断されたわけである。

爆撃そのものもピンポイントを狙った精密低空攻撃が頻度を上げていた。そろそろ確実に目標の判定が可能になったということだ。米軍が攻撃可能な地域の事前偵察はほぼ完了したというわけである。

この八月の終わり頃に至り、米軍は九州だけでなく奄美列島全体の制圧に乗りだした。一気に与論島まで占領してしまう計画だ。米軍は徳之島と沖永良部《おきのえらぶ》島、そして与論の三島に同日に上陸を敢行した。昭和一九年八月三〇日のことである。日本軍の抵抗は微々たるもので、遅くとも一〇月初旬までに、ほぼその全域を確保できる見こみであった。

そして上陸軍司令部では年末頃をにらみ、北九州の本格的攻略と同時に沖縄あるいは四国のどちらかに第二戦線の形成を企図しはじめていた。

占領地域への物資輸送の安全確保のためにも、これらの地域の早期無力化が急務になるという判断であった。

だがそれとは別に、関東方面への一気の上陸という案も当然対日作戦総司令部では準備していた。

これは対日戦争そのものを早期終結に持っていくための作戦である。

問題は、その時期と兵力の捻出ということになり、総司令官のマッカーサー大将は、ペンタゴンとの駆け引きに忙殺されていた。

関東上陸が可能かどうかは、すべて彼の政治力にかかっていると見る向きも多い。というのも、関東に無理をおして上陸しなくても、日本は降伏するという判断が多くの参謀から上がっていたからだ。

実際、それは戦争全体の帰趨《きすう》というよりマッカーサー個人の軍功にしか直結しそうもない作戦に見えた。

となれば、これを嫌う反対勢力がワシントンには多いはずだ。

マッカーサーがこれを封じこめるだけの政治手腕を発揮すれば、関東上陸は実現する。それはそのまま次期大統領選挙でマッカーサーがマーシャル現大統領の対立候補に浮上することを意味しそうだ。そう見なすロビイストが大多数のようだった。

いずれにしろ、野心家マッカーサーはその全精力を関東上陸の実現に傾けている。

これはもう疑いようのないことだった。

この動きに関しては、日本側でも大まかにつかんでいた。だが敵の動きがわかったからといって、これに対抗できるだけの戦力も、そして国力も日本にはないというのが実情である。

今の日本軍にできることは精いっぱいの防衛、ただそれだけであった。反撃など夢のまた夢、それが厳しい現実なのだ。だが、日本の政府を牛耳る戦争指導委員会も、そして国民の誰もが「降伏」という言葉だけは決して容認しなかった。

それは、攻める側から見れば理不尽な意地に見えるかもしれない。だが、日本の政府には充分に考えぬかれた計算が働いていた。

ここでアメリカに屈することの愚を、彼らは知りぬいていたのだ。もし単に利権という側面だけで満州を手放さずに、アメリカとの戦争という局面に突入していたような状況なら、彼らは最初の海戦で敗北を喫した時にあっさり白旗を揚げたことであろう。

だが世界大戦という局面を見すえた時、日本という国の立場、そしてもし仮に敗北を喫したとしても、一〇年そして二〇年という時間を経た時の日本の地位、そういったものを考えれば、ここは意地でも抗戦するほうが得策なのだ。

アメリカが「力の政治」を標榜し、ヨーロッパとアジアを席巻した時、その先に秩序と安定を期待できるはずがない。それが日本政府の下した決断であり、その後はおそらく大国間の力の拮抗が極端に崩れない限り、延々と続く戦乱が世界を揺るがすに違いない。

その時に、単なる属国の座に甘んじざるをえない状況と、たとえ国力が底を打っていようが自主独立と独自の国是《こくぜ》を持った国家とでは、生きていくべき道が一八〇度変わってしまう。

日本は二〇〇〇年余の歴史を持つ国家としての誇りを背に負い、決して屈しない道を選択した。

頑迷なる国家と後ろ指さされたとしても、それが日本という国家のイデオロギーに違いないのである。もし、この道を守るためなら国家滅亡すら辞さない。それが、明治以来の日本の屋台骨を支えてきた日本人の意気地《いきじ》なのだった。

しかし、意地だけで戦争ができるはずもない。そこには本当にぎりぎり土壇場の計算式が働き、懸命の防衛戦の努力が払われているのであった。

新基地からの東京空襲は、ほぼ週二回のペースで行われた。

米軍は、この段階ではまだ本格的な戦略爆撃ではなく、日本の工業生産力を削ぐことを前提とした工業地帯周辺の爆撃を主眼に攻撃を続けていた。先述のように、より精密な爆撃は九州方面で行ったのと同様に爆撃の最後の仕上げでいいのだ。

爆撃だけで主要工業施設をつぶすのは、一見簡単なように見える。だが実際には、これを壊滅させるにはかなりの量の爆弾や焼夷弾を狭い面積に投下しなければならない。

米軍がこれまでに準備してきた爆撃機や爆弾の量では、まだまだ日本の主要都市を壊滅させるには役不足といわざるをえない。

アメリカは周到に戦争準備を行っていたとはいえ、それは机上の計画案でしかなく、実際の戦闘での損耗や、作戦の投入に必要な絶対数の見積もりなどは、かなり甘かったというのが実情だった。

だから本来なら週最低四回は行いたい東京への爆撃も、この週二回が限界なのだった。

機材も燃料も、そして爆弾も、現場の要求している量が補給されることはなかったのだ。

アメリカ政府の方針は、すでに欧州優先に切りかわっており、こういった機材の補給も欧州に優先権がまわってしまっている。実際、損害も欧州のほうがはるかに大きく、工場を出たB17に関しては、その一〇〇パーセントが欧州に振り分けられることが決定し実践されていた。つまり爆撃機の補充だけでなく、爆撃隊の増強に関しても、対日戦線については大きな増強が望めないということを意味している。現在のアメリカの航空機生産の比率を既存の爆撃機で見ると、B17とB24の比率は、ほぼ七対三になるからだ。

ワシントンの戦争省の判断では、現在の規模の爆撃の継続で日本の工業基盤は充分破壊できる、だから戦失機の補充以上の増強は当面は必要ないとしていた。

実際には、山間部への小規模分散や巧みなカモフラージュそれに工場の地下化などで、執拗に爆撃を繰りかえした北九州でさえまだ細々ながら生産能力を持っているという事実をワシントンの米軍首脳たちはまったく把握していなかったのである。いや、現場のハンセンですらこれは知らない。彼の意識の中では九州はただの焦土でしかなかった。

戦略爆撃というものに過信があったのかもしれない。とにかく、日本に対する爆撃については、開戦前からの規定方針どおりの戦力で継続、これが貫かれることになったし、現場指揮官たちもこれを受け容れざるをえなかったのである。

先述のように対日爆撃に投入されているのは、B24重爆撃機を装備した第一五爆撃軍麾下の三つの飛行隊と、同じく第一五爆撃軍に所属するB26双発爆撃機を装備する飛行隊の計四個飛行隊である。

第一五爆撃軍の指揮官は、ヘイウッド・ハンセン准将。彼は開戦早々のサイパン空襲にも自ら参加していた。

つまり、この爆撃隊は最初から対日戦争用に準備されていた部隊というわけだ。

第一五爆撃軍は、アジア全域を作戦域とするローウッド中将率いる第二一航空軍の指揮下にある。在フィリピンの航空部隊を除くアジアの全航空部隊は、現時点ではこの第二一航空軍の指揮下にある。

この第二一航空軍には爆撃隊のほかに、第七戦闘機軍と第一一輸送航空軍、グアムと奄美大島の補給廠が指揮下に含まれている。

作戦機の総数は実に三〇〇〇機を超える。

このうち、現在対日爆撃に使用されている爆撃機は第一五爆撃軍が擁する合計五〇〇機あまり。内訳は双発爆撃機がおよそ一〇〇機、四発の重爆撃機四〇〇機あまりとなる。

だが、すでにグアムやハワイに運ばれ、日本行きを待っている機体も多く、最終的には実に七〇〇機の爆撃機が九州と奄美周辺に展開する予定になっていた。

しかし、このうち実際に同時に作戦投入できる機体は、その七割と見るのが正しい。

米軍の飛行隊が多数の機体をかかえているのは、被害に見あう補給を確保するという前提があるからで、実際にはすべての機体を扱うだけのクルーは用意されていないのだ。

それでも日本の航空戦力に比べれば、この数が圧倒的であることは間違いないだろう。アメリカの判定では、日本の陸海軍が日本本土上空で使用できる作戦機は最大限に見積もっても一二〇〇機程度、このうち戦闘機はおそらく四〇〇機ほどという見積もりだった。

こんな数字では、ワシントンが増強無用と判断するのも無理からぬことなのだった。もっとも、これが本当に正確なのかという検証をアメリカは怠っているのだが。

それでも、米軍はただ漫然と作戦を立てているわけではなかった。畳みこむべきところのつぼは心得ているとばかりに、年末をめどに新鋭のB29を装備した新編成の第二〇爆撃軍も日本に投入する予定になっていた。

これは開戦前からの方針だから、変更になる確率は低いであろう。

この新鋭爆撃機の部隊の指揮官は、カーチス・ルメイ少将だ。第二〇爆撃軍は三つの飛行隊を指揮下に置くことが決まり、現在この飛行隊はアメリカ本土で開隊準備中だ。すでに多くの搭乗員が集まっているはずだが、肝心の機体のほとんどは、まだロールアウトしてきていなかった。

　それまでは、対日爆撃の主力はＢ24重爆撃機と、双発爆撃機Ｂ26に託されることになる。

　これらの爆撃機を護衛するのは、第七戦闘機軍が誇る新鋭機、Ｐ47Ｄ『サンダーボルト』である。

　この新鋭Ｐ47を配備した陸軍第二七七戦闘機隊と第三〇六戦闘機隊、それに第二九〇独立戦闘機隊の合計二二〇機がすでに鹿屋と知覧にやってきていた。

　これに加え、フィリピンから移動してきた第一四三飛行隊の戦闘機中隊が装備するおよそ三〇機の双発戦闘機Ｐ38も爆撃機護衛に駆りだされていた。

　日本側は、当初組織的抵抗を放棄しているかと疑いたくなるほどに、この爆撃に対し無抵抗の姿勢を示したのは先述のとおりだ。

　爆撃機の接近を察知して離陸した戦闘機は、迎撃に向かうのではなく安全な場所へ退避するという行動を繰りかえしたのだ。

　だがある日を境に、これは一変することになった。

　日本もいつまでも黙って見ているだけではない。彼らはじっとその時を待っていたにすぎない。

確実に組織的反撃が可能になるまで戦力がそろう時をだ。

ついに満を持して日本軍機による反撃の開始が告げられようとしていた。

東京に敵機が現れるようになって二週間目のことであった。

「忍従も度が過ぎると胃に穴があく。その前に適切な対症療法を試みねば、ほかの患部にまで影響を及ぼす。要はそういうことだ」

ずらっと並んだパイロットを前に訓辞をしているのは、海軍厚木航空隊司令の小園安名海軍大佐である。

場所は、厚木航空隊の飛行指揮所前。

彼は一〇〇名に近いパイロットたちをじろっと見まわす。その目は、まるで鷹の目のようであった。

じっと司令を見かえすパイロットたちの顔も、精悍そのものである。それも道理で、この厚木空には海軍中から腕のいい戦闘機パイロットが集められてきているのだった。

厚木航空隊には三つの飛行隊が作られた。いずれも戦闘機隊で、爆撃隊や偵察隊はない。海軍の航空隊としては異例の編成だ。その代わり、同じ基地内に横須賀空の偵察飛行隊と実験審査部が引っ越してきた。厚木基地は、これまであったどの海軍基地より広大な基地として整備が進んでいる。敷地には、工場まで隣接し地下トンネルから直接新鋭機が飛行場に運ばれる。

現在この隣接工場では、『雷電改』の製造が行われている。さらに、その隣の工場ではドイツから運びこまれたＪｕｍｏ《ユモ》００４エンジンの組み立て整備が行われ、武蔵野の中島飛行機で組み立てられた機体が運ばれ次第、これに組みこむ作業が行われていた。

つまり、日本初のジェット戦闘機『ハ式局地戦闘機轟電《ごうでん》』ことハインケルＨｅ２８０改は、この相模原の地で産声《うぶごえ》を上げ、厚木で試験飛行が行われているのである。

だが、このジェット戦闘機部隊である三三八飛行隊は、まだ充足率が低く、実用の域に達していない。

このため、この日小園司令の前に居並んだのは『雷電改』を装備する戦闘第三〇三飛行隊と、陸軍の四式戦闘機『疾風』とまったく同じ機体である局地戦闘機『疾風』と、『紫電』を装備する戦闘第三〇七飛行隊の面々だけであった。

厚木航空隊は今日まで組織的迎撃を行ってこなかった。関東方面に空襲があった時は、先述のように空中退避か地下深くに航空機を隠す日々が続いていた。

これには二つの大きな理由があった。

まず機材がそろわなかった。

新編成の部隊に充当するために、あちこちの航空隊と工場から機体を集めるわけだが、これをきちんと実戦に使えるようにするには実はかなりの時間が必要なのだ。合計一〇〇機近い戦闘機を、きちんと整備しきるのにおよそ一ヶ月半の時間がかかったのである。

そしてもう一つは、厚木基地自体の迎撃態勢が整うまで敵にその潜在的戦力を覚られたくなかったという事情があった。

新しい基地だけに、米側はまだ厚木の潜在能力に気づいていない。大規模な滑走路造営を行っているころから数度の偵察を受けているが、これまでの米軍の内偵情報――実は日本の情報部はすでにアメリカの日本侵攻軍司令部にスパイを送りこむのに成功していたのだが、その情報によれば四〇〇〇メートル滑走路に置かれた大型機が再三目撃されていることなどから推察し米軍はこの基地を実験基地と判断したようであった。

なるほど、偵察写真には量産機とは違う機体がいくつも写っていた。

だが実はこれは囮、というかまっ赤な偽物なのだった。

ほとんどの機体がいわゆる外側だけの張りぼてで、一部の機体は試作したものの、使いものにならなかったクズなのである。

これを中途半端な擬装でエプロンに並べ、実際の戦闘機は周到にカモフラージュされた地下の列線に待機させていたのである。

この厚木基地では、誘導路の近くの地面に大きな鉄の扉が合計八ヶ所作られている。これが地下の整備場への出入り口なのだ。ここに現在すでに一〇〇機近い戦闘機が集結している。最終的には大小二〇〇機の機体を収容できる巨大地下基地になる予定である。

完全に準備が整うまで、この地下基地の存在を米軍に覚らせないこと。それが命題となり、この日まで出撃を控えてきたのだ。

そしてついに基幹となる二個飛行隊の戦闘機の充足率はほぼ九割に達した。

九月一一日に、小園司令は海軍総隊司令部（八月二〇日に、連合艦隊に代わる海軍の艦隊司令部として正式発足した組織だ）に、出撃準備完了の報告を行った。

そして翌日早々、海軍総隊司令長官兼海軍大臣山本五十六の名で敵の侵攻を確認次第、迎撃出撃を許可する旨の許諾が出た。

そしてまさにこの当日、四国の監視哨が敵機の編隊通過を確認したのであった。

かくてこの日、小園司令はついに厚木航空隊の初陣を決断したのであった。

小園は居並んだパイロットにひときわ大きな声で叫んだ。

「叩き落としてこい！　敵機を叩け！　貴様らの任務はそれだけだ」

一同が立ちあがり、司令に向かって規律正しく頭を下げた。

一五分後、誘導路に続く厚い鉄扉がいっせいに押し開かれ、エンジンを全開にした戦闘機が次々に飛びだしてきた。

この日、迎撃に上がった戦闘機は合計八四機。過去、これだけの数の海軍戦闘機が敵爆撃機に挑んでいったことはなかった。

しかし、これはまだ厚木航空隊の歴史にとっては本当の意味の開幕でしかなく、真の伝説が始まるのはこれからなのであった。

だが、米軍にとって日本海軍戦闘機隊の真価を印象づけるには充分な新たなる戦いの火蓋が切られたことは間違いない。

日の丸戦闘機隊は、多くのものたちの期待を背に西の空をめざして飛翔していった。

2

高度七〇〇〇メートル付近は、ちょうど雲海のすぐ上であった。米軍のB24爆撃機の編隊はその雲の海を進む大艦隊のようであった。

その上空およそ五〇〇〇メートルの位置に護衛戦闘機は張りついていた。

この日、護衛戦闘機隊を率いていたのはジェームス・アシュトレー陸軍中佐であった。

そのアシュトレーの無線に警戒を呼びかける報告が入った。

「前衛警戒のレーダー偵察機が、多数の敵機接近を探知。高度およそ八〇〇〇で、まっすぐ向かってきています」

アシュトレーは大きく舌打ちすると、無線の送話ボタンを押しながら部下たちに告げた。

「めずらしく、ダンスパートナーが現れた。パーティーの始まりだ、高度を五〇〇〇上げるぞ！」

合計六二機のP47サンダーボルト戦闘機が、一気に高度を上げはじめた。現在位置は、紀伊水道上空。間もなく大阪の南部をかすめつつ目標である中京の工場地帯へ入るという位置だ。

P47は、事前情報によりほぼ半分ずつの編隊に分かれ高度を上げた。米軍は爆撃隊の誘導用にパスファインダーを放っているが、この誘導機は単なる目標偵察だけでなく周囲の敵機警戒役もかねるため機上レーダーを装備している。この探知範囲は、進行方向に対し約一四〇度の範囲を距離二〇〇キロから条件によっては四〇〇キロまでカバーし彼我の高度差およそ四〇〇〇メートルまでを探知できる。つまり、高度五〇〇〇から六〇〇〇メートル付近を巡航すれば、迎撃に上がってくる敵機を高確率で捕捉できる仕組みだ。

そして、実際にこの誘導機は厚木から飛びたった日本機を捕捉してみせた。

米軍の戦闘機が迎撃態勢に入っていることを日本側はまだ気づいていなかったが、厚木の戦闘機隊はすでに臨戦体制を整えた状態で名古屋上空を航過した。

この時点で、日本側には敵編隊の正確な位置が通報されていた。

この敵編隊を追跡しているのは、鈴鹿峠にある海軍の大型電探基地であった。

「敵戦闘機隊高度上げた模様です」

電探基地からの報告は、かなり明確に厚木航空隊の戦闘機群に届く。

日本海軍が装備している陸上型レーダーは、ドイツのウルツブルクレーダーを範《はん》にした四式電波探知機五型である。改良を重ね性能は折り紙つき。この電探と連動しているのが、敵の高度を測定するための照射式の電波高度探知機。つまりこの二基を組みあわせることで初歩的な三次元レーダーを形成しているのである。

問題はその精度であるが、現在のところ相互の誤差は一〇〇メートル前後。かろうじて実用に耐えるといったところだ。

実は測定誤差の範囲は、米軍の使用しているレーダーのほうが少ない。米軍の使用しているものは基礎を英軍が開発した短波長式のレーダーなのだが、こちらのほうが、見通し距離などはドイツの技術に劣るものの識別の容易さや距離測定精度などが高いのである。

しかし、米軍が戦場に持ちこんでいるレーダーの絶対数は決して多いとはいえなかった。海軍の艦艇も、まだ装備しているものは半数に満たない。やはりこの種の装備は戦場で真価を発揮して初めて普及するもので、参戦の遅れたアメリカは、ドイツやイギリスの装備を真似している段階であり、その真の実用性に気づいているとはいいがたかった。

では日本はどうなのかという話になると、これもまたドイツの真似から入っているわけで、こちらも決して充分に普及しているわけではない。

だが、少なくとも電探を使った作戦と用兵面において、日本はアメリカより一歩先に進んでいた。

アメリカは、レーダー情報を警戒情報や偵察情報としてしか活用していなかったのだが、日本は積極的に指揮通信にこれを流用していたのである。

この差は、やはりインフラの差と論じることができるだろう。日本は自国での戦闘であるから各種通信設備などの拡充が容易であるが、米側はすべての機材を母国から運びこまねばならず、満足な指揮通信網の構築はまだ時間がかかる見こみなのだ。

つまり、野戦指揮システムしか持てない米軍に対して充分に整った通信指揮ネットワークで対抗する日本軍という図式である。

だが、大きな問題が一つだけある。

それは迎撃する側の戦力のほうが明らかに劣勢だという一点だ。このため日本軍の電探情報は、文字どおり迎撃部隊の命運を握る貴重な情報として活用され、敵を撃破するためというより、うまく敵から逃げるために使われる場合のほうが多いのであった。

だが、この日の戦闘は明らかに今までと違った。日本軍戦闘機隊は積極的に敵に襲いかかっていったのである。

「敵を確認した。これから突っこむ」

無線機から冷静な声が響いてきた。戦闘第三〇三飛行隊を率いる飛行隊長横山保少佐の声だ。彼の率いる『雷電改』は、すでに全機が敵のP47を視認し、戦闘に向け各機の間隔を開きつつあった。

一方、『疾風』を操る戦闘第三〇七飛行隊は、この時やや出遅れており、まだ敵機を確認できずにいた。

「やはり勝手が違うな……」

操縦桿を握りながらいらだった表情を見せるのは、この三〇七飛行隊の飛行隊長を務める笹井醇一大尉である。

元が陸軍機の『疾風』は、海軍で扱ってみるといろいろ設計面で違いがあり、取り扱いに慣れるのにかなりの時間を要した。稼働率も『雷電改』に比して三分の二と低く、整備の難しさが際立っていた。

それでも、ドイツ流の規格部品導入のおかげで当初の予想よりは高い稼働率を実現できていた。この日も三八機の『疾風』が舞いあがっている。なぜか陸軍より海軍の『疾風』のほうが稼働率が高いが、これは海軍の整備の仕方に理由があるようであった。

というのも、陸軍では依然として機附《きづき》整備員の制度をとっているのだが、海軍では二年前から基地航空隊に限らずすべての整備を流れ作業式のものにあらためた。これは整備員が自分の専門分野を持って、数人でチームを作り隊の整備するすべての機体の同じ箇所を整備する、というシステムだ。

これによって、要整備機、要点検機、補給のみといった分類で、複数の機体を簡単に管理できるので整備の効率が上がるのだ。

個人の持ち機制がない海軍であるから、この整備方式はパイロットにも受けがよかった。整備の均一性が保てるからだ。

だが、その海軍の整備をしても『疾風』は難物であった。この日の出撃稼働率も、八割強にすぎなかった。

だが『疾風』の性能は、その低い稼働率をさし引いても実に魅力的なものがあった。最高速度六五〇キロ超は、陸軍の甲戦『羅刹』に次ぐ俊足だ。しかも今後発動機の調達に難のある『羅刹』と違い、『疾風』の発動機は現在武蔵野と小樽で量産が続けられている。戦争指導委員会が『疾風』を決戦号機の第一号に指定したのも、今後の量産に期待が持てるからにほかならない。

現在四機種が選定されている決戦号機であるが、そのほとんどが生産性と性能を重視して選定されている。

戦闘機が三機種に爆撃機が一機種、このうちすでに配備が始まっているのは『疾風』とジェット戦闘機の『轟電』こと、ハインケルＨｅ２８０改だけである。

ちなみに現在配備中のＨｅ２８０改は、ドイツで製造された機体を分解し輸入したものだ。この機体は双垂直尾翼を中島で増積し組み立てたもので、部隊配備は八〇機が予定されている。軍はこれを厚木に集中配備することを決めていた。すでに何機かは引き渡されているが、現在はパイロットの慣熟飛行の最中だ。

『轟電』のエンジンやその他の制御機器はさらに二〇〇機分あり、これを使って製造する機体では、中島飛行機の佐々木技師の再設計した単垂直尾翼の胴体が与えられる予定になっている。こちらは『轟電』二一型になり、日本でライセンス生産されるＪｕｍｏ００４エンジン（ネ22）を装備した機体は『轟電』二二型になる。

間もなく実戦投入できるであろうこのジェット戦闘機が決戦号の第二号ということになる。そのデビューも、もう秒読み段階だ。

現在、最後の戦闘機となる決戦号機第三号は三菱で最終試作を終え、数機が一度に完成する見こみであった。

ここにもドイツから帰ったHG18B艦隊が持ち帰った技術がふんだんに使われていた。ちなみに、この三機種目は純粋な戦闘機とは一線を画す機体であった。それは、その用兵用途からも明らかなのだが、この機体の秘密を知るものはまだ少ない。

絶体絶命の危機を乗りきり帰国したHG18Bがもたらした技術は、実に多くの方面で役立っていた。

何しろ空母二隻の代金として受け取った技術だ。その内容はかなり多岐にわたっており、対価に見合う内容なのであった。

日本は防諜に気を使い、この空母の売却には現金で大半の支払いがなされたという偽情報を流している。

だが現実には、日本は代金の一部を金塊で受け取った以外は、すべて技術パテントと工業製品や兵器の現物で受け取っていた。

それらの中には、米軍がまったく気づいていないものも含まれている。

なお決戦号機の爆撃機に関しては、立川飛行機が設計開発にあたっている。これにはドイツ製のある兵器の搭載が決定しているが、この実験場確保に軍部は躍起になっている様子であった。

広い実験場、それも確実に防諜できる場所。これは現在の日本の立場ではなかなか見つけだすのが難しい条件といえた。

それはともあれ、米爆撃機を迎撃する厚木空の戦闘機隊は戦場空域に突入していった。

やや出遅れた『疾風』隊であったが、『雷電改』隊が間もなく空戦に入るという報告に逆に好機が到来したことに気づいた。

「三〇七統括より管制へ、こちらの前方に戦闘機と思われる集団はいるか？」

笹井が無線で管制に問いあわせた。この空中管制は、日本全体をおおむね八個に区分し、それぞれが電探や目視情報などにより敵の位置、味方の位置などを把握、作戦室内に図表化・掲示して統括指揮を行っている。これには陸海軍すべての航空機が従う規則になっている。むろんこれも、開戦後に戦争指導委員会が作りあげた組織だ。面白いことに、その手本にしたのはドイツではなく、イギリスの防空司令本部なのであった。

日本は欧州での戦いに関し、かなり敏感に情報収集を行っていた。その結果、ドイツ空軍がバトル・オブ・ブリテンに敗れた原因を英国の組織的航空管制にあったと看破し、陸軍航空隊ではいち早くこの研究に着手していたのだ。

これが役立ち、戦争指導委員会の成立で陸海軍の風通しが一気に良くなったことあいまって、統合管制指揮が実現したのである。

九州の防衛本部においては、これをさらに一歩進め、陸戦部隊や海上部隊も含めた統括指揮を山下大将に託した。その結果、米軍はものの見ごとに当初予想の倍近い損害と作戦の遅延を余儀なくされ、上陸から二ヶ月以上が経過してもまだ九州の制圧のめどは立っていないのであった。

この成果に満足した戦争指導委員会は、各方面軍の司令部をすべてこの方式で一括化する方針を決め、すでに中国軍区と四国軍区の指揮所が開設され、首都防衛のための南関東軍区も間もなく指揮所が完成する。現在中部と近畿が建設中、そのほかの地域もすべてが準備に入っていた。

というわけで、笹井の問いかけに答えるのは現在はまだ近畿方面の航空管制のみを統括している空中管制所であった。

「三〇七の進行方向に存在しているのは現在のところ、敵爆撃機集団だけです。そのまま突撃してください！」

管制官がやや興奮した口調で笹井に答えた。彼の目の前のスコープには、間もなく彼我の戦闘機隊が激突しようという状況がはっきり映しだされている。

彼がのぞいているスコープは、円形のものである。これは四式五型から採用されたスコープだ。従来の手動回転式電探の場合はオシロスコープを使用していたわけだが、自動周回式のこの電探は約三〇秒でアンテナが一回転し、この円形スコープで全方位をカバーできるから観測員は楽になった。

従来は自分の測定方位をきっちり読みきらないと、敵の正確な場所が指示できなかったのだ。

報告に満足した笹井は、指揮下の全機に告げるため無線のスイッチを切りかえた。

「このまま敵爆撃機隊に向かう、全機突撃！」

笹井が叫んだ瞬間とほぼ同時に、彼らの右手上空で『雷電改』と『サンダーボルト』が激突した。日米のよく似た名前の戦闘機が、がっぷり四つに組んでの空中戦となったわけである。

二〇〇〇馬力級戦闘機の激突は、まさに空の肉弾戦の状況を呈していた。

日米の戦闘機は正面からぶつかり合うと、そのまま双方が馬力にものを言わせた強引な巴戦へともつれ込んでいったのであった。

「海軍機とは勝手が違うな。けっこう動きが単純だ」

敵の九州上陸の際に、横須賀空の一員としてやはり『雷電改』を操縦し空戦を経験していた横山は、同じように大馬力エンジンを持ちながらも、個人の技量を頼りに空戦を挑んできた米海軍のグラマンF6Fとはまったく違う手ごたえをP47のパイロットたちから感じ取っていた。

アメリカでも日本同様陸軍と海軍で操縦の規範などが違うようであった。

空戦は完全に混戦になり、どちらが有利とはいえない状況となった。だがこの間に、戦場にまだ到達していなかった戦闘第三〇七空の『疾風』隊は完全に遊軍となり米爆撃機に襲いかかることができたのであった。

「別の日本機編隊だ！　護衛戦闘機隊は何をしている！」

別方向から突撃してくる戦闘機を確認した爆撃隊指揮官のアシュトレーが無線に怒鳴った。

しかし、戦闘機隊は失態に気づきながらも目の前の『雷電改』に対処するのが精いっぱいであった。それは激しい空戦で、日米双方の戦闘機が次々に黒煙を吐き脱落していく。それを横目に、『疾風』隊はB24の編隊を完全に射程に捉えた。

「かかれ！」

笹井の号令一下、海軍厚木空の『疾風』隊は無数とも見える米軍の重爆撃機の群れに襲いかかっていった。

その姿は勇ましくも見えたが、圧倒的多数を誇る敵爆撃機の前に三八機の戦闘機は寡勢にすぎるようであった。

それでも戦果はすぐにあがった。敵機は一機また一機と墜ちていく。問題は、いくら墜としても敵の絶対数が多いためその進撃を止められないことだ。

「くそ！　いくら攻撃してもきりがない……」

誰かの声が無線機から漏れてきた。これは日本の戦闘機乗りたちの「実感」そのものであろう。

だが、この戦いは決して無駄ではない。パイロットたちはそう信じ、操縦桿についている機銃の発射ボタンを押しつづけた。

厚木航空隊は、この日の攻撃で米軍のB24を一六機撃墜。P47を一九機撃墜した。

敵全体の数からみれば、充分な戦果とはいえないが、日本側の戦力で考えた場合、これは敵が九州上陸後にあげた戦果の中では抜きんでた数値となった。

これに対する被害は、『雷電改』が被撃墜一〇、被弾機合計一四うち二機が廃棄処分、『疾風』隊が被撃墜一、被弾八機、全機修理可能という結果であった。戦死者は八名、負傷者六名は、自国の領土内であるからこそ、ここまで被害を抑えられたのだ。

米軍は日本側の本格的反撃に正直驚き、この日の被害をかなり深刻に受けとめることになった。

だがこの日、敵の重戦闘機と一戦まじえた三〇三空のパイロットの印象では、彼我の戦闘機能力は互角かやや敵側有利という感触であった。日本側有利の戦果は、完全にパイロット個人の力量に頼ったものであったと思われる。

「もっと確実に敵を押さえこめる戦闘機が欲しい」

それがパイロットたちの持った素直な感想であった。首都防衛戦闘機隊の初陣は一定以上の効果をあげたものの、決して満足のいく戦果とはいえない、実に微妙なものとなったのだった。

しかし、東海から関東方面に強力な戦闘機隊出現の報告は確実に米軍の戦術に影響を与えることになった。

米軍はこの戦闘機隊の正体を確認し、その対策を講じるまで当面東京方面への爆撃をさし控えることにしたのだ。

この空白期間が厚木航空隊の補強だけでなく、陸軍の首都防衛計画を推進させる大きな後押しとなった。

米軍が名古屋以東の爆撃を再開するのは、九月も二〇日以降のことになる。

その時、米軍はこの爆撃がドイツのベルリン爆撃にも匹敵する苦難の道となったことを知る。空白の時間は彼らを地獄に近づかせたのだ。

3

名古屋方面を襲った米軍爆撃隊が日本戦闘機の迎撃を受けた日、それ以外の戦線は際立った動きを見せていなかった。

だが、戦線を離れた意外な場所で緊張が異様に高まっていた。

満州の首都、新京である。

実は、数日前からこの新京の町は妙な殺気に満ちているのだった。

町のあちこちに武装した日本の軍人の姿が目立ち、満州国軍兵士も完全武装でそこここに立哨している。

市民の交通量は激減し、商店の多くは店を閉めていた。

「まずい雲行きね。あたしもいろいろ忙しくなりそう」

ダイムラー・ベンツのスポーツクーペを自分で運転しながら、その殺伐とした空気の街を進むのは、サングラスをかけた川島芳子《かわしまよしこ》であった。

「そうですか。妙にこちらの方が中途半端でいかん」

「川島嬢の立場もいろいろ複雑ですな。まあ、姫様稼業は似合わぬでしょうが、それにしても勇ましい」

ベンツの助手席には、眼鏡をかけた中年男性が座っていた。妙に垢《あか》抜けた感じは日本人離れしているし、やたら目立つ高級スポーツ車の乗り方にも妙な気取りがない。この年代の日本人の多くは、高級スポーツ車に乗るとコチコチに緊張する。ふだんタクシーの後部座席にばかり乗っているからか座席が二つしかない車の助手席では落ち着かなかったりするのだ。しかし、男は完全にリラックスした態《てい》で椅子におさまっていた。

「じゃあ、今度その勇ましい姿を描いていただけないかしら、藤田画伯」

川島に言われた男はにこりと笑った。その笑顔は、なるほど、パリの画壇で名の知られた日本人画家藤田嗣治《ふじたつぐはる》のものだ。

第二次大戦が始まり日本に戻っていた藤田は、その後満州に渡り、親交のあった川島芳子の依頼で満州の風土を絵にするという仕事をしていた。すでにかなりの枚数の藤田の画が完成し市場に流通していた。

川島芳子はこれらの絵を使い、国際社会で満州の認知度を上げようと考えたのだ。藤田の描く満州は、若い国家の立ちあがっていく姿を如実に描写しており、そこには満州独自の風土と文化がしっかり描かれていた。

ここは日本の傀儡国家じゃない。絵の中の人々の顔がそれを訴えてくれている。川島はそう確信し、実際多くの批評家もそう受けとめている感触が伝わってきていた。

これも、満州を一人前の国家として育てていくための方策の一つ。彼女はそう思い、藤田の滞在費用などをすべて個人で負担していた。

川島芳子はその血流を盾に、満州国政府の奥深くに食いこみ、現在は政府でも重鎮の国軍総司令官溥傑《ふけつ》の秘書室長の座にある。

清朝の血筋を受け継ぐ彼女は、満州を独立国家として広く世界に認知させるため、これまでにも各種の文化的工作を行ってきていた。もっともその裏では以前と変わらず諜報工作も仕切っているのだが。

その川島の依頼で満州入りした藤田は、満州各地を訪ねまわり、自分の目で見た満州を政治的影響なくしっかり描きあげていた。その画が世界的に評価されているということは、本当に満州が自主独立国家としての自信を持ってきていることの証明であろう。

実際、国内政策に関しては、日本の影響力は以前の半分以下に減少した。法律も、国策も、しっかりと議員府で作られ皇帝陛下溥儀《ふぎ》の決裁により施行されている。関東軍が国家運営をしていた満州とは、まったく別の国になったといって過言ではないだろう。

だが現実に目を向ければ、日本と一心同体の経済態制そして軍事組織の存在といった負の側面も浮かびあがる。

いかに独自国家であることを叫んでも、日本に癒着しなければ栄養を吸うことすらできぬ畸形《きけい》国家であることも川島は理解していた。

それでも満州と満人の国際的地位確立を彼女は願い、藤田だけでなく多くの文化人、それも多岐な国籍の人物を使い満州の現状を世界に訴えつづけているのだった。アメリカの流す満州のイメージは、あまりに歪められ彼女を怒らせる。真の満人の心を自分が知らしめなければならない。彼女はそう決意し邁進してきた。

藤田は、その彼女にとってもっとも頼りになる協力者の一人なのだ。

だが日本が米国と戦端を開くという事態に至り、今度は日本政府、つまり戦争指導委員会が国際的に名の知れた藤田の利用価値に目をつけてきた。

戦争指導委員会の外務担当官の一人である読売新聞社社長の正力松太郎《まったろう》が藤田に戦争の絵を、それも米軍の非道を訴えるような絵を描けと要請してきたのである。

この要望にどう応えるべきか迷った藤田は、大満州貿易公司会長の甘粕正彦に相談し、この仕事を受けるべきかどうかの判断を仰いだ。甘粕と藤田は古くからの懇意で、川島芳子と藤田をつないだのも甘粕なのであった。

藤田は政治的なセンスを持っていない、こういった判断が必要な時、彼はいつも甘粕を頼りにしていたのだ。

すると、甘粕は藤田の話を聞くなり即座にこれを断るべしという答えを出した。日本の政府と太いパイプを持ち、裏の金庫番を仰せつかっている甘粕が、まさか否の回答をすると思っていなかった藤田は少々驚いたが、次に甘粕の口から出た理路整然たる解説で大いに納得を得ることになった。

藤田嗣治は、プロパガンダ画家ではない。独自の世界を持った画家であるから、これに誰かの要請で強いメッセージを託した絵を描かせても、決して世論はその作品を藤田個人の主張とは思わない。

現在川島芳子の依頼で描いている絵は、自分でその風土を体験し描いた絵であり、藤田嗣治の絵と呼ぶにまさにふさわしい。だが、まだ見ぬ戦場を、それも残酷なる描写で描いたとしたら、藤田の信用は地に落ちかねない。だからこの仕事は断るべきだ。

甘粕はそう言いきった。

パリにあった頃、藤田は何度か甘粕の依頼で書籍や情報を集め、彼に送ったことがある。藤田は好意で行っていたのだが、見方によればこれは一種の諜報行為である。

藤田の側に自覚がなくとも、甘粕にしてみれば藤田は自分の手駒なのである。その藤田を戦争指導委員会に勝手に使われることを彼が嫌った。というのが実際のところなのだが、面と向かって藤田をおだてるような語調で説を述べられれば、彼ならずとも気分良く納得してしまうだろう。

翻れば、日本国政府との関係を重視しなければならない甘粕の立場として、このまま単に藤田に首を振らせるわけにもいかなかった。だから彼は説明を終えて一拍の呼吸を置いた後、藤田にこう言ったのである。

「どうでしょう、あなたにしかできないかたちで、戦争を描いてみませんか?」

甘粕はそう言うといきなりこんな提案を語り始めた。

「藤田さんの絵は、写実的に物事を訴える力がある。ならば、むしろ戦争そのものを描くより、今の日本の窮状を、市民の生活を描いて世界に訴えたほうが、よほど日本という国のためになるのではないですかな」

藤田は、なるほどとうなずいた。本人はあまり意識していないようだが、藤田には強いナショナリズムがあった。パリの画壇で頑張ったのも、日本人画家の、というよりは日本の芸術界の地位向上のためであった。その藤田が国のために何かを為すという言葉に弱いのは当然のことであった。

「戦争指導委員会には、私のほうから提案します。まあとりあえず、画伯は何とか無事に日本にたどりついてください。仕上げた作品の発表と運搬は、この大満州貿易公司が責任もって請け負います。何でしたら、アメリカ国内に持ちこんでもみせますよ」

甘粕はそう言って不敵に笑った。彼の牛耳るネットワークに不可能はない。その揺るぎない自信がこの笑いに満ちているようであった。

本人はうまく操られたとも気づかず、藤田はこれを快諾し川島の運転する車で日本行きの飛行機の出る陸軍飛行場へと向かっているのだった。

しかし、その車で走る新京の町の様子は三ヶ月前とは明らかに変化していた。

「ひょっとしたら、また軍服に戻る必要があるかもしれないわね」

ステアリングホイールを握った川島芳子は、そう言ってちょっと顔を曇らせた。

国境がきな臭くなっていた。

国民党軍が、越境の動きを見せているのだ。現在の国民党に、どの程度の継戦能力があるのか疑問だが、アメリカに焚《た》きつけられて動いているのだけは間違いない。

となると、すでに武器援助もかなり受けていると見るべきだろう。

二線級の装備しかない満州国軍としては、もし戦争となった場合は日本軍に泣きつくしかない。川島は、それが気に食わなかった。

段階撤退により最盛時の七五万から一気に減少した日本陸軍も、いまだ三〇万以上の戦力が満州にある。これは中国領内から撤退した部隊が、満州にとどまり段階撤退を行っていたため、戦争開始で日本への移動困難におちいり、そのまま関東軍に編入されたからだ。

これは満州国軍の総数よりはるかに多い兵力なのだ。

つまり、国軍より強力な軍隊がいまだ満州に居座っている。それも川島は気に入らない。

満州はかたちだけとはいえ自主独立を果たしている。だが同盟国といえば聞こえはいいが、実質的支配者の日本の力なしには国の安全一つ保障できない。満州国民の目から見れば、これは屈辱的地位が依然として続いていることにしか写らない。

少なくとも、満州の国内での満人と日本人の軋轢《あつれき》は少なくなった。それでも、まだ特権階級に居座る多くの日本人への反発は強い。

ここで日本軍に泣きつくことで、またしても日本の軍人が満州で威勢を盛りかえし、幅をきかせるようになることを川島は嫌っているのだ。

日本人と満人との間にある決定的な溝、これが埋まらない限り真の意味のアジアの大同団結などできるはずがない。川島も、そして甘粕もこれを承知している。彼らは確かに日本の戦争遂行に協力はしているが、実質的には門外漢だ。

川島は、甘粕が日本という国の旧来の枠を取りはずすことに躍起になっているのを知っているから、彼と緊密な関係を維持している。

いってみれば、新たなるアジア世界を夢見るものたちが、今の満州には集まっている。これまでとまったく違うかたちでアジアの人民が集まり、工業を基盤とした新興国家を興《おこ》し欧米に対抗する。そんな夢をこの大陸に抱いて集まってきており、甘粕はそんな男たちのいわば筆頭株なのだ。

その、アジアの刷新を夢見るものたちにとって、今回の国民党の動きは大きな危機といえた。

日本が大陸で再度台頭するのは、あまりにもまずい。ましてや国民党が中国を席巻すれば、アメリカが直接乗りこんでくるのと大差がない。そうなれば、またも植民地の悪夢に大陸の人民は脅え憤るしかない。

当然、満州国皇帝の溥儀もそれを熟知している。彼の思いは「不戦」である。

だが、現実はそんな思惑と関係なく動く。結局すべてを動かしているのは、アメリカの、いやこの場合はG・C・マーシャルの思惑なのであった。

「大陸での戦争は避けたいものですな」

藤田がボソッと言った。彼もまた、満州を旅するうちに新しいアジアというものを肌で感じ、擁護する立場になった人間だ。

「皇帝陛下も戦争は望んでいない。日本人だって、これ以上の戦火拡大は望んでなんかいない。すべてはアメリカのせいよ」

川島芳子はガクンとクラッチをつなぎ、車を増速させた。街中を抜け郊外への道に出たのだ。

さすがに、ここまで来ると兵隊の姿も目立たなくなる。

「この戦争の意味はいったいどこにあるのだろう。日本の政府は、なぜアメリカに降伏しないのだろう」

藤田が感じた疑問を素直に口にしてみた。政治とは縁のない世界にいる男だけに、こういう疑問が簡単に口をつくのであろう。

川島芳子が、ちょっと苦笑を浮かべながら答えた。

「それが外交というものだからよ。考えてみればわかるわ。もし日本がアメリカに降伏したとして、日本の政治形態はどうなるの？　皇室はどうなるの？　アメリカが今まで植民地化してきた国々で行ってきた行動が、そのまま日本に適応されるとは思わないでしょうけど、それでもアメリカは自分の国益を第一に考え、日本という国の独自性や、これまで培ってきた諸外国との関係を全部踏みにじるのは間違いないことよ。それを素直に認められる政治家がどこにいるというの？　苦しくても、勝ち目がなくても、戦うということが、今の日本に残された唯一の外交手段なのよ。日本と運命をともにする満州にしても、ここで日本に簡単に負けてもらっては困るから、血を吐きながらでもこれを支援しているのよ。戦争は、ただの殺しあいじゃない。政治の一部なのよ」

藤田が不思議そうな顔をした。

「理解できないですなあ。それでも無謀な戦いで国が荒れ、国民が傷ついたら、もはや国益がなどと悠長なことを言えなくなるではないですか。真に国を思うなら、ただ白旗を掲げるのではなく、きちんと筋を通したうえで負けを認める。かつては、そうした敗戦もあったはずでしょう。何ゆえに、日本はそういった道を選ばぬのでしょうなあ」

川島芳子は、この藤田の問いにかなり辛抱強く答えた。短気で有名な彼女にしてはめずらしいことだ。それだけ藤田という人間の人柄と利用価値を知っているということかもしれない。

「意地、かしらね。私は日本人じゃないから本当のところはわからないわ。ひょっとしたら、誰かとんでもない妖怪が日本の政府のまん中にいて、そいつの思う壺にはまっているだけかもしれないわね。あら失礼、これは私個人の推理よ。何の証拠があるわけじゃないですからね」

彼女はそう言うと、ふっと力なく笑った。

川島芳子という人間をよく知っているものなら、この言葉にかなりのメッセージがこめられていると覚ったはずだ。藤田も彼女があえて言葉を濁《にご》した真意に大きな興味を持った。だが、たぶんこれ以上突ついても彼女は何も話してくれないだろうことは、藤田にもわかった。

藤田は小さく肩をすくめながら呟いた。

「誰の得にもならぬ戦争など早くやめるにこしたことがないのに、ことが国家という大きさになると、どうにも奇々怪々になる」

それは実際に戦争に携わっている誰もが感じていることではないだろうか。

中でも、理不尽な戦いの最たる場所。すなわち最前線、それも実際の戦線のはるか後方に取り残された将兵たちは、より現実的な重みでこの理不尽さを感じているはずであった。


「いつまでこうしていればいいのかな……」

まばらな木漏れ日を見あげて呟くのは、岩崎英二軍曹であった。

砲兵第一師団麾下の噴進砲大隊に所属していた彼は、米軍の上陸初日からこれの迎撃にあたっていたのだが、部隊の弾薬枯渇にともない大隅要塞に後退した。

しかし、その大隅要塞も敵の執拗な攻撃によってその連携機能を喪失し、四週間前に事実上の陥落をした。

多くの兵が投降し捕虜になったが、一部の複郭陣地は要塞と切り離されて生き残った。

岩崎の分隊がこもったトーチカも敵の攻撃に生き残り、守備隊降伏後も機能を維持していた。

だが、二週間前に敵の掃討作戦でこの陣地も陥落。岩崎は部下に、投降するのもゲリラ戦を展開するのも自由であると命じ、各自に自分でその判断を下させた。

その結果、三名のものが岩崎に従い陣地を脱出、残り八名は投降の道を選んだ。

岩崎は持てるだけの食糧と弾薬をかかえて山中に逃げこみ、今日まで米軍の掃討作戦から巧みに逃げてきた。

山中のちょっとした洞窟などに潜み、敵の気配を感じては逃げるという、ゲリラとは名ばかりの逃亡生活であった。

岩崎は、なぜ自分が抵抗を続ける道を選択したのか、よくわからなかった。

そもそも彼は職業軍人になろうと陸軍に入った。砲兵下士官として大陸で戦い、北満事変では味方が敵に蹂躙されるのも見てきた。

しかし、ハル・ノート軍縮により予備役に編入された彼は、何となく軍の体質に反発を覚えながら、新聞記者という未知の職業を三年間続けてきた。

兄がその新聞社の敏腕記者であったことから雇ってもらったのだが、ここで彼は意外な才能を発揮して、政治部で一本立ちの記者として重宝された。

彼は、外交に流されコロコロと体質を変える軍に大きな失望を覚え、日本の政治に対してかなり引いた視線を持てるようになっていた。

その観察眼が新聞社にとっては貴重な発見を多くもたらしてくれたから、デスクも喜んでいたのだ。

軍に奉仕していたつもりが、あっさり裏切られたという思いが、こうしたひねくれた岩崎の思考を形作ったのであろう。

しかし、日米開戦必至になった二月に赤紙で再召集され、それまで扱ったことのない噴進砲の部隊に配属された。

わずか数年で、陸軍は骨の髄まで変わっていた。岩崎はその新しい帝国陸軍にひどく戸惑い、絶え間ない違和感に襲われていた。

だが、そのまま気づけば最前線に放りこまれ、地獄さながらの戦場を目の当たりにしていた。

多くの兵が倒れ、死んでいく。無敵のはずの要塞も、時間の経過とともに切り崩され瓦礫《がれき》と化していく。

退却を重ねるうちに部隊は散りぢり、中隊本部とは連絡途絶、小隊長も行方不明になった。かくて岩崎は、自分は部下の命を預かったまま籠城を余儀なくされた。

なぜこんな戦いをしなければならないのか。そんな疑問を胸に抱きながらも、岩崎は慣れぬ機関短銃を撃ち、抵抗を続けた。

敵の攻撃に耐えられないと気づいた時、岩崎は自分も投降すべきかと悩んだ。

だが、なぜか白旗を掲げる気にはならなかった。軍は無茶な抵抗を選ぶより、早期に投降するようにという通達を全軍に行っていた。

帝国陸軍もずいぶん変わったものだと、岩崎は驚いたものだ。ひょっとして古い軍人気質が岩崎の中に残っていて、投降を拒絶したのかもしれない。

そう考えると、岩崎は自分が無意識のうちに自己矛盾を起こしていたことに気づかされ、何とも憂鬱な気分になった。

自分が憤っていたのは、あの古い体質の軍であった気がする。ところが、自分の行動はその古い体質の軍に培われた思想に無意識に従ってしまっているのだ。岩崎と同じように、急激な変化に翻弄された下士官や古参兵が大勢いることであろう。

彼らは、素直に敵に降るという途《みち》を選択しえたのであろうか。

「分隊長殿、誰か来ます」

見張りに立てていた部下、大川という召集の一等兵が小声で知らせてきた。

岩崎と、彼の横にやはり座りこんできた宮川という古参上等兵と藤代という若い二等兵が緊張し、武器に手を伸ばした。

彼らが使用しているのは、籠城する砲兵部隊用に緊急に支給された四式機関短銃である。同じ機関短銃でも、百式とはずいぶん違う無骨な格好の銃だ。プレスの本体、横出しのマガジン、といった姿は英国のステン・サブマシンガンに似てないこともないが、銃床は粗末ながらも半木製のものがついている。

弾薬は八ミリ南部を使用しているので、はっきりいって非力だ。だが一秒間八発の発射速度は、接近戦ではかなり頼りになる。

四人の兵士がじっと息をひそめ木陰に身を寄せた時であった。彼らの潜む岩陰に向かった傾斜の下のほうで、なるほど人の動く気配がした。

そして、その音は唐突に聞こえてきた。

鳥の声に似ているが、それは笛から出される音色。これを聞いた岩崎は、あわてでポケットから小さな笛を取りだし、これを吹いた。

先ほどと同じ音色が木立に流れる。

兵士たちの緊急が一気に解けた。これは日本のゲリラ部隊に支給されている味方識別用の鳥笛で、これを鳴きかわすことが合言葉の代わりになっているのだ。

ほどなく下の茂みから、二名の兵士が姿を現した。岩崎たちもたいがいボロボロの服装だが、彼らもかなり疲れきった風体《ふうてい》をしていた。

「この付近を担当している岩崎分隊か？」

兵士の一人が訊ねた。岩崎がうなずき答える。

「私が岩崎だ」

もはや原隊もへったくれもない。ゲリラ部隊は、数名が一個の戦術単位になって山中をさまよっている状態である。それぞれの隊は、指揮官の名で呼ばれるのがふつうだ。

「西の尾根を根城《ねじろ》にしていた今崎小隊の生き残りだ。三日前の掃討戦で隊は解隊した。俺は、川浪、こいつは庄司だ。すまんが、しばらく厄介にならせてくれ」

岩崎隊の男たちは顔を見あわせると、二人に向かってにっこりと笑った。

「仲間が多いほうが心強い。助かるよ」

岩崎が川浪に手を差し伸べた。彼の衿にも軍曹の階級章が見えたが、川浪は歩兵の兵科章をつけていた。

「歩兵ですね、陸戦はそちらのほうが専門じゃないですか？」

宮川が、川浪に訊いた。

「ああ、だが、あんたらの評判を風聞で知ったからやってきたんだよ。ここは、少しでも知恵のある奴にくっついたほうが得だからな。指揮は、岩崎軍曹にまかせるよ」

川浪はそう言ってにっこり笑った。

実は、この大隅半島に隠れた日本兵ゲリラ部隊は、細々ながらも連絡網を維持していた。その連絡網で、岩崎の率いる分隊は何度か戦功で名前があがっていたのである。川浪は、どうやらその噂に惹かれ、彼らを訪ねてきたらしい。

川浪の所属する隊は、一五名と比較的大所帯で転戦をしていたのだが、これがかえって徒となり米軍の掃討戦の的にされてしまった。三日前、米軍は一個中隊以上の兵を投入し、今崎小隊のアジト付近を攻撃、焼き討ち作戦で尾根を一個焦土化してしまった。

この乱暴な攻撃で隊はバラバラになり、指揮官の今崎中尉はいっしょに逃げた部下ともども戦死、次席指揮官の本多曹長と彼に従った部下は捕虜になった。

何とか米軍の包囲を脱したのは、川浪と庄司のほかには三名だけであった。ほかのものは、より安全と思われる南をめざしていった。

岩崎たちのいる場所は、米軍のパトロールも頻繁に行われる危険地帯のただ中なのだ。

「まあ、歩兵の目から見たら変則かもしれないが、俺流のやり方で闘ってきた。だから、辛抱してこれに合わせてくれ」

岩崎は、あらたまって川浪に言った。川浪も素直にうなずく。

「連隊で習ってきたことは、ほとんど役に立たない。およそ教練で身についたこととは別の技術が、この戦争では必要だというのが、この二ヶ月間で身に染みてわかった。何でも従うから安心してくれ」

どうやらゲリラ戦というものは、本来の歩兵の職分とは相反する部分が多いようだ。このためなのか、実際に山中に逃れてみると砲兵や輜重出身の部隊のほうが、うまく敵を翻弄できていたりする。

創意というか、常識では量れぬような戦い方こそ、ゲリラ戦では有効なのだという証拠であろう。

岩崎隊が活躍できたのも、岩崎の性格や、その知恵によるところが大きかった。その岩崎の戦術の基本は軍事教練ではなく、新聞記者時代に培った知識に根ざしているのだった。

生き残ること。そして、無謀な戦いをしないこと。それが岩崎の掲げた方針だった。

それなのに、米軍が頻繁に現れる場所にいるのには理由があった。岩崎は、この付近の地理を事前に踏査《とうさ》していたのだ。熟知した地形の中だからこそ、敵の裏をかける。しかも敵がより奥部の味方を攻撃しようと踏みこめば、巧みにその背後を衝くことができる。

こうして岩崎隊は今まで多くの戦果をあげ、無事に逃げおおせてきたのである。それに敵との遭遇確率が高いということは、もう一つの利点を岩崎たちに与えていた。

米軍兵士の多くが、作戦行動中にはレーションといわれる携帯糧食を持ってきている。岩崎隊は、倒した敵兵からこの食糧を奪うことで、危険を冒して味方の秘匿倉庫まで食糧の供給を受けにいかずにすんでいるのだった。

岩崎は、全員を見まわして命じた。

「よし、寝ぐらを変えるぞ」

これもまた、これまで岩崎たちを生きのびさせてきた知恵であった。決して一ヶ所に長時間とどまらない。常にあわただしく移動することで、敵の追跡を振りきるのだ。

実際、油断しているところを急襲され壊滅した部隊も多い。岩崎は、それを避けるために絶対に決まった場所に野営しないよう心がけていたのだった。

「おそらく数日以内に敵はもう一度山に火を放つだろうな。問題は、その時どこに陣取れば安全かということだ。だんだん逃げるのもきつくなるが、とにかくできるだけ抵抗するつもりだよ、俺は」

歩きだしながら岩崎が川浪に言った。

川浪もうなずいた。

「俺は、この戦争にどうしても納得がいかない。アメリカは我々の国土を蹂躙する権利など持っていない。だから絶対に最後まで抵抗してやるつもりなんだ」

岩崎は小さくうなずき、こう言った。

「俺としては、戦争を始めてしまった日本の政府にも疑問を感じているんだが、ここで文句を言ってもどこにも聞こえはしない。だが、兵士として戦争を続けていれば、少なくとも国民の役には立っている。そう自分を納得させることはできる。だから、銃を握っているのだろうな」

川浪がちょっと意外そうな顔で岩崎を見た。

「ここまでかたくなに抵抗を続けているんだから、てっきり筋金入りの帝国軍人かと思ったが、あんた、かなりひねくれた思考の持ち主のようだね」

岩崎は苦笑した。

「ゲリラ兵なんだから、少々ひねくれているくらいがちょうどいいんだろう。実際、杓子定規に軍規を守っていたら、三日で戦死する」

川浪が、もっともだとうなずいた。

「まあ。俺もかなり規格外の下士官だから、生き残れたのかもしれんな。それじゃあ、これからよろしく頼むわ」

六人の兵士は、夏葉の繁った山の中に分け入っていった。

戦争は、戦線のはるか後方でも継続しているのであった。

4

海軍省の建物の中が騒然となったのは、日没後のことだった。九月一四日、米軍が大阪、堺の市街地を爆撃した日のことである。

悪天候が多く、爆撃の回数も減っていたのだが、この日低気圧が紀伊半島を通過した直後に米軍は殺到してきた。

米軍は、かなりの数の気象観測機と観測船を日本の周辺にばらまいているのだが、残念ながら日本にはこれらの無力な敵ですら駆逐する余裕がなくなっているのが現状だった。

爆撃は、しかし雲量が比較的多く精度が低かったので、憂慮するような被害報告は上がってきていなかった。

海軍省でも、まとまった被害がなく安堵の声が上がりはじめていた午後五時過ぎのことだった。

省の表玄関に、山本大臣のホルヒが滑りこんできた。大臣は、指導委員会の会議から省内に突然舞い戻ってきたのである。予定では午後七時まで会議ということになっていたので、省の人間は何事かといぶかしんだ。

そして、騒ぎは始まった。

大臣はいきなり主だった幹部に会議室に集合するよう命じ、まだ八割ほどしか顔ぶれがそろわぬうちに自分の戻ってきた目的を告げた。

「え？　呉の戦艦部隊を動かすですって！」

話を聞いた幹部たちは、いっせいに色めき立った。

当然だろう、瀬戸内にいた戦艦部隊は、もはや出番なしと思われ、呉の泊地内で事実上防空砲台として活動しているだけだったのだ。

呉にいる戦艦部隊の生き残りは、『大和』『伊勢』そして『山城』の三隻である。

この三隻は、かなり損耗が激しい。当然だろう、これまで五回ほどの空襲で、敵は必ずこの戦艦を目標にしていたからだ。

中でも、硫黄島沖海戦に出撃できなかった『山城』は、兵装が完璧であったことから対空戦闘でも中心的存在となり、その戦闘をほぼ一手に担っていた。

当然、敵も無傷の戦艦に攻撃を優先する。

この結果、爆撃を受けるたびにその被害は増え、最終的には多数の命中弾により主砲三基が破壊され、浸水も激しくなった。着底こそしていないが、すでに注水量は航行できる限界を超えている。次回の爆撃の際には、退避行動は不可能だろう。かろうじて一部の対空砲座は使えているものの、事実上擱座状態といって間違いない。

『大和』と『伊勢』は海戦で受けた傷の応急修理こそ終えているが、はたして戦力として計算できるか微妙な状況にある。

というのは、『伊勢』は後部主砲二基が満足に動かない。『大和』に関しては、二番砲塔が旋回不能だ。

主砲の数のそろわない戦艦は、戦力として半減と考えるべきなのだ。

山本の話は、この何とか動ける戦艦を救出し、あらためて戦力化するというものだ。海軍省の幹部たちが驚くのも無理はない。

しかも『大和』と『伊勢』は、泊地内で退避行動を続けているとはいえ、修理後の全力航行試験を行っていない。

これをいきなり動かすといっても、誰もが驚くばかりで、実行可能なのかどうかわからなかった。

しかし、山本は本気でこの話を海軍省に持ちこんできていた。いや、これはすでに命令として下達《かたつ》するという内示である。

山本は硬い表情のまま話を続けた。

「先ほど指導委員会でこの案は採決された。会議は続いているが、急いで準備させる必要があるだろうということで抜けてきたのだ。無理は承知だ。しかし、これは断行する」

一同が再度ざわつく。

「陸軍からのたっての要望なのです。舞鶴の『陸奥《むつ》』と『霧島《きりしま》』も、すぐに大湊《おおみなと》に移動させることになる。とにかく、あそこに残存の戦艦を集結させて反撃のための準備を始めます」

山本が従えてきた海軍総隊参謀副長の矢野大佐が、居並んだものたちにそう宣言した。

「反撃……」

あまりに場違いに聞こえる言葉に海軍省幹部の誰もが目をむいた。

あたりまえだ。どこをどう逆さに振っても、今の日本海軍に米軍に太刀打ちできる戦力などない。

それをどうやって反撃にまでもっていくのか、矢野の言葉はまったくもって実現不可能に思えた。

それがどんなにむなしく響いたか、幹部の一人、海軍の組織改革で海軍省に同居せざるをえなくなった軍令部作戦部参謀の黒島大佐がボソッと呟いた。

「『自殺』の間違いじゃないのか……」

山本の耳がそれを聞きとがめ、黒島に視線を向けた。

「散るとわかっていても、それが戦争にとって有効に作用するとわかれば強行しなければならぬ作戦もあるのだ。理解しろ」

黒島は黙って肩をすくめた。

「しかし、生き残って行動可能な戦艦全部を動かす。それはいったい、どういう意図なのです？　反撃の中身というのはいったい……」

作戦部の大野大佐が山本と矢野の顔を交互に見ながら質問した。黒島の呟きよりは、具体的に不安を表現している。

これには山本が答えた。

「首都防衛計画の一環だ。防衛軍の司令官になった陸軍の今村大将の案にもとづき、戦艦部隊を遊撃軍として房州沖に展開することになったのだ。敵の上陸部隊がやってきたら、これに戦艦部隊を突っこませる」

まあ、アイデアとしては納得できるだろう。だが、実際にこれが実現可能な案かどうかというと別の問題になる。

「無謀ですね、航空支援のめどは立つのですか？」

黒島が眉を寄せながら聞いた。今度は矢野が答えた。

「だからこそ、沿岸に作戦を限定するのだ。最大限の航空支援。それがこの案の成功条件の一つであり、指導委員会ではこの作戦に決戦号機の爆撃隊と新戦闘機隊をすべて投入する肚だ」

大野が首を傾げた。

「まだ量産の始まっていないものを投入するといっても……」

矢野が大きく深呼吸をしてから、大きな声で言った。

「今が最後の機会なのだ。ここで『大和』と『伊勢』を救出できなければ、おそらく二隻は呉でつぶされる。海軍軍人として戦艦に最期の花道を作ってやるつもりで作戦を立ててくれ！」

この言葉によって、ようやく一部の幹部たちに納得の表情が出てきた。しかし、慎重派の人間はまだまだ懐疑的表情を崩さない。

情報部の美杉中佐が口を開いた。

「幸いにして、呉に対空砲を集中配備したおかげで敵の空襲頻度が少なく、艦隊は生き残ってはおります。しかし、瀬戸内海は敵の機雷投下でほとんどの海峡が航行不能状態です。そこを突破しろといいましても、かなりの困難が予想されます」

もっともな意見だ。

「それに、実際に脱出作戦を行う段階で、航空支援は受けられるのですか？」

自分も戦争指導委員会の構成委員である井上成美中将が、顔をしかめながら山本に言った。彼の表情もまだ険しい。

井上は事務方として省に残り、今日の会議は欠席していたので、そこでいったいいかなる話しあいが持たれたのかは知らなかった。

それだけに山本の突然の言葉に何とも納得しがたい理不尽さを感じているのであった。

だが山本は毅然とした態度で答えた。

「手持ちの掃海部隊をすべて瀬戸内海に集める。海軍総隊の全力で、戦艦の脱出を支援することになる。陽動作戦、航空援護、とにかくできる限りのことをして作戦を実行する。とにかく海軍の全力を傾倒すれば、決して不可能などということはないはずである」

あまりにあっさりと言ってのけるので、それが実にたやすいことのように聞こえてしまう。だが、これが途方もなく困難な作業になることは、その場の全員が承知していた。

むろん言っている山本本人も、承知しているはずだ。彼はつい数日前に瀬戸内まで出かけ、艦隊の惨状を目の当たりにしてきたばかりのはずだ。

その山本が、まるで何かに取り憑かれでもしたかのような口調でまくし立てるので、一同はあっけにとられているのだった。

「大臣、いったい何があったのですか……」

山本のあまりな態度に、思わず井上が質問を発した。

だが、山本はちょっと眉を動かしただけで、井上に言った。

「何もない」

だがすぐ後に、井上にだけ聞こえるような小声でこう呟いた。

「公式にはな……」

その言葉の裏に含まれていることを感じ取り、井上の表情はますます暗いものになった。

何かが起きた。政府の中央で。山本の言動はそれを暗示している。

そして、この井上の直感は当たっていた。

実はこの前日、山本と陸軍大臣の寺内、そして首相の杉山の三人で極秘に会談が行われていた。そこで出た話が、この指令の大本《おおもと》になっているのだった。

いったい、その場でどんな話が行われたかというと、だいたい次のようになる。

そもそもこの会合は、戦争の行方というか、日本がいつまで抗戦すべきかという非常に重要な問題に関し、極秘裏に話しあうということで席が設けられたものだった。

場所は麹町にある首相の別邸であった。

「民間の被害に関する統計を発表すべきかな」

明らかに疲労の色が目立つ顔で杉山が二人の大臣に訊いた。各種の報告が、ここには書類の束となって運びこまれているが、その中には世間に公表されていないものも多い。

もっとも数が多いのは、やはり被害に関する報告だ。

「そうですね、ここまでほとんど脚色なしに戦況を発表してきたのです。むしろ、民間の被害はきちんと報道すべきじゃないでしょうか」

寺内が言った。すると、山本が異論をはさんだ。

「これが軍の受けた被害なら、たとえ屈辱的敗戦でも素直に流すべきでしょうが、ことが民間となると少し慎重になったほうがよろしくないでしょうか」

杉山が、うむと小さくうなずいた。

「私も、そう思う」

寺内が首を傾げた。

「なぜです？　我々がいかに苦戦しているかが大きな宣伝材料になり、外交の武器になるとおっしゃっていたでしょう。だったら民間人の受けた被害こそ、その外交の最たる武器になるのではないですか？」

これに山本が即答した。

「諸刃《もろは》の剣だからですよ」

寺内がなおも首を傾げたので、杉山が説明した。

「民間の被害は、確かに大きな外交の武器になる。だが、使い方を誤ると、国民に対し戦意喪失の種を与えることになりかねない」

なるほど、これなら寺内にも理解できる。

軍が負けるのと、銃後の人間が死ぬのとでは、話を聞いた人間が受ける感想はまったく違うものになる。特に日本の一般人が持つであろう感情は、恐怖や厭戦《えんせん》に直結することになりかねない。

実際、彼らの手元にあるのは、それが懸念される数字であった。

米軍が九州に上陸した時、政府は強制疎開で二〇〇万人もの民間人に疎開を強制した。その代わりにほぼ五〇万に達するゲリラや諜報員を送りこんだ。だが、それでも一〇〇万人近いものが戦場地域に残されることになった。彼らを無理に疎開させることは、政府の力をもってしても難しかったのだ。軍そのものまでが反乱を起こすような政変を潜りぬけた結果、日本の政府の強権発動に無意識の制動効果が働くようになり、強引な疎開命令を出せなかったのだ。

この民間人は結果的に戦火に巻きこまれることになり、政府の予想をはるかに上まわる死傷者がそこに出ていた。各地で激戦が続き、必然的に難民となった民間人の逃げ場が少なくなったということだ。

何と概算ながら政府に届けられた報告では、すでに三〇万人近い民間人が戦闘に巻きこまれ死傷しているという。特に被害が集中したのは、熊本県下の市街戦と、奄美諸島の攻略戦に巻きこまれた市民たちであった。

つまり、ここ二、三週間に被害が集中しているのだ。

この一〇日で少なく見積もっても四万人の市民が死亡している。米軍の攻撃が見境なくなっているという指摘もあるが、ここなら安全だと市民が勝手に思いこんでいた地域が戦場になってしまったという現実もある。

実際、八ヶ所もの疎開村が戦場の接近で再度の移転を余儀なくされた。

難民たちは、移動に次ぐ移動で心底疲れはてている。

その背中に米軍はひたひたと近づいている。九州に残っているものたちは、そんな印象を抱いているに違いない。

郷土での戦争がいかに過酷な現実をもたらすか、日本に住んでいたものたちには実感として湧いてはいなかったのだろう。

だが、かつて自国の兵たちが中国で行ってきたことも、これと変わらぬ所業だった。

　因果といえばそれまでかもしれないが、実際問題として戦火に追われている民間人には何一つ落ち度などない。まったくの無垢《むく》であっても、銃弾や爆弾は容赦なく降り注ぐ。戦場とは、非情というよりは破壊と殺戮だけが大手を振る狂気の現場でしかない。

　なるほど、その現実を国民に覚られることは、継戦を願う政府にとってはまずい事態だ。

　杉山が大きく首を振って言った。

「当面は、この数字は封印すべきだ。むしろ苦境を訴えるなら、軍の現状を率直に漏らしたほうがいいと思うが」

　だが、これには今度は山本が反発した。

「あまりに馬鹿正直に数字を出したら、結果的には自分の首を締めることにしかなりませんぞ」

　杉山は少し鼻白《はなじろ》みながら受け答えた。

「それはむろんわかっている。敵に塩を送れるほど、我が軍にゆとりはない。ここで本当の意味での窮状を覚られたら、防衛計画の根幹が揺らぐだろうな」

山本がぐっとあごと引きながら言った。

「それがわかっておいでなら、不用意な発言はしないことです」

敵が上陸した当初こそ、何とかこの国難を乗りきろうと、戦争指導委員会は強い指導力を発揮した。

しかし敵の優勢がはっきりしてくると、政府の方針は、国民の士気の維持と、とりあえずの継戦にばかり傾きどうも本質的な意味での政治が空洞化している気配であった。

それに加えて、あちこちから上がる悲鳴で、委員会そのものの存在意義や力量といったものにまで黄信号がともりかけている。

せめても、国家首脳であるこの場の三人だけでも一枚岩でなければ、戦争は無残な結果にしか転ばない。三人が三人ともこれを理解している。それでも疲れきった神経は無意識にささくれ、ついつい口論を始めてしまうのである。

苦しい立場は、人の心の余裕を最後の一ミリまでむしり取っていくのだ。

三人は気まずい雰囲気を何とかしようと、それぞれに茶などすすり一拍の呼吸を置いた。

何とかしたい。戦うことを決めてから、この苦しみに身を投じる覚悟はできていたはずだ。

何ゆえ、この場でイライラと角を突きあわせねばならないのだ。三人は、それぞれに反省を覚え、静かにうなずき合った。

最初に口を開いたのは、杉山であった。

「尻のまくり方を真剣に考えねばならんな。正直、あとどれだけ戦えるのだろう」

寺内が、じっと自分の組んだ手を見つめながら答えた。

「事前の準備見積もりでは、ほぼ一年半の継戦が可能というのが答えでしたな。しかし、弾薬の消耗、戦車や航空機の損耗、中でも軍艦と火砲の損失の大きさが、この見積もりの大幅修正を余儀なくしましたな」

山本が積まれた資料に手を伸ばし、何冊かのファイルを引っぱりだした。

「燃料関係に関していえば、大きく変化なし。大西の航空艦隊が、この前比島沖までHG18Bを迎えにいったので若干ながら備蓄目減りがありますが、大勢に影響の出る量ではなし。原油の精製は航空燃料優先に切りかえ、やはり一年ちょっとの作戦必要量と見て間違いなし。問題は、こっちでしょうな。鉄と火薬の原材料」

杉山が山本の引っぱりだしたファイルに手を伸ばした。

「欧州から硝石の輸入が激減しているからな。ドイツの戦況がからんで、シベリア鉄道もあまり利用できなくなっている。そもそも戦線での弾薬消費が予想の倍にふくらんだことが大きいな」

現在、日本国内の火薬製造工場はフル生産を続けている。その生産量は、昭和一五年度を一とするとほぼ二・五倍に達している。新設の工場も多く、そのほとんどが北海道に集中しているのは、むろん空襲を避けるためだ。

しかし増産を続けても、消耗する弾薬はそれに輪をかけて増えている。現在、歩兵の主装備はボルトアクションの九九式小銃とやはりボルトアクションの旧式の三八式歩兵銃なのだが、国民挺身隊を中心に機関短銃や自動小銃の装備が進み、歩兵以外の兵科もこれにならい、軽量の自動火器が装備の中心になった。

そして、前線が敵の圧迫で入り組んだことで主戦部隊は歩兵中心から官民入りまじったゲリラ部隊へと移行しつつある。彼らは、その任務の都合上、弾薬を湯水のように消費しなければならない。これが、政府の予想をくつがえす膨大な消費を生む原因となった。

「備蓄と生産の対比から見ると、こちらはほぼ一年きっかりで底を打ちそうですな。そこから先、明らかに弾薬の不足が具現化することになる」

山本が、渋い顔で言った。

「だが、より深刻なのは鉄だろう」

杉山が唸るように言った。

「いつ底を尽いてもおかしくない状況だ……」

寺内が大きくため息をついた。

「帝都防衛用に戦車の大量生産を軌道に乗せねばならんのに、その原料の調達が思うにまかせない。すでに矢板と小樽の工場に砲の運びこみは終わっておるのになあ」

すると、山本が暗い表情で二人に言った。

「緊急にまわせる資材が海軍にありますが……」

杉山と寺内が「えっ」と言って山本を見た。

山本は、悲痛な表情で二人に言った。

「『比叡』と『大鳳』を解体します」

杉山と寺内は言葉を詰まらせた。

この二隻はともに開戦初撃となった米軍潜水艦の奇襲で、港内で大損害を被った艦だ。

『大鳳』は転覆沈没したため廃艦が決定的だが、『比叡』はドック内での被害ということで何とか復旧すべく努力が続けられていたはずだ。

それを知っているから、寺内が山本に訊いた。

「『比叡』は首都防衛戦力に組み入れるのじゃなかったのかね？」

実は首都の防衛を一任した陸軍の今村大将が、九十九里方面の防衛に赤信号をともした。明らかに守るべき海岸線が広すぎ、戦力の集中が難しく、要塞線の設置が困難なのだ。そこで、海軍が残存の艦艇の砲を使い、沿岸の防衛に協力するという案が出ていた。

海軍は大筋でこれを認め調整が始まっていたのだが、その中に遊軍としての戦艦の使用という項目もあったはずなのだ。

山本は低い声で説明した。

「『比叡』の修理に関する詳細な見積もりが上がったのですがな、時期的にほぼ八ヶ月の時間と、資材もかなりの量が必要だとわかりました。このままでは年明けに予想される敵の侵攻に間にあわないのは確実。なら、いっそ砲だけでも取りはずして要塞に移築し、船体は鉄資材として解体したほうがよろしいというのが、私と私の参謀たちの一致した意見です」

杉山と寺内は納得のうなずきを見せた。

山本がさらに続けた。

「今村大将から要請のあった九十九里方面の防衛には、別の戦艦を充てることにします」

杉山と寺内は「えっ」と言って山本の顔を見た。

「すでに、舞鶴の『陸奥』と『霧島』の投入は決まっているのだろう。これに『比叡』を加えるというのが当初案だったわけだが、その『比叡』の代替というのは、まさか……」

寺内が訊くと、山本はこくりとうなずいた。

「その『まさか』しかないでしょう。ない袖は振れないが、あるものなら無理をしてでも使う、それが現状の我が国の立場でしょう」

やはり山本は呉に閉じこめられている戦艦を救出するつもりなのだとわかり、寺内と杉山は顔を見あわせた。

「そんな無茶が可能なのかね？」

杉山が聞くと、山本が顔をしかめながら答えた。かなり不機嫌そうな様子だ。

「無茶をせねばならん状況なのです。これはある意味、私流の戦争の終わらせ方への提言でもあります」

杉山がぴくっと頬を震わせ、山本の顔をまじまじと見た。

「どういう意味かね？」

山本は厳しい眼差しで杉山を見つめかえしながら言った。

「これから説明するのはあくまで私流の考え方であり、戦争指導委員会にそのまま提言できるたぐいのものではありません。しかし、これも方法論の一つでありますから、少なくともお二方には話しておきます。これをどう捉えようともかまいません。しかし、これは海軍の内部から出た悲痛なる叫びであると受けとめていただきたい」

この前置きの後、山本の語った方策に、杉山と寺内は明らかに表情を硬くした。

「それを飲めというのかね？」

杉山が明らかに上気した顔で聞く。山本に今にも噛みつきそうな顔だ。

「先ほども申したように、あくまで提言にすぎません。これを選択するもしないも、それは委員会の総意で決することでしょう。もっとも、きちんと提言するには今少し手直しが必要でしょうがな」

寺内が腕組みをして唸り声を上げた。

「首相、これは確かに屈辱的な話かもしれません。しかし、では具体的に首相に戦争の幕の引き方の提言がありますか。もし何の案もなく、外交だけに頼って戦闘を引き伸ばすというなら、山本大臣の言うように国の名こそ残れども、国民は死に絶え、荒野だけが残る事態だってありうるのではないのですか」

「いくら何でも……」

杉山はそう言ってむっとしたものの、実際には反論を行おうにも材料がなかった。

「明日、この山本大臣の提言を指導委員会の定例会の席で、限られた者にだけ提言し意見を聞くことを進言します」

寺内はそう言って杉山を見つめた。

杉山は、苦渋に満ちた顔で寺内と山本の顔を交互に見つめた。

たっぷり一分ほどたって、杉山の表情が急に崩れた。

険が一気に消え、あきらめの表情がそこに浮かんだ。

「滅びるか……、あるいは、それも道の一つかもしれんと勝手に思っていたが、私はいったい何を血迷いかけていたのかな。むろん、素直に認める気など毛頭ないが、とにかく、もうしっかりと先のことを考えないと、しゃにむに走るだけの力は我が国には残っていないということをあらためて思い知ったわい」

山本が小さくうなずいた。

「そこに気づいていただければ、我々も安心です」

杉山はふんと鼻息を抜いた。

「私を試したかったのか？　それとも、本気で指導委員会を割るつもりなのか？　どうなんだ」

山本はゆっくり首を傾げた。

「さあ、両方かもしれませんな。とにかく、こんなことを会議の席でぶち上げれば、荒れることとは間違いないですな。もし今ここで事前の説明なしに会議の場で首相がこれを聞いたら、どう反応したでしょうなあ」

すると杉山は、頬を引きつらせながらこう答えた。

「貴様を叩き斬ったかもしれんな」

山本が左手で首の後ろをかいた。

「それは困りますな。私を斬れば、今度は閣下を斬りたがる馬鹿も出ます。それでは戦争が終わらないどころか、国が消滅します」

寺内がうなずいた。

「もしそんなことになったら、何のためにここまで努力してきたのかわからなくなりますな。まあ方法はじっくり考えるとして、とにかく戦争終結に向けた動きを、具体化させましょう。絶対に内紛はご法度《はっと》です」

杉山が苦笑を浮かべた。

「まさか本当に斬りはしない。だが怒ったろうことは間違いない。いきなり、こんな話をされたら誰でも腹を立てよう」

山本は確かにとうなずいた。

「それを承知しているから、根まわしの意味でお話ししたのですよ。ですが、苦しい話であることに変わりはない。このままの内容で、明日の会議にかけられないのは間違いないことでしょう」

寺内が「そりゃあそうだ」と呟いた。

「とにかく、少々時間はかかるが、真剣に話しあう時が来た。そういうことだと私は受けとめる。今日ここで、この案を含め、方策を探ってみるかね?」

杉山は、相変わらず不機嫌そうながらも、とにかく、何とかしなければならないという意識が強いのか、そう言って二人の顔を見た。

「まあ、どんな結論が出るのか、出ないのか、とにかく腹を割ってみる必要がありそうですな」

寺内が言った。

「どういう結論が出るにしろ、お二人に示しておきたい大前提が一つだけあります」

山本はそう言うと、少し姿勢を正した。杉山と寺内も背筋を伸ばし山本に向き直った。

「何かね？」

杉山が問うと、山本は静かに言った。

「どのような選択肢を選んでも、もはや我が海軍の命運は尽きている。ということです。申し訳ないが、国策とは切り離し、私が申したことのうちの半分、すなわち海軍としての幕引きに関してだけは、ある程度妥協をお願いしたい」

杉山が、長いうめき声を喉の奥から漏らした。

「……さて、どんなものかな」

結局その後、四時間以上も三人は話しあいを行って、この日の指導委員会に臨んだ。

その場でどんな話しあいが持たれたのか、海軍省のものたちにはわからなかった。

だが、どうやら海軍にとって大きな運命を決する英断が、その席でなされたらしいことは間違いなかった。

「戦艦部隊には、瀕死の状態であっても脱出を成功させてもらう。すべては、そこから始まるのだからな」

　山本が幹部たちを前に呟いた台詞。それが大日本帝国海軍の歴史にとって、大きな大きな意味を持つことになるのであった。

5

　江ノ島、風光明媚な地として古くから親しまれてきたこの島に、数週間前から激しい爆発音が連続して響いていた。

　音は島の裏手の崖のほうから聞こえてくる。

　それは、この島に巨大な要塞砲を設置するための工事に使われる発破《はっぱ》の音であった。

「順調に進んでいるようだね」

　にこやかな表情で現場を視察しているのは、山田謙一工兵少佐であった。

　彼の横で大きな書類の束をかかえているのは、背の低い女性であった。しかし、着ているその服はまぎれもない日本陸軍の軍服である。

「工事進行状況は、当初予定の一・二五倍の速度です。南西地区の岩盤掘削が予想以上に楽であったことから搬入路の開削は事実上完了しております。このぶんでしたら、予定より半月早く砲の設置が可能だと思いますわ、少佐」

この女性は、三井彩子陸軍建技少尉。新たに設置された工兵の尉官相当官の初の女性士官であった。

戦争が開始された直後、陸海軍は技術面を中心に女性兵士の登用を開始した。すでに国民挺身隊などにも女性が参加していることから、一部兵科も含めて広く女性を採用することになったのだ。

現在までに輜重や整備、鉄道、それに高射砲などの部隊に女性が配備されている。以前から、司令部のオペレーターなどに女性が採用されていたが、現在陸海軍全体で一万人以上の女性が階級を得ている。

その中で将校相当なのは、以前からあった看護婦を除けば、大学や専門学校から登用された技術系の陸軍士官相当官と海軍の特務将校のみである。登用が始まったのが三月からであるから、まだ任官位から進級したものはいない。

つまり看護婦以外の陸軍の女性士官は、まだ少尉が最高位なのである。

三井は、工学系の大学で土木工事の専門知識を身につけ、三年前までドイツに留学しており、最新の工事技術を学んでいた秀才だ。

軍は、彼女の志願に狂喜乱舞した。そして山田の補佐役として、その天才的頭脳をいかんなく発揮していたのであった。

三井少尉の身長は一五六センチ、確かに小柄であるが、女性として決して極端に背が低いわけではない。だが、山田少佐が日本人としては飛びぬけて背が高いから、どうしても対比で小さく見えてしまうのだ。

「この江ノ島要塞に関しては、何の問題もなく完成までこぎつけられそうだな。砲のほうも、すでに横須賀まで運び終えてある」

山田が満足そうにうなずいた。

「問題は、やはり千葉方面の陣地構築ですわね」

三井が書類を繰りながら顔をしかめた。

「選定は終わったのかな？」

山田が聞くと、三井が大きく首を振った。

「残念ながら、まだ七割ですわ。難航をきわめている、そんな印象です。あちらの視察に行くのは気が重いですわ。現地司令官を筆頭に、みなさん気が立ってらっしゃるから」

山田が苦笑した。

「さもありなん、自分たちの命を預けるべき陣地が、いまだにその場所さえ決まらないのだ。兵も指揮官も、いらだつだろう」

三井が表情を曇らせた。

「でも、本当に防衛計画全体に影響を与えかねない問題です。早急に何とかしないと、兵隊は塹壕で敵を迎え撃つという最悪の事態になりかねません」

「敵の艦砲射撃と爆撃の前に、塹壕は何の役にも立たない。そのまま兵士の墓穴になるのが関の山だ。私は、そんなところに味方の兵士を送りこみたくはない」

山田の表情には、固い決意のようなものがにじみ出ていた。

その時、斜面の下のほうから一人の若い士官が汗をかきながら登ってくるのが見えた。

「山田少佐、三井少尉、ここにいましたか」

陸軍の戦争指導委員会付参謀、小谷礼一大尉であった。彼は、山田たち要塞建設担当官と司令部の連絡役を務めていた。

「ご苦労様です」

三井が、さっと敬礼をした。もうすっかり動作が板についている。

「どうかしましたか、そんなに急いで」

山田が、汗だくの小谷を見て首を傾げた。いつもなら山田たちが現場の見まわりが終わって、事務所に戻るのを待ちかまえている男なのだ。

「ちょっと耳に入れておきたい情報が飛びこみましてね」

そう言いながら小谷は二人に近づいてきた。

「何ですか？」

山田が聞くと、すぐそばまでやってきた小谷は深呼吸しながら二人に言った。

「海軍が、この関東の防衛用に戦艦を動かすそうです」

山田と三井が同時に「えっ」と驚きの声を上げた。

「明日、瀬戸内に閉じこめられていた戦艦を強引に脱出させるそうです」

小谷がまさにそう言った瞬間だった。彼らの頭上に、キーンという音が響いてきた。

最近ではすっかりなじみになってきた厚木のジェット戦闘機の爆音だ。

厚木に展開する戦闘機隊、そのうちの第三三八飛行隊が装備する『轟電』は、この江ノ島上空を慣熟飛行のための訓練空域にしているのであった。

「戦艦を沿岸防衛にいったいどう使うつもりです？　砲台にしようにも、船は穴があけば沈みますよ」

山田が言うと、小谷は肩をすくめた。

「私にも詳しいことはわかりません。とにかく山本海軍大臣の肝煎《きもい》りで、この作戦が決まったそうです」

話を聞いていた三井が、思いきり眉をひそめながら呟いた。

「何か怪しい気配を感じるわね」

小谷と山田が、同時に三井のほうを見た。

「どういう意味かね？」

小谷が、ぐっと目を細くして三井に訊いた。そのきつい視線に、三井はあわてて首を振った。

「な、何でもありません！　ちょっと、よけいな考えが浮かんだだけです」

山田がふむと腕組みをした。

「よけいな考え、ね。君は推理小説が好きだったね。案外、裏の裏とか読んでいるんじゃないかな、この作戦の」

「いえ、そんなことは……」

三井は顔を赤くして下を向き、言葉を濁した。

だがこの時、彼女はほぼ確実に、この作戦の裏に潜んでいる暗部に気づいていた。

そして、この翌日の夕方、三井は自分の推理がほぼ正しかったと確信する事実を目の当たりにすることになる。

しかし、この日はまだ作戦の行方を占える材料は、何一つ浮かびあがってはいなかった。

すべてが始まるのは、この日の日没後のことなのであった。

この日の夜、日本各地で陸海軍の将兵が忙しく動きまわることになった。

それは一つの作戦を達成するための準備なのだが、敵に対しての反撃の準備とは明らかに違う類の準備なのであった。

日暮れとともに多数の小艦艇が、瀬戸内海に飛びだしていった。

同時に、本州各地の飛行場で徹夜での整備作業と、爆撃で傷ついた滑走路の修復作業が始まった。

そして呉の軍港では、ここ数ヶ月見られなかった光景が展開しようとしていたのである。

艦隊が動く。

軍港に暮らしてきた人間なら、すぐにわかる気配だ。

しかし、このぎりぎりまで追いこまれた状況で、はたして本当に艦隊が動けるのか。

それは実際にやってみるまで可能なのかどうか誰にもわからないことのようであった。

戦いは確実に最期に向かい動き始めた。それがこの作戦の裏にあることを知るものは、まだ数えるほどしかいなかった。

日本もアメリカも、まだ自分たちが日本の大地で流した血の意味に疑問を抱いていなかった。

この戦いが互いの誤算のうえに起きている事実に誰も気づいていなかった。

その結果、さらなる血の洗礼が両者の前に待ち構えているのだった……。

補章 「日米開戦までの一〇年を振りかえる」(抜粋)

吉田茂文庫所蔵

昭和九年。この年が日米の歴史において大きく転換を始める端緒と考えると、以後の政治的経済的推移がわかりやすいだろう。アジアにおける日本というものが、いかに欧米にとって厄介な存在となったのか、それを物語るのに、この年を起点にするとわかりやすいのである。この年に、事実上満州国の骨子が完成したからだ。対外的には二年前に独立宣言していた満州であるが、我が国の傀儡であることは一目瞭然であった。

陸軍だけでなく当時の内閣も、この満州を利権の漁場くらいに考え、各種政策を行ったからだ。

当初独立に反対していた犬飼首相が、暗殺未遂で重傷を負い辞任に追いこまれたのが満州国建国の後押しになったという説もあるが、実際のところすでに当時の政治家の半分は満州からの利権に目がくらんでいたと見て間違いあるまい。

だからこそ、満州からの利権を守るため日本国政府はアメリカが派遣したリットン調査団の報告書にまっこうから対立し、昭和八年に国際連盟を脱退することになったのである。陸軍の言いなりであったと責める向きもあるが、政府の方針がすでに偏《かたよ》っていたのが主な原因と見たほうがすっきりする。それほど満州から転がりこむ資金なしには国の経営が行きづまっていたのである。

だが、これが引き金となって欧米各国からの資源輸入の道が狭《せば》められ、国内産業は大きな打撃を受けた。予想以上の誤算であったといえよう。政府は協力的な第三国を経由して資源輸入は可能だと楽観していたのである。

このため、経済状態は以後悪化の一途をたどることになる。

しかし、そんな国庫の状況などおかまいなしに、陸軍は大陸での利権拡大を狙い、この国連脱退を機に満州を起点として中国領内に大きく踏みこむ侵略行為を開始したのである。この越境作戦には満州国軍も強制的に参画させられたが、これがのちに大きな意味を持つことになる。

つまり、昭和九年に満州帝国皇帝に愛新覚羅溥儀が即位なされたことに端を発する、一連の皇室外交で浮き彫りになった日満の政治不和である。

ここでようやく、昭和九年の持つ意味を説ける。

この年は、説明するまでもなく溥儀閣下が皇帝についた年だ。同時に、ローマ法王庁が満州国を正式に独立国と認定した年でもあるのだ。これを根拠に、ドイツ、イタリア、ルーマニアも満州国を承認した。さらに、中立国スイスもこれにならったことが、満州国政府を大いに勇気づかせた。

実際のところ、この時点ではまだ満州の実権は日本の政府が握っていた。そして、軍部がその内部深くに食いこみ、利権をむさぼっていた。しかし、皇帝となった溥儀閣下は、その政治力を最大限に生かす方法を知っていた。これは、満州の建国を机上で論じた軍人たちが見逃していた問題であった。

溥儀閣下は、まずまっ先に日本へやってきた。この訪問に一番あわてたのが日本政府であった。まだ時期尚早であり、受けいれには問題が多すぎるというのが、その理由だ。

しかし、溥儀閣下の準備は周到であった。まず裕仁天皇に親書を送り、その返答のかたちで日本への招待を謳《うた》わせたのだ。溥儀閣下は、意気揚揚と日本に乗りこんできた。これを迎えた当時の首相の岡田《おかだ》啓介《けいすけ》は、仏頂面のまま写真におさまった。

日本国天皇と会談した溥儀閣下は、拡大する戦争に満州国民が荷担させられていることに不満を述べた。まさに、満を持しての直訴であったわけだ。

これを聞いた裕仁天皇は驚き、時の陸軍部の代表を皇居に呼びだし、ことの真相をつぶさに聞きだした。

この席で、天皇は陸軍大臣を叱責し、結果的に事変の拡大に翳《かげ》りが見えることになる。以後、ことあるごとに陸軍は越境攻勢を仕掛けることになるのだが、決定的侵略に踏みきる前に必ず進軍が止まることになったのは、この時の裕仁天皇と溥儀閣下との会談が原因であったことは否めない。軍の中に、天皇陛下の強権発動を回避したいという意思が浸透してしまったのだ。

だが、この不拡大方針が、かたちだけとはいえ貫かれたことが、のちの中国撤兵の際に必要以上に大きな混乱を生まずにすむ遠因になったともいえよう。

とにかく、日本の中国に対する積極介入政策が終わったのが、間違いなくこの昭和九年であったことは誰にも異論のないことであろう。

そしてここに至り、軍の中でも統制派が急速に派閥を大きくしたのも、当然の結果であろう。

昭和一〇年に陸軍が、明治の建軍以来最大級といわれた大改革を行ったのも、実は大陸における関東軍の暴走に対する歯止めのためであったともいわれ、そこにも不拡大路線を貫いてきた統制派の影がくっきりと見ることができる。

実際、満州事変当時関東軍および朝鮮方面の主だった司令官がすべて更迭されたことからも、これは裏づけられよう。要は、拡大派の粛清的意味合いが強い改革だったのである。

軍にこれを断行させた裏には、政府の圧力が強かったことも指摘できよう。

昭和七年に起きたクーデター未遂事件で、首相犬養毅が重傷を負ったことを、政府与党幹部はずっと根に持っていたとも言われるし、ソ連との国境交渉再開を陸軍の強硬な反対でつぶされたことも、政府の面子《めんつ》を傷つけたと捉えられていた。つまり、この意趣返しが拡大派の一掃だったわけだ。

陸軍は、結局この昭和一〇年の改革で政府に骨抜きにされ、満州の経営による利権確保の夢は実現できずにいた。日本政府は、満州の自治権を大幅に認めざるをえなくなったからだ。

しかし、それでも国際連盟は満州の実体は日本の傀儡であるという見方を変えていなかった。溥儀閣下は孤軍奮闘し、満州の実情を世界に訴えたのだが、日本の政府はこれに対し冷ややかな態度しか示さなかった。当時の日本政府は、お世辞にも一枚岩とはいえぬ状況で、陸海軍と政党がすべて足を引きあっているような危うい状況だったのだ。

このような不安定な状況が、諸外国につけ入る隙を与えたともいえるだろう。国境交渉再開が流れた二ヶ月後の七月、突如ソ満国境で日ソ両軍は軍事衝突を起こした。この時は小競りあいで終わったが、日本側はかなり手痛い損害を出した。この時の遺恨が、のちの北満州事変の拡大の要因となったのは間違いない。

おりからの改革騒ぎで混乱していた陸軍は、この敗北を教訓に師団編成などを含めた抜本的改革を五年間かけて行うことを決定し、以後毎年新たな編成の部隊が誕生することになるのだが、これも結局は昭和一六年の一大軍縮で多くの部隊が消滅する運命となってしまった。

陸軍は結局のところ、肥大化の道を自ら選び、それが原因で窒息していったようなものである。政府はこれを冷ややかに見つめ、予算の緊縮を声高《こわだか》に叫び、結局この年の軍事費の伸び率は陸海軍ともに前年比減額という初の後退を余儀なくされた。兵はいるが兵器がない。これが当時の日本軍の実情である。

だが昭和一一年に至り、事情は一変した。この不均衡が原因となり、大きな事件を誘引してしまったのだ。

それが、二・二六事件である。

このクーデターは軍が政府の完全掌握を狙い、若手将校を焚きつけて起こしたというのが定説になっている。だが、真相はすべて闇に葬られることになったのは、周知のとおりだ。

国会を占拠し、大蔵大臣を筆頭に四人の閣僚を暗殺した反乱軍に対し、陸軍は天皇陛下の命令という錦の御旗《みはた》を掲げて戦車を先頭に全面衝突し、これを武力鎮圧した。

首都東京は戦場となり、多くの民間人も罹災《りさい》した。そして、この攻撃で反乱の首謀者は全員射殺された。一部不審なる状況で発見された死体も、すべて戦闘による死亡であると発表された。

この事件によって軍はかなりの強権を手に入れることになった。戒厳令の敷かれた東京で内閣は臨時組閣を命じられ、ついに陸軍主導内閣がここに誕生したのである。民主政治が終焉を迎えた瞬間であったと力説しておこう。

軍中心の内閣の誕生により、陸軍と海軍ともに拡大政策を続け、アメリカおよびソ連と確執が増えたのは間違いない。

その軍主導内閣のはらむ危険性が爆発することになったのは、やはり昭和一三年の北満事変勃発であろう。

ソ連の国境を越境した関東軍は、以後四ヶ月間も戦闘を継続し、四万超の死傷者を出すことになった。

これは新編成になった陸軍が、その実力を試したかったという説が有力にささやかれているが、実際は満州における日本軍の地位拡大を狙った一種の示威《じい》行為ではなかったかと推理できる。

だが、この戦闘でも日本陸軍は各所で大敗を喫した。結局兵器の質こそが、戦闘の優劣に直結するという結論を、この時参謀本部は下したという。これが、その後のドイツへの急接近の布石になったようだが、同時にソ連との不戦論というものが沸きおこったのは興味深い。

このソ連との関係見直しの波は、その二年後に具体的な外交成果となる。つまり日ソ不可侵条約の締結と、その後の日ソ秘密友好条約の締結である。

時を同じくして、日本政府はドイツとイタリアとの間に防共協定を結んでいる。何とも相反した二つの側面を持つ外交政策であるが、これが日本式の外交の典型であったともいえよう。

ちょうどこの時期、太平洋において、その覇権をアメリカと競うかたちになった日本は、海軍の増強にも躍起になっていた。しかし、満州の経営が軌道に乗らないために、予算的にも苦しくなった政府は、大陸の陸軍の削減という案を思いつき、その条件としてソ連との友好という選択を決したともいえる。

だが、この時ソ連と急速に接近しておいたことは、日本にとっては大きな意味を持つことになった。もし、ここでソ連との緊密な関係がなければ日本は米国の圧力に屈し、早期開戦の道を選択した可能性が強いからである。

その危惧は、ドイツが開戦に踏みきった昭和一四年から急速に具体化することになった。

領土拡大政策を続けていたヒトラー率いるドイツ第三帝国は、ポーランドに対する本格的侵攻により、ついに英仏連合軍と戦争状態に入った。

このポーランド侵攻の際に、ヒトラーはソ連のスターリンと秘密裏に取り引きを行い、ポーランドの北半分にはソ連軍が侵攻しこれを占拠するという事態になった。

ポーランドの南半分を席巻したドイツ軍は、そこで軍備を整え直し、一気にベルギーからフランスへと侵入を開始した。

そして昭和一五年にはフランス全土を占領、英軍をドーバー海峡へ追い落とし、英本土への封じこめに成功した。

だが、この年ヒトラーは思わぬ行動に出た。当然、英仏海峡を渡り英本土侵攻をするとと思われたドイツは何とこれをせず、東のソ連国境に軍を集結させたのだ。ドイツ軍は一気にソ連の国境を越え、バクーの油田地帯をめざした。目的は、最初からこの油田の確保にあったのだ。

これにあわてたのが日本政府であった。

日本は、昭和一四年に従来の協定を一歩進めた日独伊三国同盟を結んでおり、このままでは日本もソ連と戦争状態に誘引されかねないと判断したのだ。

だが、すでに日本はソ連とは友好関係路線を敷くことで決している。そこで、時の近衛内閣は大博打を打ったのである。

何と近衛文麿首相と外相の東郷茂徳の二名がモスクワに乗りこみ、スターリンと会談し、ある条件を持ってその足でベルリンへと向かったのだ。

それは、ソ連からバクー油田の採掘量の半分の権利を譲り受けることを条件に、ドイツに停戦を持ちかけるというものであった。

ふつうなら通らぬであろうこの交渉を、東郷外相はまとめ上げてみせた。実は歴史の表面には出ない秘密の協定が同時にいくつか提示され、これをヒトラーとスターリンが呑んだというのが真相なのであった。その協定の中身は、すでに大半が明らかになっているので、ここで説明するまでもないだろうが、つまりのちに日本が戦争に巻きこまれて、結果的に国力を落としてしまったことで、この時の約束が現実のものとなった皮肉を諸君らは嚙みしめてもらいたい。

あの協定がなければ、あるいは世界はアメリカと日本の二分した世界になったかもしれぬし、ソ連とアメリカが対立した世界、英米と独ソが対立し、日本が局外中立を貫く世界など、いろいろな可能性が考えられたかもしれない。

だが知ってのとおり、現在の世界は三分されたままだ。いずれ再度の大戦の危機を論じる向きもいるが、この東アジアにおいては、やはりアメリカの台頭は大きな禍根として今も傷を多く残している。

だが、そのアメリカのアジア台頭の理由を作ったのが、日本であったことも忘れてはなるまい。

昭和一五年秋に突如仏印に進駐した日本軍に、アメリカが警告を発したことが、まず端緒であった。

ドイツに占領されたフランスは、ヴィシー政権を誕生させた。日本軍は、このヴィシー政権の要請というかたちで北部仏印に進駐しここを武力制圧した。だが、亡命フランス政権は南部仏印で抵抗の姿勢を見せた。これに、イギリスやオランダなどが肩入れしたことから、すでに締めつけのきつかった日本への戦略物資輸出がほぼ全面的に止まってしまった。いわゆる、日本封鎖線の完成である。

戦略資源の枯渇した日本は、南方の資源地帯への武力侵攻を真剣に検討しはじめた。

昭和一六年に、諸外国の制止を振りきるかたちで南部仏印に進駐を行うと、アメリカを筆頭とした圧力は極限にまで高まった。何と石油までが全面禁輸となったのだ。当時の日本の石油輸入はほぼ九〇パーセントがアメリカに頼っていた。これが停止したことで、国内産業はもはや立ち直りが不可能なほどの打撃を受けたのである。

こういった状況を踏まえ、日本国内でも戦争不可避といった論調が強くなっていった。

だが、ここでも最後に断を下したのは、裕仁天皇であった。

アメリカが事実上の最後通牒として送りつけてきた通称ハル・ノート、当時の米国務長官であったコーデル・ハルの突きつけてきた日本への禁輸措置解除の条件、これを呑むようにという非公式の要請を天皇は行ったのだ。

だが、近衛内閣はこの責任を忌避《きひ》する格好で総辞職した。首相候補になった東条英機は開戦派であり、このままでは日米の戦争突入は避けられないと思われた。

だが、この東条内閣は流産に終わった。海軍が海軍大臣の選任を拒否したのだ。この結果、首相は小磯国昭が務めることになった。そして、この小磯内閣は、日本を自殺に追いこんだといわれる大断行に踏みきったのである。

つまり、ハル・ノートの受諾から始まる一連の政府および軍の改革である。

いや、これはもう革命といっても過言ではないほどに劇的な変化を日本に強要したのだ。

陸軍は一気に三分の一に縮小、海軍も新規建造計画の半分を停止。そして、政府はそれまで行っていた統制経済を破棄、建前だけの貿易自由化の看板を掲げた。

この案が、すんなり通るはずもなかった。というわけで、昭和一七年初頭から、各地で暴動、そして軍部の反乱が相次いだ。

特に大陸における荒れ方はすさまじかったが、関東軍を掌握していた阿南惟幾《これちか》が直率部隊で反乱を唱えた部隊を制圧に乗りだし、実際に数ヶ所での市街戦を演じて、これをねじ伏せるという荒業で大陸の混乱を解決した。やはり二・二六事件においての反乱軍処理に武力制圧を行った陸軍の体質が、そのまま生き残ったがゆえの惨事であったろう。だが結果論からすれば、この時の日本軍同士の戦闘が、満州国民にとって自主防衛を奮起させる契機になったと、私個人は考えているが、これは少し蛇足にすぎたかもしれない。

また日本国内の騒乱については、軍は絶対に表面に出さず、警察の力だけで乗りきらせた。逮捕された民間人は五万人に達した。

こうした努力の結果、合計四〇万もの陸軍兵士が大陸から復員してきた。中国領内に侵攻していた全軍は満州まで後退、そこで半分の部隊が解体されたのである。

この復員と軍の再編は昭和一八年夏まで続いた。その結果、日本国政府の軍事予算は、昭和一一年度との比較で四七パーセントもの減少となったのであった。

しかしその一方で、アメリカは苦慮していた。

この時のルーズベルト政権は、日本が確実に戦争に踏みきるという予測のもとに、あらゆる準備を進めていたのだ。だが、これが回避されたことで、政権が大きく揺らぐことになった。

おりからドイツ軍が再度動きはじめ、北アフリカから中東方面に戦線を拡大してきた。これに抗する英軍から、米国への援助の要請が切実なものとなり、弱腰のルーズベルト政権への反発から、大統領選挙で共和党は陸軍参謀総長であったジョージ・C・マーシャルを候補にかつぎ出し、これを当選させる結果となった。

こうしてアメリカは一気に軍国政権への道を歩きはじめた。

すでに太平洋における好敵手日本海軍は、腑抜けの状態になっているにもかかわらず、米国は戦艦や空母の建造に次々と着手した。それは明らかに戦争への参画をもくろむものの行動であった。

だが、この動きを日本は対岸の火事程度の認識で見守っていた。

まさか、その火の粉が自分たちに降りかかるとは思ってもいなかったのである。

日本は余剰兵器を売って外貨を稼ぐことに夢中になり、米国の魂胆を見すかすことがまったくできなかったのである。

外交政策の消極性が徒となったのだろう。もし日本が改革の内容を盾に、国際連盟への復帰や三国同盟からの脱退といった選択肢を真剣に検討していたら、不幸は訪れなかったはずだ。

昭和一八年冬に至り、米政府が一時解除していた禁輪措置を再度発効すると宣言した時、すべての準備は終わっていた。

米国はドイツとの覇権争いに勝つため、日本を踏み台に使ったのである。

昭和一九年に米国が日本に対し戦争を仕掛けたのは、すべてドイツを欧州全域の覇者の座から引きずりおろすための方策であった。

しかし、米国もまたここで大きな選択の誤りを犯したことを諸君らはすでに知っていよう。

そう、米国は日本という国の潜在的能力をあまりに低く見積もりすぎていたということだ。

戦争が米国のまったく予測しなかった方向に転がったのは周知のとおりだ。もし米国が、日本との戦争という姑息な方法を取らず、まったく別の方法でドイツとの交戦に踏みきっていたら、世界の勢力配置はまったく違ったものになっていたことだろう。

戦争によって日本は疲弊し、国際的な競争力のすべてを失ったかもしれない。だがいずれにしろ、実際に戦争に至るまでの一〇年、どの段階で戦争に踏みきっていても、おそらく結果に大差はなかったと私は信じる。

強大な軍を持ったままでの戦争であったら、あるいはもっと悲惨なる結末を迎えた可能性もあるとさえ指摘できる。

結局、歴史を踏み誤ったのは誰でもない、世界中の政治家たちなのだと言っておこう。

いかなる選択も、結局は悲劇しか産まぬのなら戦争もまた政治の一形態として論じる価値はある。

だが、そこに決して納得のいく解答がないことをあの戦争は教えてくれた。その意味でも、対米戦争は無意味ではなかったろう。

これからの日本が、いかなる国になるのか、それは人民の決めることであろう。我々政治家は、この先も真摯《しんし》にその国民の声を聴いていかねばなるまい。

そして、国民は決して戦争を望まないことも、私は知った。身をもって知ったこの教訓を生かせる政治。それを実践するため、私は粉骨砕身努力している。

日本と満州の関係をよりよきものにするのも、私の務めであると信じている。アジアの大同団結にはまだ多くの時間が必要であろう。

だが、もうアメリカの圧力はないのだ。きっと夜明けは近いことであろう。


（昭和二三年三月、於　新京公会堂　吉田茂日本国外務大臣講演より）

コスミック文庫

帝国《ていこく》本土《ほんど》迎撃戦《げいげきせん》 2
空母「飛龍」反撃す!!

2021年5月25日　初版発行

【著 者】
橋本《はしもと》　純《じゅん》

【発行者】
杉原葉子

【発 行】
株式会社コスミック出版
〒154-0002 東京都世田谷区下馬 6-15-4
代表　TEL.03(5432)7081
営業　TEL.03(5432)7084
FAX.03(5432)7088
編集　TEL.03(5432)7086
FAX.03(5432)7090

【ホームページ】
http://www.cosmicpub.com/

【振替口座】
00110-8-611382

【印刷／製本】
中央精版印刷株式会社

乱丁・落丁本は、小社へ直接お送り下さい。郵送料小社負担にて
お取り替え致します。定価はカバーに表示してあります。

ISBN978-4-7747-6291-3 C0193